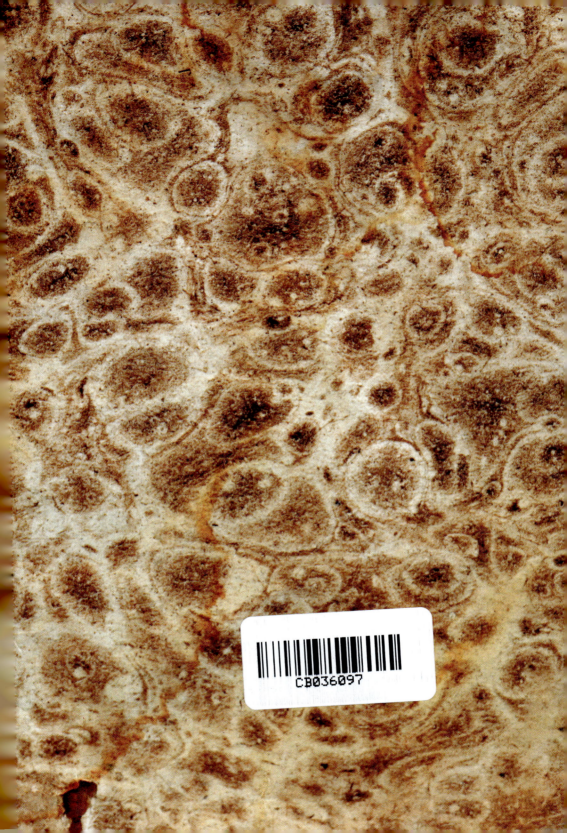

Copyright © Enéias Tavares, 2022

CRÉDITO DAS ILUSTRAÇÕES:
Ana Luiza Koehler © pgs. 25-41
Karl Felippe © pgs. 42-45
© Alamy, © Gettyimages, © 123RF, © Stockphotos

Diretor Editorial
Christiano Menezes

Diretor Comercial
Chico de Assis

Diretor de MKT e Operações
Mike Ribera

Diretora de Estratégia Editorial
Raquel Moritz

Gerente de Marca
Arthur Moraes

Gerente Editorial
Bruno Dorigatti

Editora
Marcia Heloisa

Capa e Projeto Gráfico
Retina 78

Coordenador de Arte
Eldon Oliveira

Coordenador de Diagramação
Sergio Chaves

Designers Assistentes
Aline Martins / Sem Serifa
Jefferson Cortinove

Finalização
Sandro Tagliamento

Preparação
Guilherme Kroll

Revisão
Retina Conteúdo

Impressão e Acabamento
Leograf

DADOS INTERNACIONAIS DE CATALOGAÇÃO NA PUBLICAÇÃO (CIP)
Jéssica de Oliveira Molinari — CRB-8/9852

Tavares, Enéias
  Lição de anatomia / Enéias Tavares ; ilustrações de Ana Koehler,
Karl Felippe. — Rio de Janeiro : DarkSide Books, 2022.
  384 p. il

  ISBN: 978-65-5598-236-7

  1. Ficção brasileira 2. Ficção científica
  I. Título II. Koehler, Ana III. Felippe, Karl

22-5928   CDD B869.3

       Índices para catálogo sistemático:
              1. Ficção brasileira

[2022]
Todos os direitos desta edição reservados à
DarkSide® Entretenimento LTDA.
Rua General Roca, 935/504 — Tijuca
20521-071 — Rio de Janeiro — RJ — Brasil
www.darksidebooks.com

Enéias Tavares

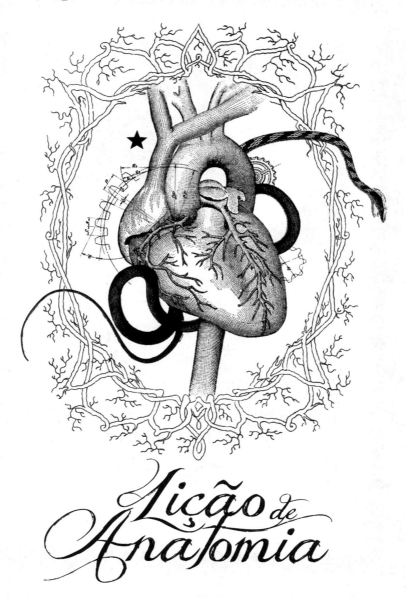

Lição de Anatomia

DARKSIDE

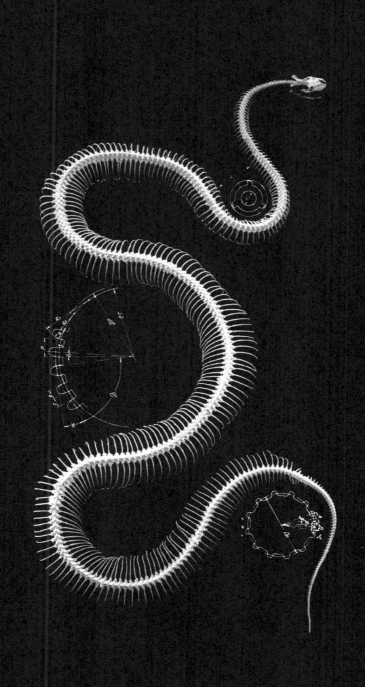

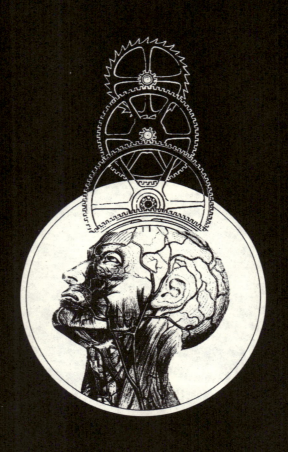

APRESENTAÇÃO

Roberto Causo

Lição de Anatomia, de Enéias Tavares, é o primeiro marco do romance *steampunk* brasileiro.

A ficção científica se desenrola como um leque crescente de subgêneros e tradições distintas, e o *steampunk* é um subgênero que se configurou em fins da década de 1970, em torno do trabalho de escritores americanos como K. W. Jeter, James P. Blaylock e Tim Powers. Com eles, surge uma FC recursiva que recupera momentos das origens do gênero no século XIX, como ponto de partida para tratamentos às vezes divertidos, exagerados e satíricos das suas primeiras estratégias narrativas, explorações temáticas e personalidades literárias.

Conforme tomava forma, o *steampunk* passou a reconhecer precursores – britânicos como Michael Moorcock e Christopher Priest – e a entender melhor as suas fontes e recuperá-las. Assumiu também diversas tonalidades, da satírica e absurda *Steampunk Trilogy* (1995), de Paul Di Filippo, ao mais circunspecto e reflexivo *A Máquina Diferencial* (1990), de William Gibson & Bruce Sterling. Finalmente, foi muito favorecido por sua adoção entusiástica pelos meios visuais, de filmes e animações a histórias em quadrinhos, e finalmente, por todo um movimento estético de fabrico de roupas e acessórios.

No Brasil, embora existam exemplos anteriores, a "chegada" do *steampunk* se dá dentro do âmbito da Terceira Onda da FC Brasileira, iniciada em 2004. Uma das tônicas desse momento foi justamente a atualização de tendências promovida por pequenas editoras e grupos de autores novos e veteranos, uma vez que a publicação sistemática de FC havia minguado na década de 1990 e experimentado um hiato sensível, por dez ou doze anos, a partir de 1995. É por isso que a primeira antologia *steampunk* nacional surge apenas em 2009, por iniciativa de uma editora muito ativa nesse processo, a Tarja Editorial. Esta e outras editoras tentaram promover outras atualizações – do movimento New Weird, do *cyberpunk*, do *weird western*, da ficção científica *queer* e outras.

Nesse quadro, é seguro dizer que o *steampunk* foi o subgênero que melhor se enraizou aqui. Afinal, o século XIX marca o nascimento do Brasil como país, depois de séculos de gestação no ventre do mercantilismo extrativista fecundado pela metrópole portuguesa. Traços dessa fundação encontram-se no carnaval, no futebol, nas indústrias e comércios sobreviventes desde então, na questão racial, nas correntes geracionais resultantes dos fluxos migratórios a convite do império, e na arquitetura, artes plásticas e literatura.

Ser um marco do romance *steampunk* significa que Enéias Tavares expressou o potencial do novo subgênero nesse formato, e no seu contexto de destino, justamente a cultura brasileira. No livro ganhador do Concurso Fantasy em 2014, tem-se uma narrativa que não parece transplantada, nem reciclada de textos traduzidos e dependente de definições superficiais. Isso se dá porque Tavares não mirou o modelo *steampunk* de luneta, mas olhando com lupa para entender suas raízes e seus potenciais, ao mesmo tempo que olhava abertamente em torno, entendendo que era a partir do *nosso* contexto que ele deveria criar.

Professor de Literatura Clássica na Universidade Federal de Santa Maria, Tavares empregou os seus profundos conhecimentos da literatura brasileira do século XIX para compor a narrativa a partir de personagens extraídos de páginas ilustres das nossas letras, ao lado de outros menos conhecidos. Estes, vinculam-se a uma espécie de "protocânone da ficção científica brasileira", como o Dr. Benignus do romance homônimo de Augusto Emílio Zaluar, publicado em 1875; ou ainda, o personagem Simplício do anterior *A Luneta Mágica* (1869), de Joaquim Manoel de Macedo, possivelmente a primeira fantasia contemporânea da literatura brasileira. Em todo caso, é assim que Isaías Caminha (criação de Lima Barreto), aqui um jornalista, aventura-se pelas ruas da Porto Alegre dos Amantes, na versão alternativa de um Brasil transformado por uma revolução tecnológica de autômatos movidos a vapor e dispositivos de registro de áudio – cuja transcrições também compõem a narrativa de múltiplas vozes.

O assunto da visita de Caminha, em 1911, são os crimes e a prisão de um "João Estripador" local, o Dr. Antoine Louison, que se encontra prisioneiro do sanatório de um Simão Bacamarte (o personagem de *O Alienista*, sátira ao cientificismo escrita por Machado de Assis) transplantado do século XVIII para o XIX e do Rio de Janeiro a Porto Alegre dos Amantes. Nas duas primeiras partes do romance, é o confronto entre os dois personagens que domina uma narrativa sombria e sedutora, que soa como o feliz encontro de Edgar Allan Poe com Thomas Harris.

Tavares recupera algo dos primeiros romances ingleses dos séculos XVIII e XIX, pela estratégia epistolar da narrativa, composta de anotações em diários, gravações, cartas e telegramas. Não apenas as muitas vozes se alternam, com novos personagens se apresentando nas partes seguintes, como a cronologia também se altera, fugindo para anos anteriores aos eventos centrais, os "crimes" bizarros de Louison. A complexidade inerente desse formato se afigura tão mais rica e poderosa conforme o leitor reconhece que ela não prejudica a fluência suave e a feroz elegância da narrativa.

O recurso cronológico está presente no plano particular (este romance) mas também no plano geral da série intermidial à qual *Lição de Anatomia* pertence: Brasiliana Steampunk. Assim, há espaço para sequências e "prequências", com destaque para outro romance notável, *Parthenon Místico*, lançado pela DarkSide em 2020.

A subjetividade, a incerteza e a ironia intrínsecas ao formato de montagem, por sua vez, reforçam um dos elementos mais instigantes do *steampunk*: o olhar dirigido ao passado mas contaminado pela sensibilidade do presente. Tavares, especificamente, contrapõe à atitude libertária e solidária dos membros da sociedade secreta Parthenon Místico, a tendência perene do país ao patriarcalismo e à violência racial e sexual. O recurso sublinha a proximidade da ficção com o contexto do leitor, e a imagem transformada do século XIX destaca as raízes da problemática tão grave do nosso próprio tempo – *e* também a perenidade da luta libertária do nosso povo.

A vida cotidiana brasileira deixa as páginas dos livros de História para assumir uma face em que conflitos de identidade e de projetos para o país são a tônica. Uma reorientação semelhante se dá com o rico diálogo intertextual com a literatura brasileira. Nessa conversação, Tavares – que é um dos proponentes, juntamente com Bruno Anselmi Matangrano, do fantasismo como uma corrente viva desde o século XIX ao presente – refigura um conteúdo insólito da nossa literatura, conduzindo a ficção de costumes mais para perto dos campos, historicamente desprezados, da aventura, do macabro e do especulativo.

Diante de tudo isso, *Lição de Anatomia* é mais do que um romance inquietante e provocativo. É o primeiro passo de um projeto literário brasileiro de grande potencial subversivo dos conteúdos da literatura brasileira. De fato, é difícil pensar em outro projeto atual com essa qualidade – ou outro que proponha uma maior integração entre a proposta individual, pessoal do seu autor, com a proposta maior, coletiva, de trazer a corrente literária do fantasismo para o seu lugar merecido, na frente do palco das letras nacionais.

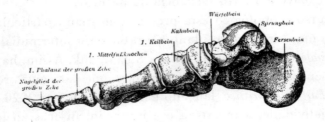

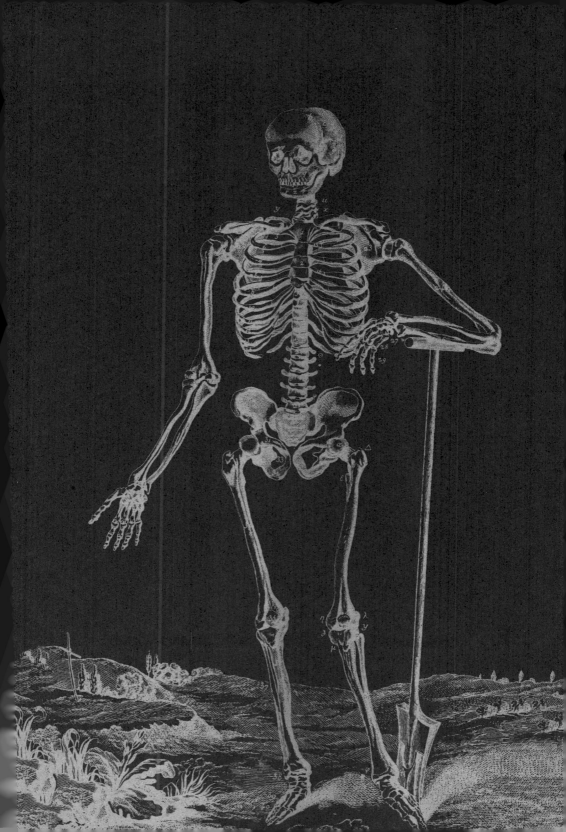

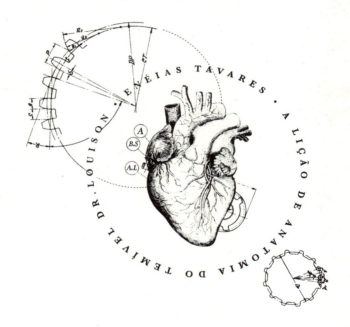

I.	II.	III.
"A literatura não trata do que aconteceu e sim do que poderia ter acontecido." **ARISTÓTELES,** *Poética*	"O passado não passa de um tipo de futuro que já aconteceu." **BRUCE STERLING,** *Guia do usuário do steampunk*	"Ações e palavras, o que fazemos e o que escrevemos, são o próprio material que compõe a realidade." **ANTOINE F. LOUISON,** *em missiva ao escritor Dante D'Augustine*

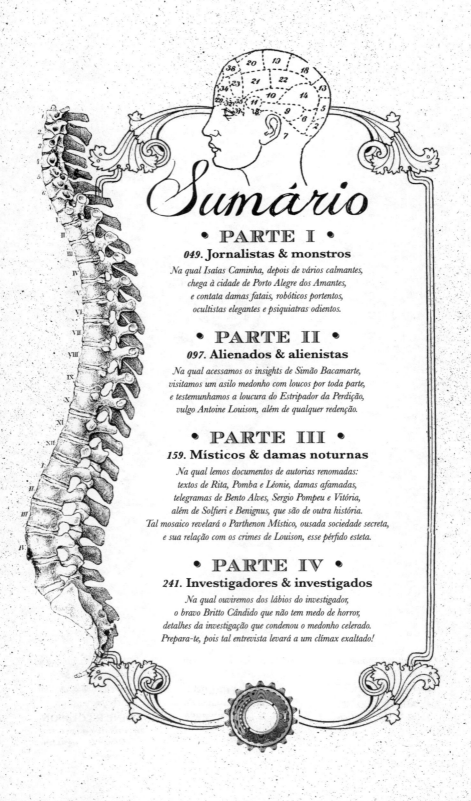

Sumário

• PARTE I •
049. **Jornalistas & monstros**

*Na qual Isaías Caminha, depois de vários calmantes,
chega à cidade de Porto Alegre dos Amantes,
e contata damas fatais, robóticos portentos,
ocultistas elegantes e psiquiatras odientos.*

• PARTE II •
097. **Alienados & alienistas**

*Na qual acessamos os insights de Simão Bacamarte,
visitamos um asilo medonho com loucos por toda parte,
e testemunhamos a loucura do Estripador da Perdição,
vulgo Antoine Louison, além de qualquer redenção.*

• PARTE III •
159. **Místicos & damas noturnas**

*Na qual lemos documentos de autorias renomadas:
textos de Rita, Pomba e Léonie, damas afamadas,
telegramas de Bento Alves, Sergio Pompeu e Vitória,
além de Solfieri e Benignus, que são de outra história.
Tal mosaico revelará o Parthenon Místico, ousada sociedade secreta,
e sua relação com os crimes de Louison, esse pérfido esteta.*

• PARTE IV •
241. **Investigadores & investigados**

*Na qual ouviremos dos lábios do investigador,
o bravo Britto Cândido que não tem medo de horror,
detalhes da investigação que condenou o medonho celerado.
Prepara-te, pois tal entrevista levará a um clímax exaltado!*

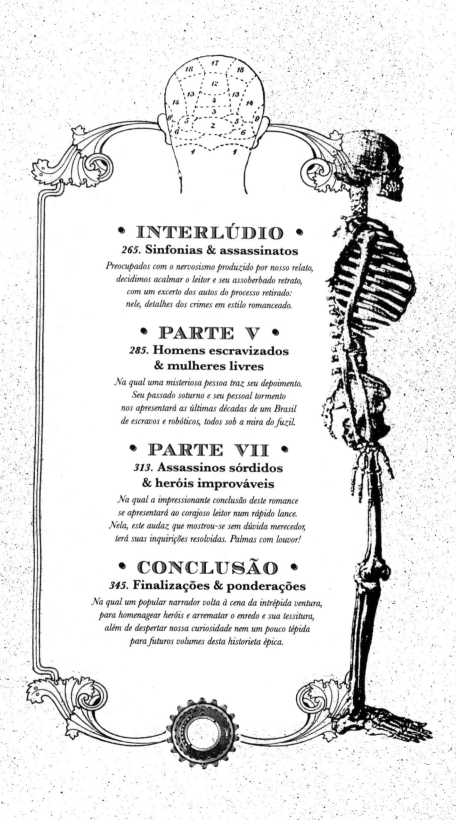

• INTERLÚDIO •
265. Sinfonias & assassinatos

Preocupados com o nervosismo produzido por nosso relato,
decidimos acalmar o leitor e seu assoberbado retrato,
com um excerto dos autos do processo retirado:
nele, detalhes dos crimes em estilo romanceado.

• PARTE V •
285. Homens escravizados & mulheres livres

Na qual uma misteriosa pessoa traz seu depoimento.
Seu passado soturno e seu pessoal tormento
nos apresentará as últimas décadas de um Brasil
de escravos e robóticos, todos sob a mira do fuzil.

• PARTE VII •
313. Assassinos sórdidos & heróis improváveis

Na qual a impressionante conclusão deste romance
se apresentará ao corajoso leitor num rápido lance.
Nela, este audaz que mostrou-se sem dúvida merecedor,
terá suas inquirições resolvidas. Palmas com louvor!

• CONCLUSÃO •
345. Finalizações & ponderações

Na qual um popular narrador volta à cena da intrépida ventura,
para homenagear heróis e arrematar o enredo e sua tessitura,
além de despertar nossa curiosidade nem um pouco tépida
para futuros volumes desta historieta épica.

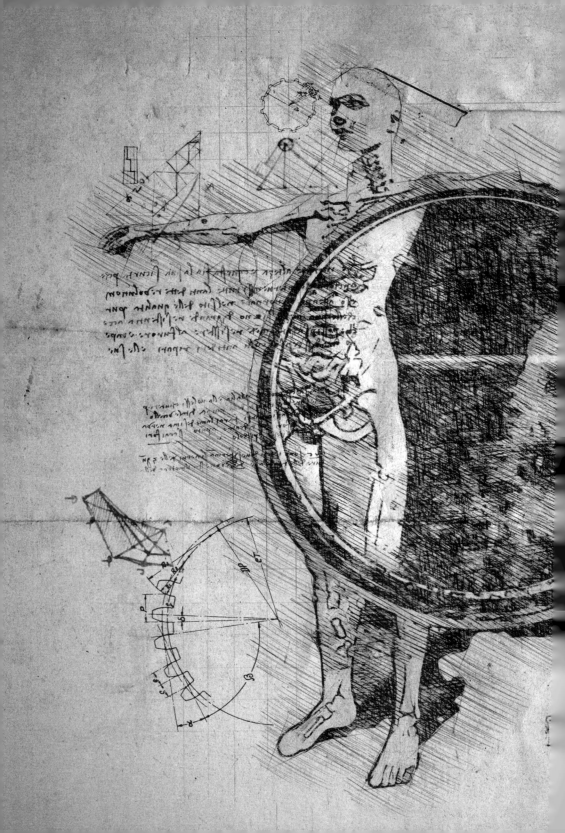

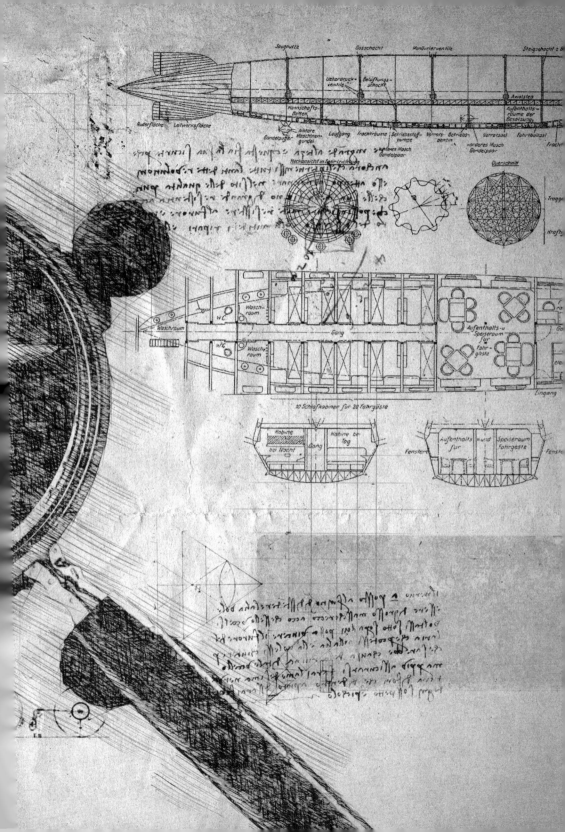

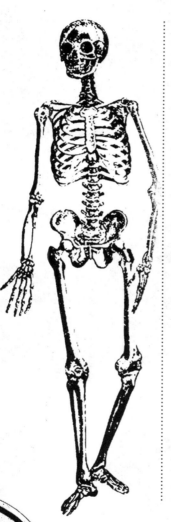

ISAÍAS CAMINHA
UM DEDICADO ESCRIVÃO

SERGIO POMPEU
UM ESTUDIOSO OCULTISTA

BENTO ALVES
UM AVENTUREIRO MÍSTICO

VITÓRIA ACAUÃ
UMA FEITICEIRA INDÍGENA

DOUTOR BENIGNUS
UM INVENTIVO SCIENTISTA

SOLFIERI DE AZEVEDO
UM IMORTAL AMALDIÇOADO

DANTE D'AUGUSTINE
UM CRÔNISTA CRIMINAL

BEATRIZ DE ALMEIDA & SOUZA
UMA ENIGMÁTICA ESCRITORA

SIMÃO BACAMARTE
UM EXCÊNTRICO ALIENISTA

PEDRO BRITTO CÂNDIDO
UM INVESTIGADOR POLICIAL

RITA BAIANA
UMA DAMA NOTURNA

ANA "POMBINHA" TERESA
UMA SEDUTORA COQUETE

LÉONI DE SOUZA
UMA MULHER DE NEGÓCIOS

MADAME DE QUENTAL
UMA EPÍTOME EM DEPRAVAÇÃO

DR. ANTOINE FREDERICO LOUISON
UM MÉDICO RENOMADO

Beatriz

LIÇÃO DE ANATOMIA

LIÇÃO DE ANATOMIA

Pedro

LIÇÃO DE ANATOMIA

Antoine Louison

LIÇÃO DE ANATOMIA

AVISO IMPORTANTE

Em fevereiro de 1911, o respeitável médico e esteta Antoine Louison foi revelado o "Estripador da Perdição", sendo aprisionado no Hospício São Pedro para Criminosos Insanos!

LIÇÃO DE ANATOMIA

Antoine Louison

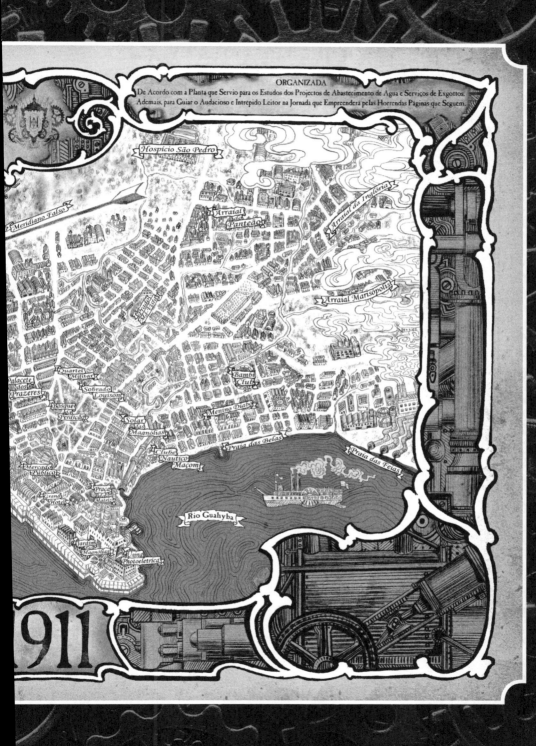

PLANTA BAIXA
do
ASILO SÃO PEDRO
para Criminosos Insanos & Histéricos Incontroláveis

~~[Círculos do Edifício]~~
Blocos do Edifício

- Bloco A. *Assassinos Confessos*
- Bloco B. *Fofoqueiros Públicos*
- Bloco C. *Corruptores Morais*
- Bloco D. *Críticos desta Gestão*
- Bloco E. *Jornalistas Histéricos*
- Bloco F. *Mitómanos Narcisicos*
- Bloco G. *Golpistas Inveterados*
- Bloco H. *Tutores Humanistas*
- Bloco I. *Doutor Louisson, o Estripador da Perdição!!!*

Plano geral para a reforma do
HOSPÍCIO S. PEDRO
por *Dr Simão Bacama*
a partir do projecto de
D. Alvaro N. Pereira

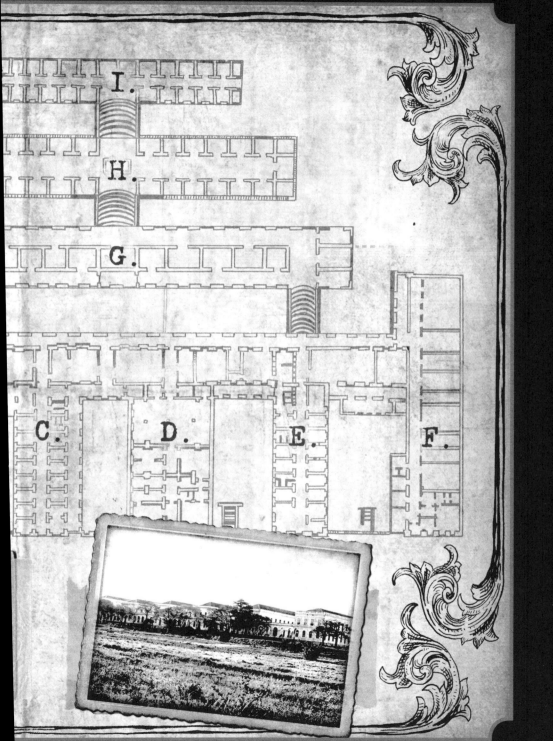

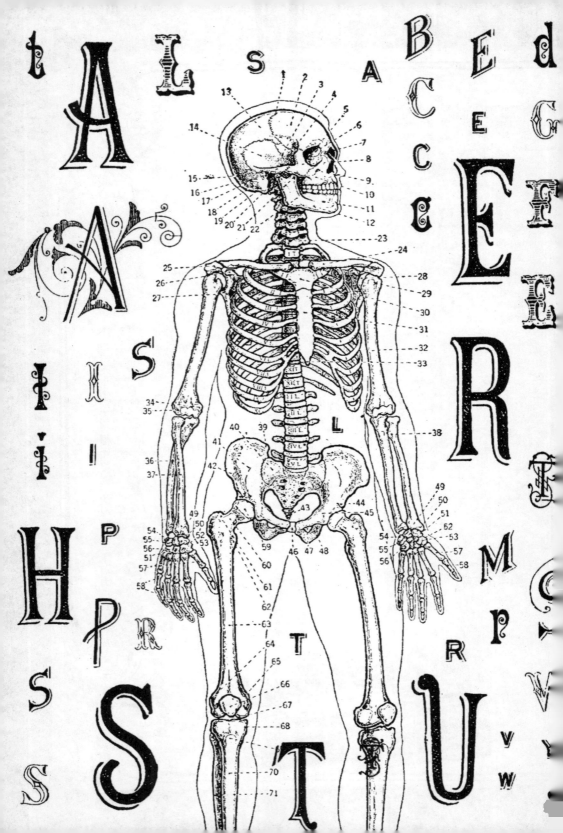

Grafia

NOTA SOBRE
A GRAPHIA

Apesar do atraso de um século até este medonho conto ser trazido ao olhar da nação, desejamos manter a phidelidade aos fatos aqui dispostos em extraordinária forma narrativa. Com tal meta em mente, preservamos a graphia original de certos phonemas, ignorando com isso recentes acordos ortográficos, tramoias de positivistas virulentos que desconsideraram nosso tesouro linguístico e nosso patrimônio estético, quando não nosso patriótismo ético. Mas fique tranquilo, caro ledor e querida ledora, pois tais detalhes em nada atrasarão a fluência desta história ou prejudicarão a clareza dos eventos a seguir. Se não contamos com a divina providência, suplicamos ao menos por vossa amável paciência.

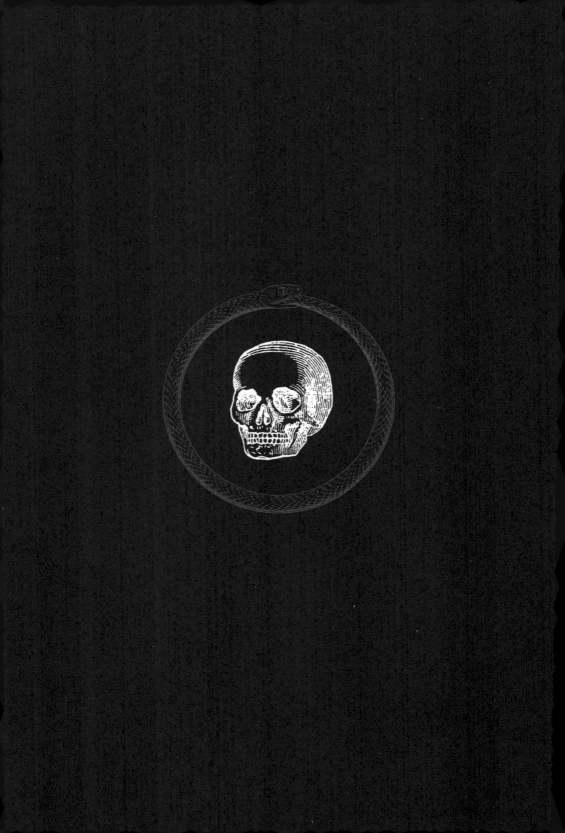

PARTE I

LIÇÃO DE ANATOMIA

Jornalistas & Monstros

Na qual Isaías Caminha, depois de vários calmantes,
chega à cidade de Porto Alegre dos Amantes,
e contata damas fatais, robóticos portentos,
ocultistas elegantes e psiquiatras odientos.

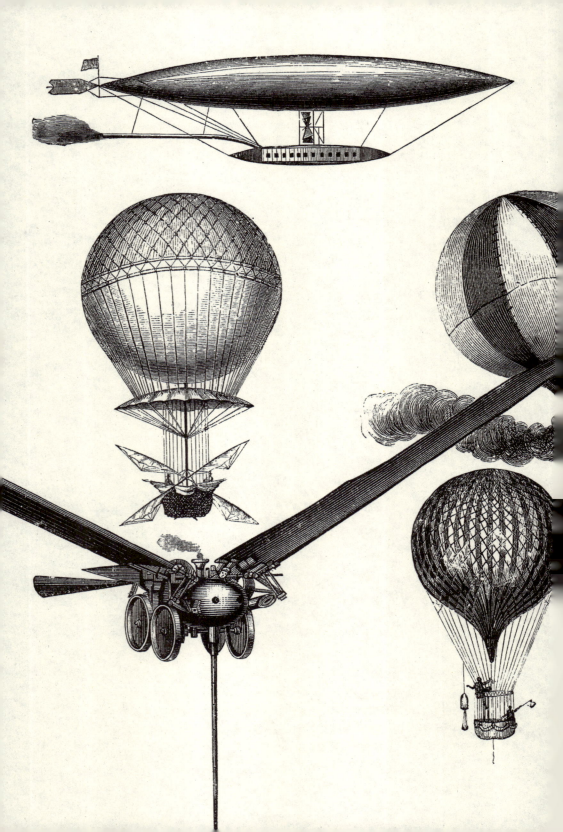

ENÉIAS TAVARES
LIÇÃO DE ANATOMIA

Rio de Janeiro de Todos os Orixás,
8 de julho de 1911.

Noitários de Isaías Caminha

Colimando glórias extraordinárias, deixei a carruagem mechanizada e dirigi-me ao aerocampo. O artificial frescor do meu transporte foi quebrado pela tarde abafada e úmida, com nuvens pesadas se anunciando no horizonte da Baía de Guanabara. À minha frente, quatro dirigíveis gigantescos flutuavam, na iminência de seus destinos.

Os deques de embarque estavam cheios, com toda a gente animada diante das aeronaus que voavam imperiosas, maculando de escuro metálico o céu azul anilado. Abaixo dessa visão, o vapor cinzento dos bondes que iam e viam, das fábricas e dos estaleiros ao redor somava-se à fumaça dos charutos, dos cachimbos e das cigarrilhas.

Ansioso, penetrei naquela nuvem humana.

As jornadas nos novos Zeppelins sempre me deixavam um pouco desassossegado, por mais que a tecnologia aerostática fosse a mais segura em termos de velocidade e conforto. Tratava-se de um imenso balão elíptico preenchido com gás hélio não pressurizado que sustentava três vagões metálicos, com todos os recursos que uma viagem ferroviária tradicional oferecia.

No trem de passageiros, com seus bancos triplos voltados um para o outro e uma mesa que servia de birô de trabalho, tábua de carteado ou suporte para refeições, podia-se trabalhar, conversar ou vislumbrar a vista pelos janelões envidraçados. Podia-se também aproveitar as mesas do restaurante ou as camas confortáveis da classe superior, luxo do qual nunca fiz uso.

Dirigi-me à plataforma de embarque da classe inferior, como seria de se esperar de um homem de minha profissão. Caso Louison, o famigerado, ali estivesse, ascenderiam aos céus do outro lado, na companhia dos grã-finos políticos, ricaços famosos, industriais de fome e artistas de renome, os senhores deste universo de improváveis contrastes tecnológicos e morais.

Ao apresentar minha reserva ao funcionário robótico — que repetia errônea e estupidamente "boa viagem" nas chegadas e "seja bem-vindo" nas partidas —, adentrei o túnel metálico em direção ao Zeppelin Princesa Isabel. De fabricação mineira, os dirigíveis brasileiros tinham capacidade para 220 passageiros, além de uma tripulação de uns quarenta integrantes. Seus três vagões — suspensos por cintas metálicas de bronze fundido — tinham dois andares de passageiros, além do compartimento da tripulação e dos restaurantes. No último deles, havia a sala da maquinaria responsável pelas três potentes hélices que moviam o dirigível. Para mim, diante de toda aquela modernosa artesania, era como se o mundo continuasse a evoluir, num progresso sem limites.

Eu, obviamente, fui um dos últimos a embarcar, uma vez que a cor da minha pele sempre causava estranhamentos aos visores photosensíveis dos robóticos. Ao escutar a mensagem "raça desconhecida", questionei-me sobre o absurdo daquela frase num país como o Brasil. Após encaminhar reclamação tipographada à companhia aérea, adentrei o movimentado compartimento.

Ao tomar meu assento no corredor, visto que os bancos próximos às janelas estavam ocupados, vislumbrei meus companheiros de viagem. Todos acenavam para os terrestres, conhecidos ou não. Era o ritual de despedida que todo viajante inexperiente adora reproduzir. Quanto a mim, habituado às rotineiras viagens como correspondente d'*O Crepúsculo*, tais práticas pareciam-me tolas, quando não enfatizavam minha própria solidão.

Acomodado aos meus pensamentos, respirei fundo e aguardei o término da balbúrdia. Quando partimos, lenta e calmamente, a excitação e as conversas deram lugar, como em toda a viagem, ao silêncio, quebrado vez ou outra pelo barulho das hélices ou pelo movimento das pás metálicas, responsáveis pelo empuxo da subida e pelo direcionamento do barco aéreo. A esses ruídos mechânicos se uniam os passos metálicos da tripulação, o ronco dos exauridos e o choro dos infantes.

Ao abrir minha valise tecnojornalística, retirei os ficheiros metalizados e meu livreto particular. Depois de registrar ideias, folheei os arquivos do caso que investigaria na capital gaúcha. Porém, ao refletir sobre minha incumbência, acometeu-me um tumulto de sensações indefinidas. Louison e seus crimes espreitavam-me como um fantasma. Utilizando boa parte da mesa, espalhei photographias, anotações e reportagens sobre os crimes do médico, pintor e ensaísta acusado de anômalos homicídios em série.

Nenhum outro nome fez-se tão onipresente nos lábios dos republicanos dos Estados Unidos do Brasil nos meses idos como o de Antoine Frederico Louison. Seus crimes e a subsequente investigação pegaram de assalto não apenas a capital do Rio Grande do Sul, antiga Porto dos Amantes, como também as capitais e cercanias das vastas e longínquas paragens nacionais. Desaparecimentos de integrantes da alta sociedade há mais de um ano assustavam os cidadãos da capital sulina, até que os esforços do policial Pedro Britto Cândido e de sua equipe levaram à prisão do responsável.

Posicionei diante da retina o monóculo tecnostático e deixei que o dispositivo destacasse os padrões discursivos que se repetem naquela paisagem textual. Expressões como "monstruoso pederasta", "terrível Diabo", "Mefistófeles tupiniquim", "assombrosa perversão da natureza", "maníaco estripador", "psicótico pusilânime", "celerado irascível", "depravado hediondo" e "alcaide infernal" vinham à tona com risível insistência. Ao reiterá-las, os jornalistas enfraqueciam seus verdadeiros sentidos, tornando Louison mais um vilão de histórias detetivescas do que um caráter real. Um homem cuja loucura deveria ser estudada e compreendida era ali demonizado.

Segui anotando essas ponderações em papéis esparsos.

O restante do percurso transcorreu de modo enfadonho, exceto pelas interrupções das responsáveis pelo serviço de bordo. Não sei se devido ao excessivo conforto das poltronas estofadas de cetim vermelho — que produziam um invulgar contraste com o marrom amadeirado da embarcação e suas aberturas de aço escuro — ou se devido às grandes emoções que martelavam em meu peito, invadiu-me um letargo de chumbo, levando a inteligência a interromper seu fluxo. Encostado no espaldar da poltrona, com o monóculo ao lado e segurando as photos e a papelada, viajei semiadormecido, sendo acordado de quando em quando pelos solavancos.

Quando isso acontecia, eu abria violentamente os olhos para mirar a paisagem que fugia pela janela do vagão suspenso. Abaixo de nós, o verde selvagem do Brasil desenhava-se e entrecortava-se das charnecas úmidas ao sopé dos montes médios. Abaixo e até o ponto em que o olhar alcançava, um mato intrincado adensava-se, num verde-escuro intocado que encerrava feras, bestas, vermes e plantas floridas, na pluralidade da geografia do imenso país. Acima de tal selvageria, naquela barcaça de sonho, a civilização avançava, flutuando numa lentidão de navio noturno. Em vez de singrarmos ondas, cruzávamos ventos e nuvens.

Nessa imensidão de tufos naturais vivos, tentei com esforço encontrar-me naquela desordem cósmica, no vagalhão infindo da paisagem. Mas quando desviava daquelas imensidões, eram os horrores do universo humano que me oprimiam a mente embasbacada, logo abaixo das pontas dos meus dedos, na forma de ilustrações de fisiologia humana, cópias dos órgãos que Louison arrancara e desenhara. Queria-me deitado lá fora, na indefinição do verde-musgo, esquecido dos homens e dos seus dramas de outrora e de sempre.

Cedendo às fantasias de dissolução e às barreiras da consciência turva, adormeci. Não sei por quantas horas, não sei por quantos minutos, pois o sonho foi demorado. Nele, encontrei um homem velho lucidamente insano e um jovem imortal demoníaco. No caos onírico, vi três mulheres, vó, mãe e filha, irmãs amantes, vestidas luxuosamente num palacete decadente de sórdidos prazeres. Eram três pitonisas, eram três fiandeiras, moiras de impensáveis encantos. Louison dançava no meio do salão com uma mulher negra belíssima, ambos mergulhados na escuridão do olhar um do outro. Depois, vi-me sozinho no quarto da velha casa de pensão. Em segundos, voltava ao casarão de festa, onde uma dama indígena sorria com úmidos lábios petrificantes. "Esperei-te sempre. Por que demoraste?"

Despertei abraçado ao caos da papelada ignóbil, com a noite começando a devorar as imagens diurnas, cobrindo-as de melancolia e abandono. A escuridão passeava pela minha face, acariciando minha barba malfeita. Por entre matagais semiadormecidos e obscurecidos, a embarcação se aproximava do destino.

Da caixa photoacústica, a voz lusitana anunciou a chegada depois de uma viagem de seis horas, a uma velocidade de trezentos quilômetros por ciclo. Ignorando os companheiros de mesa, que ainda bebiam e jogavam, vislumbrei no seio do abismo a grande lagoa pantanosa do Guayba, margeada de um lado pela escuridão, e do outro pelas luzes portuárias. Porto Alegre surgia monstruosa, como uma explosão doentia e mutante, nascida da liquidez qual assombro evolutivo.

Minha percepção foi guiada pelo espetáculo daquela chegada, ficando por instantes confusa e arrebatada, enquanto eu próprio sorvia com todos os meus sentidos um outro mundo que se anunciava além das limitações materiais. Tal espetáculo noturno transtornou-me os nervos. Ainda marcado pela caótica experiência imaginária do sonho, senti-me transmutado. Meus sentidos aguçaram-se, chegando às narinas perfumes e essências até então desconhecidos. Minha consciência, entorpecida durante toda a viagem, despertou altissonante, pulsando a expectativa da chegada.

Diante dos olhos, as coisas do mundo, e todas elas penetravam em mim.

Com uma volúpia que me era estranha, cerrei os olhos ao pântano abaixo, às suas pequenas embarcações marítimas, paradas na linha do porto, aos bondes eléctricos que iam e vinham no tracejado das ruas diminutas, aos pontos de luz que explodiam em infinitos feixes, à cidade que se ofertava como dama sombria, no requinte do tafetá bordado, nos traços de sua maquilagem, na obscenidade de seus segredos. Como a contemplar um corpo desejado, vigiei a paisagem urbana e almejei seus perfumados enigmas, suas curvas arquitetônicas, suas sombras candentes. Do alto da nave, duas cidades irmãs se exibiam orgulhosas, gêmeas malditas. Uma real, outra imaginária, liquefeita no espelho d'água do Guayba.

Aquele fim de dia moribundo fingia defesa à noite imperiosa. Esta, ao calcular sua recusa, reforçava sua escuridão. Quanto mais nos aproximávamos, mais nítida era a minha leitura do texto urbano, com suas linhas-ruas e suas palavras-prédios. O casario defronte à orla da praia surgia em seu aspecto revolto, caótico, compondo com o lago e os morros que cerceavam os limites da cidade, um trato oculto, um mapeamento lógico, mesmo em desalinho.

Agora, a barca voava baixo ao longo de uma comprida ilha pejada de edifícios. Perto e longe, pequenos barcos eléctricos e mechânicos, vaporentos, desenhavam delgadas linhas diagonais na calmaria das águas, lançando aos céus penachos de fumaça, unindo-se aos que ascendiam das chaminés das fábricas. Na região do porto, que apenas víamos a distância, pontos revelavam a movimentação dos homens e das mulheres, como se Porto dos Amantes recriasse uma tela de ultrapassado romantismo. Diante de mim, a cidade parecia enamorada do lago, e este lhe devolvia o fascínio, beijando-lhe o perfil curvilíneo.

Desviando nossa atenção do espetáculo terrestre, um dirigível militar aproximou-se e deu-nos permissão de atracar. A tribulação reanimou-se, agora não pela excitação da partida, mas pela imagem da cidade iluminada, na expectativa enérgica da chegada. No porto aéreo, situado próximo ao Arraial dos Aviadores, familiares esperavam seus queridos, amigos aguardavam seus convidados, amantes ansiavam por reencontro.

Ninguém esperava por mim, ali ou em qualquer lugar.

Enquanto alocava meus utensílios de trabalho na valise metálica, as escotilhas laterais dos vagões se abriram, vomitando cabos de aço em direção aos suportes terrestres. Acendi uma cigarrilha e inspirei a fumaça, imaginando o Zeppelin gasoso transmutado numa gigantesca aranha grávida. No seu estômago, formigas esperavam seu nascimento, na cisma profunda na qual se engolfavam.

Os tentáculos do dirigível foram içados até os túneis de embarque e desembarque, imensos deques de metal que conectavam o solo ao aeronavio. À direita, a classe superior. À esquerda, o resto da gente, eu incluso. Presa nesses suportes, a aeronave planava quatro metros acima do solo, enquanto carruagens anunciavam sua presença buzinando. Entediado, deixei-me ficar, enquanto a populaça descia.

Um funcionário da companhia espaçoaérea, vendo minha letargia de fumante, veio informar-me de que deveria deixar a embarcação.

Desci a escadaria e cheguei ao controle de passageiros, onde outro funcionário robótico checava os cartões. "Seja bem-vindo à capital do estado do Rio Grande do Sul", sibilou, por entre as engrenagens da face metálica. Seu movimento era automático, ora furando cartões, ora checando passageiros e tíquetes. A mim, desejou um "Faça uma boa viagem".

Além da valise portátil, trouxera uma bolsa de couro com as poucas roupas que utilizaria nos próximos dias e um segundo par de sapatos. Ao deixar o aerocampo e suas plataformas, deparei-me com um cenário desolado e agreste, pouco lembrando a imagem vigorosa que prendera na retina ao pousar na cidade.

Na rua, charretes passavam puxadas por cavalos e éguas, num pictograma *démodé* que há muito não se via na capital carioca. Por um momento pensei que aquela paragem árida e subdesenvolvida explicaria os eventos atrozes transcorridos na cidade. Na frente da estação, do outro lado da rua, havia uma praça decrépita e imunda entregue ao matagal que crescia alto. Na calçada, crianças brincavam, feias, subnutridas, barrentas, sonhando um dia partir dali num daqueles dirigíveis. Retirei um lenço do casaco e senti-me um nativo francês visitando planícies distantes. Anojou-me o gesto. Guardei o lenço e respirei o ar imundo, lembrando-me da minha desigualada origem.

Em instantes, tomei um bonde eléctrico até o miolo da capital rio-grandense. Antes da silenciosa e lenta embarcação atingir o Mercado Público, a noite caiu de todo. Na curta viagem, uma multiplicação de casebres se aglutinava à beira do rio à minha direita, com cortiços, ruelas e becos a formar um contraponto ao cenário urbano à esquerda. Nele, longos riscos de fogo e electricidade brilhavam.

No bonde, poucos homens e muitas mulheres — coquetes, sem dúvida — iam ao centro para mais uma noitada de trabalho. Uma delas, de pele pálida e olheiras indisfarçadas, sentindo-se observada, deixou cair o xale que lhe cobria o busto, ofertando a carne amaciada. Desviei o olhar à medida que o bonde semivazio chegava ao destino central.

Pelas calçadas, um vaivém de gente animava a Praça do Mercado. Se até ali minha impressão fora das piores, mergulhar no âmago férreo daquela cidade movimentada ressuscitou-me o ânimo. À minha esquerda, a pedregosa fachada cinzenta do quartel-general central começava a recolher-se nas sombras. Na rua à frente, ao lado da praça Quinze de Novembro e do seu famoso Café, uma fila de carruagens mechanizadas. Na calçada, putas e putos formavam um grupo diverso: brancos, negros, indígenas e asiáticos bamboleavam as ancas, ressignificando o título do prédio quadrangular que ofertava víveres.

Era todo um espetáculo triste que se desfilava diante dos olhos.

Segui para um quiosque de variedades, na esquina oriental da praça, um pequeno vagão de trem transmutado em loja de noturnas conveniências. Após observar os vários produtos ali ofertados, pedi ao atendente mechânico duas carteiras das minhas cigarrilhas prediletas, uma garrafa de vinho tinto e alguns jornais da cidade. Entre eles estavam o nacional *O Cubo*, os regionais *A Voz do Povo* e *O Correio da Elite*, o semanário positivista *O Templário*, os jornalecos de direita e esquerda *O Republicado* e *O Conservador*, o pasquim *O Bisturi* e os abolicionistas *O Eccho Escravizado* e *O Exemplo*. Por fim, pedi também uma revista literária chamada *Sussuros do Guayba*, ilustrativo que apresentava contos decadentistas, poesias simbolistas e manifestos ocultistas.

Enquanto observava os multicores contornos da populaça que chegava e partia do centro, alguns indo para casa, outros vindo para a noite, ouvi o nome de Louison animando a conversa de dois cadetes. Uma jovem bem-vestida e acompanhada por uma senhora carola escancarou os olhos azuis ao ouvir a menção.

Pelo visto, os crimes aos quais dedicaria os próximos dias protagonizavam as consciências, as conversas e os pesadelos daquela cidade.

Ali, parado ao lado da rua e entregue à mixórdia de vozes e ao alarido dos bondes, dos soldados, das carruagens, dos robôs e das carnes à venda, fumei um cigarro, terminando de pintar meu quadro mental. Com minha bagagem ao chão, encostada sobre a perna e os jornais sobre ela, fumei com gosto, deixando que aquela constelação de perfumes, imagens e cores orbitasse meu crânio. Coroado pela profusão do verde que decaía em cachos vigorosos do alto das copas, senti surgir um tipo de vívida poesia que abraçava o vento do rio, os prédios, o céu e a noite, para além do formigueiro humano.

Entreguei-me, como raramente fiz, ao aconchego do instante, à solenidade do ruído urbano, à energia dos hortos selvagens que formavam a arquitetura daquela cidade moderna e antiga, civilizada e atroz. Era um escravo dos sentidos, das impressões múltiplas, sombrias e discordantes, em tudo fascinantes. Havia naquele antro um brando ar de sonho que me inspirava vastos sentimentos.

Prosseguindo, dirigi-me ao Grand Hotel, na movimentada Rua da Praia, de frente para o arvoredo da Praça da Alfândega. A estalagem era uma das melhores do centro, numa insuspeita cortesia d'*O Crepúsculo*, sobretudo pelos crescentes cortes de jornalistas humanos. Havia uma proposta de substituir a subjetividade dos correspondentes pela frieza da geração robótica. "Jornalismo eficiente é jornalismo mechânico e neutro", bradava o industrial que propunha tal inovação.

Ao preencher o cadastro, fui guiado ao terceiro andar, subindo no apertado compartimento içado por cabos de aço. Ao chegarmos, tive dificuldades de deixar o caixão ferroso, uma vez que a porta de correr enguiçara. Ao finalmente me libertar, segui por um longo corredor que desembocava num janelão de frente à praça. Meu quarto era o último à direita, o que garantia uma vista privilegiada do verde das árvores, todas embelezadas pelas lamparinas eléctricas.

Mesmo cansado, as ações do dia seguinte obcecavam-me a ideia. Deitei minha bagagem na cama e espalhei sobre a pequena mesa de cedro alocada no pé da janela as prévias da minha pesquisa e os jornais que havia comprado. Posicionei o monóculo electrostático sobre o glóbulo direito, para melhor compreender as relações que havia estabelecido entre a biografia do Doutor e seus feitos sociais.

Tratava-se primeiramente de um artista, cujas ilustrações premiadas eram expostas nas melhores galerias da cidade. Seus temas, humanos em sua maioria, eram sempre fisiológicos. Além disso, publicara anos antes dois medianos volumes de poemas cujos títulos me alegraram pela simplicidade dicotômica: *Cantos a Apolo* e *Cantos a Dionísio*. Louison, em entrevista posterior, desfizera dos versos, elegendo-os juvenis e românticos. Por fim, além de sua atividade médica, dedicava-se a três projetos sociais voltados a zonas pobres da cidade, em especial nos becos do Menino Diabo.

À medida que corria os olhos por manchetes e reportagens locais, o monóculo destacava de vermelho uma litania de epítetos que novamente divertiu-me pela redundância da verborragia adjetiva. Para o público, Louison era a encarnada perfídia, um monstro demoníaco saído dos manuscritos medievais que alegrava editores pífios e aterrorizava pedagogos morais.

Ao repousar o monóculo sobre as pilhas de papéis e pictogramas, circundei a mesa, dirigindo-me à primeira janela do quarto. Um cálice numa das mãos e a cigarrilha na outra. Diante dos olhos sonolentos, desviei do vaivém da rua lateral e mirei a indefinição de árvores e relvas, salpicadas pelos feixes de fogo eléctrico. Abaixo da vista, carruagens robóticas levavam e traziam os viandantes noturnos, enquanto cortesãs passeavam.

Atrás delas, no meio das árvores majestosas, uma figura solitária saiu da escuridão para a luz do calçadão iluminado. Uma mulher indígena, cuja bela face era emoldurada por cabelos lisos e brilhantes. Vestia um corpete sobre o vestido rodado, feito de um tecido pesado e escuro. Era uma criatura magra, com uma pequena cintura desenhada pela roupa de couro e pelo cinturão metálico que a envolvia. De súbito, fazendo-se ver, deixou o rebuliço das flores em direção à ordenação geométrica da calçada. Olhava para cima, para a fachada do hotel, para a minha janela, para mim.

Temeroso, por ela e por mim, fechei a cortina com força. Apaguei o cigarro num monte de cinzas e sorvi o líquido tinto. Ao livrar-me das roupas, adentrei a banheira. Respirando fundo, lavei o corpo, deixando que a água limpasse a imundície da rua e a sujeira do espírito.

Nu, mergulhei no reino de lençóis macios, adormecendo em seguida.

No meio da noite, sonhei que a mulher que havia vislumbrado — ou imaginado? — estava dentro do quarto, num dos cantos escuros, com sua figura esguia, mal tocada pelos feixes de luz que cortavam o cortinado das janelas.

Era bela a górgona, com cabelos de serpente e olhos enamorados de sangue, glóbulos capazes de alquebrar o mais vigoroso dos homens, numa atroz perversão onírica.

Petrificado, eu morria.

Porto Alegre dos Amantes,
09 de julho de 1911.

Noitários de Isaías Caminha
(Continuação)

Na manhã seguinte, saí para as ações do dia, não sem antes demorar-me ao espelho para arrumar o terno claro, o colete sob medida e a sobrecasaca que tanto apreciava. Se por um lado desejava que a efígie feminil se apagasse da mente, minha porção libertina ansiava que o dia findasse e que a noite e os sonhos me brindassem outra vez com sua visita.

 O reduto jornalístico d'*O Crepúsculo* ficava no agitado Calçadão Central, longa rua por onde desfilavam homens ricos, mulheres de família com filhas educadas à francesa e as cocotes, cujos vestidos de cores intensas contrastavam com os tecidos claros das damas. Emparedados, todos caminhavam por entre lojas, cafés e restaurantes, mesclados aos prédios de dois e três andares que integravam o centro financeiro e comercial da cidade. Ao lado deles, o electrobonde passava, letárgico, tudo em movimento e tudo congelado.

 Ao adentrar a tumultuada redação, vislumbrei o ambiente que adorava e maldizia. No grande saguão em polvorosa, corriam os escrivães contínuos, os revisores robóticos, os caixeiros de balcão, que negociavam preços e prazos, os redatores-chefe, os tipógrafos e os borradores, que gritavam em irritação fanática com o chefe de pessoal a respeito de provas manchadas e ilegíveis, além dos agentes de anúncios; todos com muito gênio e ideia, apesar de possuírem de fato pouca ideia e nenhum brio. Eram vendedores, e só.

Como em toda redação, fabricavam-se ali novidades, como geriátricas inventam fofocas, e velhacos, casos antigos. Naquela colmeia, resenhistas, copistas e tradutores escreviam uns em cima dos outros. Na redação principal, onde as baixas vendas de hoje decidem as manchetes do amanhã, não se podia caminhar. Quando as contas batem e a vendagem decresce é o pandemônio.

Diariamente os jornais brasileiros caçavam informações sobre compra e venda, contratos assinados sobre as escrivaninhas públicas e conchavos realizados embaixo delas. Se tais assuntos decaíam um pouco, logo se procurava um novo e sórdido escândalo, uma denúncia política ou policial, um conluio fedorento, um segredo antigo e violento, fosse contra quem fosse. Havia na redação de todo periódico do tipo que paga contas e enriquece o dono aqueles que nomeamos "farejadores". Uns com tino para assuntos públicos e diurnos; outros, para os noturnos. Porém, o festim sombrio ocorria quando as duas searas se entrecruzavam, quando respeitáveis e honestas figuras políticas eram flagradas em imundas casinhas de jogatina e sórdidos romancetes. Havia outros, verdadeiros artífices na arte da maracutaia noticiosa, que eram donos de uma imaginação fértil e doente, forjadores de furos jornalísticos inexistentes. Era uma coletânea extraordinária de prisões domiciliares, rituais demoníacos, orgias necrófilas e incestuosas que fariam até a gentalha desmaiar, além de contratos daninhos, pendengas familiares e toda uma sorte de mixórdia fétida que faria corar qualquer infante sadio.

No efervescente lugar, no qual a realidade é inventada ao gosto pueril do freguês, Louison foi o grande festejo do ano. Ao redor de seus crimes, orbitavam os autores dos jornalecos de plantão, dos romances baratos, das revistas ilustradas censuradas e clandestinas, dos panfletos de esquina, dos anúncios de livraria e bibliotecas circulantes. Era toda uma indústria de desgraças, picuinhas e processos, de tudo aquilo que aproxima os homens das bestas que Darwin tanto insistiu em nos declarar o parentesco. Nos jornais brasileiros, a reputação de tais mentirosos públicos aumentou com os atos de Louison, que chegou a superar o famoso latrocínio de Santa Cruz, de dois anos antes. Após o temível Doutor, os pasquins de todo país publicavam com autonomia europeia, pondo neles toda uma vergonhosa ignorância transvestida de sábias ponderações e eloquentes comparações, revestidas de inéditas e biltres menções históricas.

Ao chegar, procurei o editor-chefe da filial porto-alegrense. Mostrei-lhe minhas credenciais e pedi acesso aos arquivos. Foi disponibilizada uma saleta silenciosa, no terceiro andar, longe da algazarra da redação. Lá chegando, retirei meu casaco e pedi ao secretário café e cinzeiro. Após passar os olhos pelas reportagens simplórias, repletas de jargões-manchetes, mergulhei no relatório policial feito por Britto Cândido e sua equipe e enviado aos jornais da cidade para que não se distanciassem dos fatos. Ao lê-lo, não estranhei as páginas grudadas, ainda intocadas. Aos jornais interessava a farsa, não a verdade.

Notícias reais não vendem jornais, cantava o homem de cima do morro...

Anexados ao relatório, estavam photos, cartas, documentos e diagramas dos dias e locais dos crimes, além de biografias resumidas das oito vítimas desaparecidas. Falava-se à boca pequeníssima que o número era bem maior. Havia, porém, um óbvio *modus operandi* na escolha daquelas pessoas: o médico atentara apenas contra figuras notórias da sociedade, figuras que compunham sua própria camarilha estética. Eram todos brancos, ricos e, segundo o relatório policial, possuíam passagens discretas pela polícia: acusações simplórias, feitas por serviçais e vizinhos, a respeito dos abusos e da violência com que tratavam subalternos. Cogitei, deixando de lado a preocupação judiciosa, se não haveria nos homicídios certa justiça.

No meio da grossa pasta do processo, uma photographia em sépia de Louison. Tratava-se de um pictograma antigo, resultante da primeira tecnologia de registro de imagem. Nele, estudei com atenção uma figura de vinte e poucos anos que dificilmente seria associada ao "facínora" alardeado nos jornais da nação. Na imagem avermelhada, vestia roupas escuras — sobrecasaca sobre colete sobre gravata sobre camisa branca. No bolso direito do colete aveludado, uma corrente de prata levava a um relógio de bolso. Na mão direita, uma bengala de cedro revestida de prata escura, com um rubi indiano no local em que a palma da mão a abraça. Diferente dos contemporâneos, não usava barba, o que garantia à figura uma aparência jovial. Um último detalhe, que dava ao todo seu aspecto excêntrico: seus cabelos e olhos escuros contrastavam com a pele clara. Agora que dava à minha imaginação um rosto, precisava adicionar a ele uma voz.

Ordenei que providenciassem a gravação de uma palestra dada pelo Doutor à Sociedade Porto-Alegrense de Cultura e Estética, mencionada nos autos do processo como exemplo da frieza e do intelecto poderoso do homicida, "qualidades direcionadas à arte de seus crimes". Feita com o cinematógrapho falante, projetor acoplado a um phonógrapho que virara a febre das Casas de Variedades, a gravação não estava relacionada diretamente ao caso. Porém, naquela curiosidade moderna, eu poderia contemplar o homem que os jornais da capital sulina denominavam "celerado vil" e "monstro aterrador".

Ao entrar na sala escura, ao lado do pequeno gabinete no qual trabalhei por quase quatro horas, lendo e tomando notas das informações sobre Louison, senti a acre fumaça dos cigarros de palha e dos charutos argentinos. Abri minha caixilha prateada de rapé e fechei os olhos, para melhor experimentar seus efeitos calmantes. O secretário colocou o rolo da gravação no projetor. Após uma rápida apresentação, aproximou-se da imagem na parede a figura de Louison, anos depois da photo de juventude. Em segundos, perdi-me na curiosa palestra.

Diante de mim, um homem elegante e diplomático, com um andar calmo, então com a barba bem aparada e o queixo erguido e atirado à plateia, como um meticuloso ator de theatro. Vinha todo aprumado em direção à tribuna do auditório, desprendendo olhares e sutilezas de gestos, com um grande botão de esmeralda no centro da gravata cinzenta. Trazia ao lado a bengala, dando formais boas-noites ao público. Quando começou a falar, soffri novo golpe.

Projetava-se ali a imagem que correspondia aos antigos e moribundos ideais de um título de doutor. Sua voz pausada e sua fabulação eloquente, um pouco desencontrada das imagens em projeção, me feriam os ouvidos como apenas a mais perfeita sinfonia era capaz. Era um doutor aquele homem, que resgatava da humanidade decaída o pecado original de sua origem simiesca. Um doutor que conquistava a audiência seguro de sua majestade, falando e gesticulando como um herói mítico, desses que a vida insiste em esfumaçar de nossa imaginação. No decorrer de sua fala, não titubeava, discursando sobre as grandiosas ideias que encerrava no cérebro. E que ideias! Incentivava a plateia, depois de uma enérgica digressão histórica, sobre a importância do saber.

Louison exortava seu público do valor de se possuir a ciência da terra, a fluidez dos mares profundos, a clarividência das estrelas noturnas. Diante de tais artes, caminharíamos em direção à "bruma do futuro fugidio". Senti friezas, uma vez que via em sua fala o reconhecimento de minhas inquietações e anseios. Quanta agudeza! Quanto amor! Que estudo e saber não lhe eram exigidos para falar de forma tão apaixonada! Nele, todas as ciências se aproximavam e confluíam, numa fórmula química de mística realização! Nele, todas as matérias dialogavam, dando origem a um conhecimento capaz de enfrentar todas as quimeras! Nele, fluíam, como os rios ao oceano, a Quiromancia e a Matemática, a Teologia e a Física, a Alquimia e a Pintura, a Fisiologia e a Poesia, a Termostática e a Política Internacional!... "É preciso saber tudo e sentir tudo, num vasto e alevantado projeto existencial", discursava.

Transmutado em criança ingênua e sonhadora, reconheci de pronto o que aquele homem fazia com as palavras. Seu porte e sua fala tiveram sobre os meus sentidos alcances múltiplos. De posse daquele saber, imaginei que as gotas da chuva afastar-se-iam do meu corpo e que as humilhações de minhas classe e raça nada mais significariam. Diante da realização de tão elevada meta de valor e dignidade, pouco havia a acrescentar. Ao término da gravação, imprimiu-se na retina da consciência a constatação de que o que vira era sobre-humano!

Por outro lado, horrorizava-me o fato de que, naquele instante, aquele homem estivesse enjaulado como fera de circo à espera da execução pública.

Esgotado, deixei a balbúrdia da Redação, depois de um dia em que escrevi, revisei e voltei a escrevinhar o caso Louison. Embrenhei-me na multidão da rua agitada, sorvendo seus perfumes e sua vívida variedade, tentando obscurecer da consciência o dia que passei na companhia daquele estranho homem. Na verdade, corrigi no cérebro e também nos escritos o que se dizia dele.

O que esperaria do amanhã? Iria encontrar Cândido no dia seguinte, na casa de Louison, que continuava a ser investigada. No dia posterior, visitaria o próprio Doutor, na segurança do asilo de alienados. Seria ele o louco, perguntei-me, ou loucos seriam aqueles que o aprisionaram? Por um breve instante, torci por sua inocência e torci para que eu, heroico, pudesse prová-la.

Chegando ao Grand Hotel, fiquei sentado na balaustrada de ferro, destino final da longa ascensão do elevador mechânico, no altíssimo quinto andar. Meus olhos fitavam a vermelhidão do céu esconder-se por trás do escuro pantanoso do Guayba. Por alguma razão não explicada, soffria a morte de todas as minhas certezas, enquanto deixava a fumaça da cigarrilha penetrar meu corpo. Tudo na história daquele homem, a quem inconfessavelmente passei a admirar, excitava em minha consciência recordações antigas, avivando e ativando imagens, sons e vivências que desejava apagar das minhas páginas pregressas.

Eram sentimentos moribundos, semimortos, que vinham me assombrar agora, naquela cidade estrangeira e sublime.

Abandonando tais elucubrações, saí para a noite buscando purgação de tudo aquilo. Deixei o quarto de hotel para encontrar a rua iluminada pela lua e pelas lamparinas electroestáticas, num início de madrugada que se anunciava úmida e abafada. Duas carruagens mechânicas me ofertavam serviços. Eu as ignorei e segui caminhando como um vagamundo noturno. Tudo naquelas paragens urbanas e exóticas me causava dúvidas e inquietações, desejos de saber e desejos de contato, sentimentos raros à pele endurecida.

Subi a Rua da Ladeira até a Praça da Matriz, passando pelo Theatro São Pedro e pela Biblioteca Pública, dois majestosos templos que datavam do Segundo Império. Evitando os grupos parados nas calçadas, compostos de jogadores, prostitutas e larápios, navegava em passo rápido, coletando em minha mente frases, risos, ditos, pilhérias, jargões, calões e chavões. Tratava-se da mesma língua, apesar de suas variações produzirem musicalidades outras, como se eu estivesse noutro país, talvez noutro mundo.

Cruzei a praça em direção ao abandonado Templo do Crucificado. Ao fitar suas torres, acendi uma cigarrilha e deixei meu olhar vagar na direção oposta, em direção às águas calmas e turvas do lago que ornava a margem escura. Segui minha aventura madrugada adentro, mais corajoso e firme do que em qualquer momento passado. Algo mudava em mim, uma excitação e uma ventura que nublavam os propósitos racionais e deitavam lenha numa fornalha mais primitiva.

Eram ruas, avenidas, becos, segredos, e eu seguia pela via serpenteante que era ofertada aos transeuntes. Nela, damas belas e feitas, magras e gordas, grandes e ticas, quase crianças, vestidas de plumas, sedas e acetinados: um revisitado gozo no adiantado da hora impura. Passear pela Baronesa de Caxias, depois transmutada em Independência do Reinado, acalmou-me os nervos e assim continuei, num flanar frígido, até dar-me conta do que surgia à minha frente.

Estava diante de um imponente sobrado de esquina, com luzes em todos os cômodos, música de câmara produzindo agradável harmonia e um entra e sai de senhores bem-vestidos que denunciava o serviço ali ofertado.

Negando minhas defesas morais — até a véspera, resolutas —, adentrei o casarão reformado. No salão principal, notei o engano. Pensei visitar um bordel e me vi numa casa de instigante elegância. Pensei acessar um antro de desejos realizados e me encontrei transpassado por um banquete de desejos sugeridos e intensificados. Pensei que encontraria mulheres noturnas de alinho aparente e me vi enlevado a um palácio de deusas humanas, e não apenas elas, mas também eles, além de seres masculino-femininos, numa variedade de cores e estilos que me deixavam aturdido e embasbacado.

Ignorando a escadaria dupla que levava às esferas divinais, escolhi uma mesa de canto, na borda do grande salão. Dali, observaria melhor o sacolejo das ancas, em suas gloriosas formas, tons e disposições. Era um *voyeur* de folhetim, encantado com faces, roupas, vozes, com a variedade humana apenas disposta na intimidade dos grandes festejos.

Observei primeiro as fêmeas de variadas especialidades e nacionalidades. Cantoras de cafés-concertos — francesas, sem dúvida —, massagistas húngaras, literatas de fina educação europeia, dominadoras inglesas, deslumbrantes princesas turcas, indígenas, africanas... Os jovens efebos vestidos a caráter, entremeados às cortesãs e à clientela chique, sussurravam nos ouvidos dos anciãos desejos prohibidos, convites sórdidos, prazeres indescritíveis. As figuras mais alegres, coloridas e vivas flanavam incólumes por entre os pesados manequins humanos, como se a transposição dos gêneros lhes presenteasse de asas etéreas. Tão logo me sentei, serviram-me um Merlot escuro, meu predileto, como se aquele lugar fosse também o reino dos desejos não revelados, materializando gostos inauditos.

Quando me dei conta, não estava mais sozinho. Absorto no espetáculo que se desvelava, não notei os dois jovens que se sentaram ao meu lado. O desconforto da situação desenhou-se em minha face. O mais jovem, com traços delicados e cabelos lisos que lhe caíam aos olhos, olhou-me com simpatia e, ao notar a origem da minha apreensão, logo se apresentou.

"Meus cumprimentos, sou Solfieri de Azevedo e este é meu camarada Sergio Pompeu. Espero que não te importes de te fazermos companhia, visto o estabelecimento estar sobrelotado."

Aliviado, disse a eles que não iria me demorar.

Deitei os olhos no segundo sujeito, loiro e também belo, um pouco mais velho que o adolescente que me dirigira a palavra antiquada. Formavam um par interessante, como um Narciso ousado e um delicado Hermes. Sorvi um gole de vinho e voltei a fitar a movimentação do grande aposento de festa, uma vez que três imponentes figuras femininas acabavam de entrar, formando grupos isolados que as cortejavam.

"São as donas da casa", disse Sergio, "cariocas de trato e requinte, que há anos deixaram o Rio, depois de uma série de escândalos, para abrir em Porto Alegre este palacete alegre de raros deleites e finos perfumes". Supus engraçada a expressão que usara, pensando-a adequada ao que desfilava ante os olhos. Os prostíbulos que eu conhecia eram cortiços comparados com este palácio exuberante, e todas as meretrizes, sombras pálidas e flácidas, se emparelhadas à pujante beleza daquela tríade.

A primeira das mulheres era imperiosa, já entrando na quinta década. Sua idade porém não apresentava problema, pois eram raríssimos traços mais fundos e quanto aos que se inscreviam em sua face, apenas reforçavam sua inteira formosura e compostura. Quanto à elegância e ao porte, cada detalhe era sutil, fosse do traje ou do corpo. Tudo nela inspirava requinte, arte, beleza, e fumava e falava como se o mundo ao redor fosse um quadro e ela fosse o centro da cena representada em acentuadas tinturas escuras. Sorria *blasé*, numa lentidão doce de nobreza antiga. Cobria-lhe o corpo barroco um terno escuro, masculino e monárquico.

No centro do salão, outro evento transvertido de mulher. Tinha a pele negra clara e devia estar nos seus trinta e poucos anos. Tinha um corpo voluptuoso e exuberante que transpirava desejo. Suas palavras, lâminas afiadas. Seus olhares, chamas de incêndio incontido. Seus gestos, o pecado original revivido, fosse ele qual fosse. Tratava-se de um Éden de encantos que transmutava cavalheiros em serpentes caídas, em répteis demoníacos que transpunham fronteiras selvagens. A mulher sorria e sambava com os dedos afetuosos, todo o seu corpo em sintonia. Tinha olhos de fome, olhos de sede, olhos que prometiam todos os frutos do jardim selvagem do mundo. Vestia uma saia rodada de seda avermelhada e nos pulsos finíssimos, miçangas multicoloridas a combinar com o brilho dos vítreos olhos.

Por fim, finalizando o tríptico daquele altar profano, a terceira integrante era bem mais jovem, sendo a encarnação da pureza imaculada; um rosto de Botticelli alocado num corpo de Caravaggio. Seus olhos refletiam o ouro e, ao redor dela, os homens que não desejavam a elegância dos anos ou o desejo da maturidade, e sim a febril volúpia da juventude, encontravam perfeita companhia, numa rara e doce tirania. Com os dedos pequeninos, a jovem coquete brincava com seus amantes beatos, ora lhes fazendo perguntas ou lhes lançando respostas, ora lhes recitando poemas insanos de amor ou lhes cantando canções de ninar. Tinha olhos de Vênus fria, que coroavam a pele pálida, maculada por umedecidos lábios finos, pintados de rosa acre. Aquela angelical imagem, puta e pura a um só tempo, vampira pitonisa virgem, estava envolta em pesado vestido, circundado de *taffetas* pretas. Era a morte, e eu me vi enamorado dela.

Meus olhos indecisos não sabiam em qual direção olhar e por um momento quis fechá-los, com medo de que aquelas imagens me perfurassem as retinas. Eram santas adoradas numa onírica igreja satânica.

Floc, por bem menos, estourara com um tiro os miolos. O que faria eu, caso não conseguisse interromper o fluxo daquelas imagens?

Pelo grande salão do sobrado, pairavam não sei quantas essências raras e caras, numa infinitude de cheiros, perfumes e sonoridades, como se a raça humana naquela casa enfeitiçada fosse um jardim caótico de plantas, flores e ramagens, florescendo espontâneo e livre! Por instantes, esqueci-me de que estava num palácio infamíssimo, surpreso pela inigualável e inegável beleza daquelas pessoas, daqueles lampadários, daqueles sexos.

Sentia-me como se todas as coisas deliciosas se tinham impregnado no arranjo dos meus sentidos, diluindo-os num caudal fervente de Eros.

Solfieri pousara sua mão em meu ombro, enquanto Sergio recebia em seu colo um dos jovens efebos que se oferecia a ele.

Toda a cena me fez querer gritar e correr, mas meus membros impediram-me, entorpecidos pelo vinho e pela orquestra de perfumes que se enfileiravam diante das narinas intoxicadas.

"Elas são assustadoras, não?" Não sabia o que responder ao jovem que agora falava muito próximo ao meu ouvido. "Há miríades de histórias sobre essas damas. Dizem que as três bruxas fugiram do Rio de Janeiro depois de inúmeros crimes sórdidos. Um deles envolvendo um cortiço que fora incendiado e uma pilha de corpos machos."

"Quem são essas três mulheres?", perguntei ao adolescente velhaco, reunindo forças e concatenando ao máximo um raciocínio que não mais possuía.

"Respectivamente, a elegante Léonie, a sublime Rita Baiana e a virginal Pombinha. Dizem por aí que Rita Baiana recebe apenas um amante por noite e nunca o mesmo. Já a senhora mais velha e a dama mais jovem falam que dividem a cama com vários homens, mas durante o dia e em algumas noites, bastam-lhes uma a outra", informou-me, voltando o corpo esguio ao encosto da cadeira.

Tentei purgar de minha mente todas aquelas imagens que me assustavam e encantavam, e exorcizar do meu espírito a litania de ardências que a presença das três figuras produzia contra as minhas defesas.

Sem pensar, temendo perder-me, levantei e deixei os dois homens na mesa — Sergio já muito ocupado com os lábios do jovem grego. Abandonei a casa com medo e ansiedade, ignorando Solfieri, que me chamava. Teria ouvido meu sobrenome em seus lábios?

Deixei o Palácio dos Prazeres em direção ao centro e ao Grand Hotel, caminhando às pressas, quase correndo, na ilusão de que a proteção do quarto e a mornidão dos lençóis pudessem apagar em mim o ímpeto dos sentidos, todos contaminados pelo que eu havia sorvido.

Ao chegar ao hotel, ignorei os recados que o atendente me estendia e corri para o quarto, evitando o elevador mechânico e usando as escadas.

Ao livrar-me das roupas, mergulhei no útero líquido e frio da banheira, na esperança de um puro esquecimento.

Todavia, nem banhos frios, nem cigarros acesos e apagados, nem taças de vinho bebidas no escoamento do tempo aplacaram o meu desalento.

Em sonhos de ardor e desejo, Léonie afagava meu palato com seus lábios prohibidos, vertendo a doçura de seu corpo, e Pombinha sussurrava ao meu ouvido versos góticos, românticos, ditirâmbicos, enquanto a própria sentia na trepidação do toque de Léonie o desabrochar de todos os seus mecanismos, e tudo isso no ritmo de Baiana que dançava e refundia-se, serpente pérsica no vozerio noturno, na pujança das carnes e dos ácidos lumes, sobre o compassado eixo do gozo, ao passo que eu derretia-me, liquefazia-me, noite adentro, noite ardendo.

Porto Alegre dos Amantes,
10 de julho de 1911.

Noitários de Isaías Caminha
(Continuação)

Depois de um breve almoço no restaurante do hotel, tomei um bonde que me deixaria nas imediações do Bosque da Perdição. Visitaria naquela tarde a casa de Louison e travaria contato com o responsável pela prisão do Doutor, que respondia pela alcunha de Pedro Britto Cândido.

Após seu encarceramento, o sobrado de Louison fora interditado pelas forças policiais. No seu escritório, apreenderam escritos, diários e utensílios médicos de misteriosa procedência. A casa ainda mantinha sua mínima proteção em função dos esforços do advogado de defesa em provar que os crimes não haviam acontecido nela. A responsável pela propriedade era a amante de Louison, uma escritora chamada Beatriz de Almeida & Souza.

Ao chegar ao antigo casarão, mirei sua opulência. O jardim bem cuidado servia de pórtico, guardado por duas esfinges pétreas que se observavam. Na frente da casa, uma nogueira dava sombra às forças policiais. A construção toda suspirava um ar de saudade e beleza, com uma hera selvagem lhe subindo pelo frontão. Dos galhos ressequidos, o verde brotava em profusão, dando à construção a ilusão de obra humana abandonada.

Os dois andares do sobrado estavam cheios de funcionários públicos, policiais, escrivães, contadores, advogados; todos num entra e sai de classificação e catalogação. Logo na entrada, fui levado a um cômodo que fazia às vezes de sala de visitas e biblioteca. Grossos volumes encadernados contrastavam com os tomos de literatura, história e medicina. Na única parede sem estante, havia pinturas dos ocupantes anteriores da casa e do próprio Louison, retratado aos vinte e poucos anos.

Em todos os cômodos, uma negra elegante auxiliava as tropas policiais. Quando fomos apresentados, observei-a com indisfarçada fascinação, uma vez que era um espetáculo à parte presenciar tal mulher, escura como a noite sulina, dando ordens aos diferentes grupos na enumeração dos móveis ou auxiliando na compreensão dos detalhes que a polícia ignorava, tão absorta que estava no imaginário de bestialidades noticiado pelos jornais. Tratava-se de uma mulher esguia e em tudo educada, com membros firmes e olhos escuros gigantescos, vestida com o esmero das deidades de theatro. Tive ímpetos de não conversar com Cândido, pressentindo que aquela mulher — a terceira esfinge daquela casa — encerrava as respostas de todo o enigma.

Infelizmente, veio um cadete robótico afastar-me dela, levando-me em direção ao chefe da investigação. Ao percorrer o corredor que ultrapassava o sobrado, pude espiar outros cantos da casa. Por instantes, escutei com minha imaginação a voz daquelas paredes e das suas pinturas e retratos sussurrar o fausto do passado. Era uma vida imensa que havia se descortinado naqueles cômodos e que agora prometia esvaecer-se aos poucos, como acontece com as grandes casas quando seus donos se mudam, viajam ou morrem.

Foi no quintal que encontrei Britto Cândido, fumando um cigarro comum e bebendo café, como uma típica figura das novas forças da República. Diante dele, o jardim — no qual Louison cultivava hortaliças, orquídeas e violetas húngaras — fora transformado num campo esburacado devido à procura de restos humanos. O investigador estava parado diante de nove covas, cada uma posicionada num ponto diferente do terreno médio, que se estendia até o fim da propriedade, num caminho emoldurado por simétricas pedras escuras.

A décima cova estava sendo escavada e o homem que estava dentro dela dialogava com Cândido, informando-o nada haver ali, exceto duas ossadas felinas e uma canina. Cândido sussurrou um "merda" quando me aproximei dele.

Era um homem alto, de membros fortes, olhos pujantes e testa alta. Sua face apresentava traços duros e grosseiros, coroados por um cabelo crespo e leonino. Em seu cinto de xerife policial, chamou minha atenção duas pistolas, uma modernosa e outra antiquada, velha pistola de velhas guerras e antigos duelos. Após as apresentações, retirei do bolso um gravador phonográphico portátil.

Pedi a ele que sumarizasse a investigação e a prisão de Louison.

Em linhas curtas, disse que tudo não passara de um golpe de sorte, uma vez que dos cinco suspeitos, Louison fora o primeiro a ser procurado. Ao visitá-lo, o Doutor tentou envenená-lo, ardil que notara na hora. Dando voz de prisão, Louison não ofereceu resistência. A prisão ocorrera na sala, ali ao lado, apontou ele com o indicador sujo de terra. Restava agora esclarecer os detalhes a respeito dos crimes.

"Ainda falta o primordial", disse-me, "pois não temos o motivo. Até agora, Louison é apenas um assassino sádico que matava por prazer. Eu acho que se trata disso mesmo, um ricaço entediado que começou a se divertir de outros modos além daqueles encontros afrescalhados de literatos e o diabo a quatro. Mesmo assim, tem algo no sujeito que não me convence. Eis o grande mistério. Além disso, suspeito que haja mais vítimas não descobertas e detalhes temporais ainda imprecisos sobre o seu *modus operandi*."

Cândido explicou-me que tinha esperanças de encontrar os oito corpos ou ainda outras vítimas enterradas ali, no limite de sua residência. Supus que um homem como Louison pensaria numa maneira mais inteligente para dispor de tais vestígios, mas resguardei minha ideia no limite do crânio, uma vez que o homenzarrão não estaria interessado na opinião de um mero jornalista.

Tive impressão ambígua sobre Cândido. Tratava-se de um profissional, não havia dúvida, embora dele exalasse o odor dos seres cansados da vida e dos homens. Fumava e bebia seu café com a pressa dos que não têm existência fora do expediente. Nutri simpatia pelo pobre, uma vez que eu também me alocava na categoria de ser solitário. Nos seus quarenta e poucos anos — mesma faixa etária de Louison —, Cândido apresentava um corpo forte, outrora heroico, sem dúvida, porém arqueado pelos anos vividos entre mortos, vítimas e celerados. Para ele, a casa era uma "catedral da decadência, com seus livros, discos, objetos antigos, quadros, pinturas e gravuras estúpidas".

"O homem tinha tralha até nos quartos de banho, acredita? Flores, essências e livros até nos quartos de banho!" Achei reveladora a ênfase dada por Cândido àqueles cômodos, talvez os únicos que — em sua opinião — revelavam a existência de seres humanos.

"E não bastando tudo isso...", disse-me, jogando o toco do cigarro no chão e ignorando minha cor, "tem uma negra que vivia com o bastardo, pelo jeito uma amigada. O que parece essa mulher com roupas e tratos de dama educada na Europa? Ela fizera um acordo com a polícia de que, caso auxiliasse na investigação, não seria nem mesmo mencionada nos autos do processo. E você sabe da maior? Quando abriram os documentos de Louison, o que encontraram? Ele transferira todos os bens para ela. Não é ridículo? Uma negra ser a única beneficiária de tudo? Esse mundo vai de pior a péssimo."

Engoli a seco o vitupério do alcaide e informei-o de que voltaria a procurá-lo para uma entrevista mais detalhada nos próximos dias. Reentrei na casa, desejando esquecer o cheiro da terra remexida e do encontro que tivera com aquele paradigma da lei e da justiça.

Encontrei Beatriz na grande biblioteca, sentada com um volume de literatura diante dos olhos, enquanto levava aos lábios uma xícara de chá. Era sem sombra de dúvida a nova senhora do casarão.

Não contive minha curiosidade e perguntei o que lia.

"Um autor francês chamado Des Essseintes", respondeu-me. "Boa literatura, mas como toda escrita masculina, afeita aos sentimentos egocêntricos e às impressões causadas pelas figuras femininas. Para vocês, todas nós somos um mistério, não?" Silenciei, segurando com força a aba do chapéu.

Convidou-me a sentar e entabulamos rápida conversa, uma vez que dentro de instantes ela seria convocada pelas forças a esclarecer outros detalhes sobre a geografia da casa e sua história com Louison. Perguntei-lhe se poderia registrar sua voz no pequeno maquinário que trazia comigo. Ela possuía uma voz pujante, transpassada de fluência admirável, emoldurada pelo negrume da pele, em contraste com os dentes branquíssimos. Estudei seus olhos violáceos e seus lábios carnosos, todo um arranjo feminino encoberto por um claro e elegante vestido.

Questionei-a sobre sua relação com o médico e ela respondeu-me de modo objetivo. Era sua amante, nada mais. Achava estranho suas saídas noturnas, mas nunca suspeitara de suas atividades criminosas. Embora a polícia continuasse procurando por corpos, avisara-os de que nada encontrariam na residência ou nos seus arredores. Quanto ao fato de ser ela a atual patroa da casa, falou pouco. Disse que Louison nunca tivera parentes e que não lhe surpreendia ter registrado tudo em seu nome. Ela pretendia vender a propriedade e retornar a Minas Gerais, de onde seus pais vieram, depois da Lei Abolicionista de 1878.

Bebi meu chá e interrompi a gravação, um pouco decepcionado com a frieza e a objetividade da mulher. Algo nela me interrogava. Não apenas a cena, mas toda sua postura, que lembrava a de uma atriz dando com perfeição o seu texto. Colocou-se em pé, indicando que a entrevista findara.

Eu copiei seu movimento e agradeci a conversa.

Estava tomando o caminho da porta quando ouvi de sua voz um tímido "Senhor Caminha". Agora, seu tom de voz não era mais informativo ou neutro, sendo margeado de uma sutil emoção. Fitando-a, notei no escuro de seus olhos o desejo de perguntar-me algo. Olhei para o lado, comunicando-lhe em silêncio que estávamos sozinhos. "Tu o visitarás amanhã, não?", perguntou-me, agora não mais com a pose que lhe convinha, mas com inegável soffrimento. Eu assenti e ela voltou à posição anterior.

Serviu chá e voltou impassível à sua leitura. Eu deixei a sala questionando quais segredos a bela negra tinha com o assassino.

Tratava-se de uma mulher livre e educada, para quem as diferenças de raça e classe nada significavam. E pelo visto, também não importavam para Louison. Mas o que desejaria ela dizer ao seu consorte? O que escondia daquela relação, quando a casa, às escuras, voltava à sua sonolência arquitetônica? Tratava-se de mais um mistério a intensificar minha inquietude crescente. No interior da consciência, testemunhei o intumescimento de um desejo estranho: queria me entranhar no centro vertiginoso daqueles enigmas, daquelas vidas que surgiam fascinantes, todas enredadas num tal cenário verdejante e selvagem.

Ao abandonar a casa de Louison, dirigi-me ao Bosque da Perdição, passeando por suas largas calçadas, entre a estrada movimentada e o matagal relvoso e musguento, onde escravos fugidios esconderam-se décadas antes. Vi à frente o passeio das carruagens mechânicas que traziam e levavam passageiros ao maior parque da cidade. Espalhados pela paisagem, soldados e policiais faziam guarda. Há anos o bosque não era considerado seguro, com marginais e cafetinas substituindo os anteriores condenados. O policiamento integrava o esforço municipal de recuperação urbana. No céu azulado daquele julho frio, dois dirigíveis passavam, um indo, outro vindo, num bailar aéreo indiferente.

Enquanto estava perdido em observações celestes, fui distraído por um dos bancos do parque, onde, abaixo de uma frondosa figueira, jazia uma peculiar figura feminina. Era a misteriosa mulher da noite retrasada, a que havia surgido diante da minha janela e visitado meus sonhos. Desconcertado, suspeitei tratar-se de um deslumbramento imaginativo. Porém, tal impressão foi corrigida ao notar que ela fumava um fino cigarro, mirando-me da nuvem de fumaça que partia de seus lábios. Minha imaginação não produziria tal cena, não nestas circunstâncias, não nestes tons. Decidido como raramente sou, dirigi-me a ela num passo apressado, estudando sua reação.

A mulher nada fez, apenas continuou a me olhar, agora indicando com a mão coberta por uma fina luva escura o espaço vazio ao seu lado. Sentei-me inseguro, enquanto seus olhos seguiam o movimento dos transeuntes. Quanto aos meus, eram incapazes de desviar da curvatura delicada dos seus lábios. Ela findou o cigarro e girou o corpo em minha direção, chegando mais perto, como se partilhássemos uma intimidade antiga.

Perguntei o que desejava de mim, admirado por minha objetividade.

Era como se, na presença daquela mulher, todas as minhas dúvidas desaparecessem e eu surgisse ali inteiriço e pujante, diante de uma existência a qual estaria determinado a não mais desperdiçar um segundo.

"Desejo que você leve uma mensagem, desejo que faça o que faz tão bem, que comunique a um ouvinte particular a urgência do que preciso lhe transmitir."

Ao aproximar-se de mim, sussurrando aquele pedido, senti o cheiro da chuva tocando a terra desértica, aquela mistura doce e agreste, um cheiro como a pele daquela mulher misteriosa, cujo desenho indígena do rosto me assombrava e me encantava. Em algum momento, vislumbrei serpentes dançando na vastidão dos olhos sombrios. Só então reorganizei minha percepção, a fim de photographar sua figura e a elegância do seu porte.

Ela tinha olhos profundos e lábios de um raro tracejado pérsico. Com uma carteira feminina ao lado e uma sombrinha ao colo, abanava um leque. Sentava-se ereta, como uma fidalga antiga, envolta num pesado vestido escuro e bordado. O que conectava o seu rosto marcante ao corpo bem formado era um pescoço de mármore que encaixava no busto e morria nos ombros, numa linha interminável de pele que parecia um desenho.

Nela, vi a aurora dos tempos na modernidade do século.

"Não entendo...", eu disse a ela.

"O que importa da vida não entendemos", respondeu, com um quê de serenidade que me encantou.

"Conheço você?", questionei, fingindo a inexistência da noite prévia.

"Sim e não", devolveu-me, divertindo-se como uma felina diante da presa. "Mas não estamos aqui para falar de mim e você, mas dele." Ao findar a frase, desviou os olhos dos meus, projetando-os em direção ao palacete de onde eu viera.

"De Louison", completei.

Ela assentiu, talvez satisfeita pelo fato de dividirmos aquela frágil comunhão. Agora, ao menos, vi comprovada a minha suspeita de que todos os acontecimentos singulares que havia vivenciado mantinham uma direta relação com o caso que me trouxera até ali.

"Você o visitará amanhã e eu preciso que leve uma mensagem minha." Não se tratava de um pedido e sim de uma resolução a ser cumprida.

"O que você pede é impossível...", repliquei, criando uma óbvia decepção em seu rosto. "Eu não poderia... seria contra a lei..."

"Isaías... conheço sua mente e sei que não é vulgar." Meu nome, em seus lábios, pronunciado com uma gravidade incomum. "Por isso", continuou, "não fale como eles falam. A verdadeira existência está acima das convenções e das prohibições. Está acima dos pais, das irmãs", ela pausou, como se a última palavra lhe trouxesse lembranças amargas, "dos homens e das mulheres que encontramos todos os dias. Você sabe que tenho razão, não sabe?"

Seus olhos fitavam os meus como setas de fogo, destruindo cada uma das minhas fortificações. Diante daquela mulher meu corpo inteiro entregava-se, possuído por sua articulação, vitimado diante de sua postura e do seu corpo.

"O que devo dizer a ele?", perguntei, ordenando que a criança temerosa fosse embora.

"Diga a Antoine que providenciaremos sua liberdade."

Antes de interrogá-la, perguntei-me, um pouco enciumado, a quem mais se referia ela ao utilizar aquele sórdido plural.

"Como vocês farão isso?", questionei irritadiço. "O asilo é neste momento um dos prédios mais resguardados da capital, e Louison, o criminoso mais vigiado. Como seriam capazes de libertá-lo? Quem quer que sejam *vocês*."

Ela se levantou, não desviando nunca seus olhos dos meus.

"Neste momento, Isaías, você precisa apenas entregar-lhe o recado. Quanto às outras perguntas, elas serão respondidas, mas apenas se você for o homem que eu suspeito que seja." Ela curvou a face e despediu-se. Deu-me as costas e partiu, com a sombrinha agora lhe protegendo do sol e do vento.

Levantei-me num átimo e dirigi-me a ela, interrompendo seu caminhar.

"E depois de entregar a ele o seu recado, como farei para encontrar você novamente?" Minha voz trêmula revelava sentimentos óbvios.

"Seu retorno ao Rio de Janeiro está marcado para depois de amanhã, não? Ao amanhecer..." Ela voltou seu corpo para mim, presenteando-me novamente com o seu rosto. "Se você entrar naquele dirigível, retornará à sua vida, ao seu futuro, e nunca mais me encontrará. Se, por outro lado, você decidir abraçar suas inquietações e aceitar seu espírito audaz, então nos veremos novamente."

Sua fala agora soava desigual, ora alongando as palavras, ora as apressando, mas todas revelando paixão e vivacidade. As frases deixavam os lábios rubros investidos de grandes sentimentos. Tudo que falava vinha das profundezas da alma, daquelas partes que ela trazia de seu passado, um passado que eu desejava mais do que tudo perscrutar, senão desvendar.

"Qual é o seu nome?", perguntei hipnotizado.

Sem interromper o ritmo de seus passos, virou levemente a cabeça, fazendo-me vislumbrar a linha perfeita do seu perfil.

"Vitória", respondeu-me. "Vitória Acauã."

No momento em que se afastou de mim, penetrando naquele fim de tarde que se esvaía, senti algo semelhante a um mau agouro, o prenúncio de uma sorte agora vetada à minha existência. Fiquei sozinho no meio do passo, observando-a desaparecer no horizonte irregular. Soube naquele instante que meu caminho estaria conectado ao daquela mulher. Soube ali que não voltaria ao Rio de Janeiro, não no futuro próximo. Sua imagem atravessava-me tão fundo a ponto de revigorar em minhas células sentimentos que julgava falecidos. Ao lembrar-me de sua voz e de suas palavras, cristalizava em meu âmago uma renovada angústia. Soube, petrificado, que, diferente de um Perseu, não possuía escudo algum que me protegesse do olhar entorpecente daquela criatura.

Tentando esquecer o fulgor daqueles acontecimentos, naquela noite revisei em meu quarto a descrição do processo contra Louison, realizado às pressas por ordem da intendência do Estado. O fato de uma das vítimas ser sobrinha do governador tornou a condenação premente. No julgamento de quatro dias e duas noites, para o horror dos presentes e júbilo da imprensa, os corvos jurídicos apresentaram indícios de que Louison seduzira, alimentara, entorpecera e matara no mínimo oito vítimas, usando-as como modelos de estudos anatômicos.

O advogado de defesa pouco pôde fazer em auxílio de seu cliente. Por outro lado, a promotoria transformou o julgamento num púlpito em defesa da moral, da ordem e das famílias de bem. A cidade de Porto Alegre, proclamavam, tinha a obrigação de extirpar tal figura de evidenciada monstruosidade. O veredicto sumário indicava a execução por asfixia mechânica, forma de assassinato assistido ausente dos pleitos públicos desde a Revolta Negra de 1840. Neste ínterim, Louison ficaria retido para estudos psiquiátricos no hospício São Pedro.

Fechei a pasta dos autos com ímpeto violento, revisitado por sentimentos contraditórios e ainda impactado pelas figuras femininas que contatara naquela tarde. A amante de Louison escondia consigo um mistério intrigante. Quanto a Vitória, sua promessa de libertar o Doutor me horrorizava.

Como pretendia fazer isso? Estaria planejando contar com meu auxílio?

Irritado e impaciente, fui me esconder no território dos sonhos.

Fracassei, uma vez que os fatos antigos e o encontro do dia seguinte não deixavam minha mente acessar os reinos prohibidos de Morfeu. Foi somente depois de duas horas que meu corpo esgotado apagou-se.

Por instantes, invejei a praticidade dos mechânicos e dos seus dispositivos de ligar e desligar.

*Porto Alegre dos Amantes,
11 de Julho de 1911.*

Noitários de Isaías Caminha
(Continuação)

O sol despontava no topo da cidade desperta, tirando-me da cama. Depois de arrastar-me esgotado da noite insone, banhei-me e me vesti para o compromisso mais importante daqueles dias. Após um rápido almoço, deixei a calmaria do Grand Hotel em direção à balbúrdia da rua. Os recados que aguardavam por mim na recepção eram do Rio e pediam notícias da reportagem.

Além disso, informou-me o atendente robótico, haviam procurado por mim na noite anterior, sem deixar recado ou identificação. Ele me disse apenas que se tratava de um adolescente magro e de aspecto doentio.

Na rua, o trânsito de carruagens eléctricas e dos cupês mechanizados era intenso, sendo cortado pelos bondes electrostáticos que deslizavam no limite de sua lotação. Nas esquinas, havia patrulhas de infantaria e cavalaria, além de alguns soldados armados. Na companhia das tropas, robóticos portando carabinas, revólveres e lança-mosquetes davam à imagem uma atmosfera de guerra. Preparavam-se para um levante? Ou será que pressentiam a tentativa absurda de libertar Louison? O bonde que eu esperava aproximou-se. Ignorei sua lotação e dependurei-me num dos balaústres depois de jogar o toco de cigarro na calçada. Encontrei meu lugar entre dois homens de meia-idade, um deles de farda.

Seria aquela ansiedade um simples reflexo da minha angústia, ou havia algo no ar que fazia tudo e todos anteciparem novidades ainda mais terríveis do que as popularizadas nas últimas semanas? As patrulhas subiam e desciam, forças humanas entremeadas a figuras robóticas. Nas lojas, nos cafés e nos bancos, a gente espiava o movimento, esperando que qualquer evento bombástico acontecesse. Dentro de mim, debatia-se de um lado a decisão ética de não repassar a Louison as palavras de Vitória e, de outro, a vontade de fazer jus à posição de garoto de recados a que ela havia me submetido.

Ao passar pela Avenida da Azenha, deitei meu olhar sobre o arvoredo do Bosque da Perdição e sobre o banco no qual encontrara a mulher na tarde anterior. Quantos eventos absurdos ainda me aguardavam naquela cidade de monstros e máquinas? E quanto ao jovem que me procurara no Grand Hotel, estaria ele envolvido no plano de libertar o assassino que eu estava prestes a entrevistar? Só poderia tratar-se do sujeito que vira no Palacete dos Prazeres.

Meus questionamentos foram momentaneamente desviados pela visão das ruínas do Templo Positivista e seus ideais de "Ordem & Progresso".

Ao chegar à estrada do Mato Grosso, o bonde interrompeu seu percurso e tive de tomar uma antiga charrete. Ao sentar no banco desconfortável e sem cobertura, o guia me perguntou o destino. Era estranho interagir com outro ser humano num contexto como aquele, sendo que pouco a pouco profissionais daquela cepa eram substituídos por modelos mechânicos. Ao mencionar o Asilo para Alienados e Criminosos Dementes, o desgastado homem reclamou.

"Levo muitos para lá nesses dias", disse, enquanto ordenava com o movimento dos arreios que as duas éguas descoradas partissem, "embora não saiba se os loucos estão aqui fora ou lá dentro". Eu ri de sua perspicácia, pensando que um homem de lata dificilmente seria capaz de produzir um dito tão espirituoso.

Fundado em 1884 e agora sob a vigilância de um centenário médico carioca chamado Simão Bacamarte, o asilo São Pedro recebia pacientes de todo o Estado. Bacamarte propusera um método de cura dividido por castas de loucura, nas quais cada doença era tratada em uma seção isolada do hospital. Essa distinção mostrou-se curiosamente acertada, produzindo diversos casos de rápida recuperação. Porém, segundo opiniões mais abalizadas do que a minha, tal recuperação dava-se às horrendas cenas vivenciadas no asilo, o que fazia com que muitos retornassem à sanidade, odiando a pretensa casa de recuperação.

O único documento que encontrei sobre Bacamarte indicava um projeto semelhante na cidade de Itaguaí, num grande casarão cujas janelas verdes deram nome a um hospital abandonado, posteriormente transformado em pousada. Tal projeto não vingara visto os poucos hóspedes reclamarem de vozes, espíritos e utensílios psiquiátricos pontudos que surgiam e desapareciam em lugares improváveis. Cogitava se a vida não poderia, na sua ignóbil ironia, ter propiciado um anfitrião mais inadequado para receber o refinado Louison.

Quando dei por mim, a charrete interrompera seu curso, com o velho guia cobrando-me pouco mais que vinte réis pela locomoção. Concentrado como estava no troco, só observei o cenário onde me deixara ao saltar na estrada pedregosa e árida. Os campos vazios e queimados formavam um cenário desolado, quase agreste, exceto pela majestosa construção. Sobre um frontão descorado, composto de nove prédios principais conectados por uma fachada de arcos esguios e altos, imponentes aberturas avermelhadas davam ao lugar um aspecto terrível.

Ao me aproximar do complexo hospitalar, senti em minha nuca um crescente desconforto, como se, atrás de mim, forças poderosas me empurrassem ao pandêmico calabouço. Ao redor, soldados armados e carruagens policiais e militares faziam a vigilância, segurança reforçada pela chegada de Louison. Percebi que apertava com firmeza suspeita a alça de minha valise, o que me fez trocá-la de mão. Com um lenço claro, sequei o suor da face e da palma.

Ao passar pelo primeiro arco, diante das portas duplas laterais que davam acesso ao primeiro pavimento do asilo, Simão me esperava. Tinha 80 anos ou mais, e todo o seu corpo encurvado era a própria imagem do cansaço. Todavia, no fundo dos olhos escuros, uma vívida energia explicitava a razão de coordenar aquela instituição. Caía-lhe bem a função, sendo frio, calmo e metódico.

Vestia um jaleco branquíssimo, um pouco grande demais, sobre uma camisa também clara, com os botões presos até o início do pescoço flácido. Tinha uma fisionomia larga e dura, um pouco cômica em vista da ridícula e desusada gravata, olhos grandes e lábios comprimidos, que revelavam grande dificuldade em sorrir. Sua voz lembrava-me um medieval e pedante escolasta.

Ao caminharmos no interior do primeiro bloco, Bacamarte mostrou-me as instalações onde os alienados e também os psicóticos eram tratados com o que havia de mais modernoso das tecnologias eléctricas e mechânicas.

"Na Europa, descargas electrostáticas de grande potência têm evidenciado significativa melhora no caso dos violentos criminosos e psicóticos. Veja este caso, por exemplo, matou sua esposa e suas filhas quando descobriu que uma delas deitou-se com um vizinho", disse, indicando um homem que, livre de qualquer corrente, estava sentado num dos bancos do corredor. "Ele não sabia qual das três e, na dúvida, matou todas", contou-me com um sorrisinho de domador de circo, interrompendo nossa caminhada e esperando, orgulhoso, por minha avaliação. O homem tinha a cabeça pendendo para o lado e a boca entreaberta, de onde escorria um fio de baba e restos de pão. "Não é belo o que fazemos aqui?", perguntou.

Devolvi-lhe meu silêncio.

Enquanto caminhávamos pelos corredores longos, em direção ao coração do magnânimo hospital, Simão descrevia suas várias alas. "Aqui tratamos dos celerados, ali dos tarados, lá das masturbadoras crônicas; nesta ala, prendemos as histéricas, sempre um perigo; à esquerda, os pederastas...", e continuou, andando à minha frente, na sua litania classificatória de colecionador de pássaros. Constatei naquele velhaco, na sua mania de anfitrião pedagógico, um revivido e gordo Virgílio a descrever os círculos infernais.

Ao chegarmos ao fim do corredor, paramos diante de janelas altas que revelavam gramados e uma grande diversidade de flores plantadas e cultivadas em canteiros geométricos.

O jardim estava vazio, sendo prohibido o acesso aos pacientes.

A bela cena paisagística era acompanhada por uma litania de gritos, súplicas e choros, quando não de ranger de dentes, alguns abafados pelo som de engrenagens mechânicas e correntes de confinamento. Cada canto do asilo era um moinho satânico de opressão e impensável soffrimento.

Dobramos à direita acessando outro longo corredor, agora uma via que cortava diametralmente os nove pavilhões do hospital. Como um sendo guiado a um calabouço, tentei ignorar os gritos que me chegavam aos ouvidos. As vozes dos condenados, a limpeza dos corredores e os sorrisos de Bacamarte agiram sobre mim de modo potente: deram-me anseios de repulsa, e, por um breve instante, temi ser descoberto louco naquela casa de loucos. Estaria Louison recebendo igual adestramento? Como se adivinhasse meu pensamento, Bacamarte disse-me que o psicopata não estava sendo submetido a tratamento algum, visto ser inútil curar um homem que seria executado dentro de algumas semanas.

"Por outro lado", disse-me, parando e retirando do bolso do jaleco uma caixinha de rapé, "gostaria de pesquisar o homem, entrevistá-lo, compreender sua insânia e de mapear a geografia da sua loucura para escrever uma topografia que revolucionasse os casos do tipo". Ao inspirar um pouco do pó, o que eu havia tomado por rapé revelou-se cocaína. Ele fungou mais uma vez, deixando o nariz manchado de branco, e seguiu com sua ladainha, que agora ganhava ares de grande decepção. "Entretanto, Louison não conversa com ninguém, não preenche os questionários e não estabelece nenhum tipo de contato quando caminha pelo sol, na hora diária a que tem direito", disse, dando de ombros. "Por aqui, senhor Caminha", guiou-me o geriátrico por outro corredor, mais soturno e úmido.

Entre o terceiro e o quarto pavilhão, adentramos um salão retangular, onde policiais, médicos e robôs executavam funções diversas. Eu assinei um formulário e fui levado a um gigantesco salão circular, cuja pedraria das paredes criava o efeito de masmorra medieval, ao redor do qual pequeninas outras celas, todas vazias, orbitavam o ponto central. Nele, amarrado ao chão com cordas e correntes, estava um homem vestindo uma camisa de força.

A escuridão era total, exceto pelo raio de luz que surgia do alto daquele panteão manicômico, iluminando o cabelo despenteado do alienado. Sua cabeça estava caída, com o queixo quase encostando no peito afivelado.

Estaria dormindo?

Bacamarte acendeu um lampião a gás e pendurou-o no alto da parede de pedra, um pouco atrás do adormecido prisioneiro. "Eis uma cadeira, senhor Caminha. Não demorarás muito, visto que o condenado se recusa a conversar com qualquer viva alma. Se precisar de qualquer coisa, ou caso algo inusitado ocorra", disse-me, divertindo-se com a última frase, "podes gritar que um enfermeiro virá socorrê-lo". Falou isso ao referir-se ao misterioso suicídio de um dos policiais envolvidos no caso. Semanas antes, no meio de uma entrevista, o oficial tirou sua própria vida enquanto conversava com Louison. Mais um evento que havia favorecido o mito demoníaco ao redor daquele caso.

Pouco interessado em minha reação, o ancião deu as costas, assoviando uma antiga marcha de Carnaval.

Estávamos sozinhos no amplo círculo.

Sentei de frente para o condenado, acostumando meu olhar à pouca luz e meu nariz ao cheiro fétido do pavilhão.

Dali, quase não se ouvia os gritos dos alienados.

O fedor do lugar obrigou-me a retirar o lenço do bolso e levá-lo às narinas que ardiam. Farejando minha presença, pouco a pouco, Louison despertou. O prisioneiro, que até então parecia um manequim amarrado, levantou o rosto.

Passei em revista sua roupa, sua pessoa e sua postura. Destituído do traje de gala, da sobrecasaca, do fraque, dos anéis de ouro e rubi e da elegante bengala, o Doutor vestia um simples e cinzento uniforme prisional, escondido na camisa de força cinzenta. A barba e o cabelo desalinhados.

Diferentemente, seu corpo inteiro irradiava nobreza e dignidade. Tinha ombros eretos e membros esguios. Sua fisionomia era animada por penetrantes olhos escuros, olhos que brilhavam ternos no arco duplo de sua face.

Aquela imagem causava em mim uma singular apreensão. Sua sobriedade, seu olhar nobre e generoso, perscrutador e perspicaz, unidos a uma natural delicadeza, provocavam-me desencontrados sentimentos de admiração e revolta. Havia nele tanta coisa oposta à imagem da sua profissão. Enquanto médicos eram frios e soberbos, a afabilidade do seu olhar me traspassava, pondo-me desnudo.

Quedei hipnotizado, até reunir coragem para apresentar-me.

"Boa tarde, doutor, sou Isaías Caminha", falei, um tanto envergonhado da voz sonolenta e rouca que me escapava dos lábios.

"Boa tarde", devolveu-me ele, "muito prazer. Sou Antoine Louison. Como posso ajudá-lo?" Possuía uma voz sonora e musicada, que agradava ao ouvido pelo aveludado do som. Eu já havia escutado seu ritmo, na mechânica gravação, mas aquela era uma sombra pálida em comparação com a voz real. Diante dela, a impressão que obtive dos dementes, da agitação do hospício, dos pérfidos antros laboratoriais nos quais havia entrado apagou-se inteiramente.

"Eu sou um jornalista carioca e estou escrevendo sobre o seu caso." Ele mirava meus olhos, fitando-me com interesse e simpatia. "Cheguei em Porto Alegre há alguns dias e estou um tanto confuso com tudo o que tenho visto, ouvido, lido e pensado a seu respeito."

Não foi a melhor das introduções, embora tenha sido honesta.

"Sim...", respondeu sorrindo, como se constatasse a mesma impressão que lhe havia comunicado, "esta cidade tem a singular capacidade de modificar a percepção de seus visitantes. O cerne do meu afeto por Porto Alegre dos Amantes também está nisso, no fato irremediável de ela não mais se apagar na paisagem da nossa memória e nossa imaginação." Falava de sua cidade como se descrevesse uma velha paixão. "Vou lamentar deixá-la", disse por fim.

Sua conversar contradizia o silêncio anunciado por Bacamarte. Quando as palavras fluíam dos lábios, era como se toda a energia da sua vida se aplicasse em articular os sons e, ao falar, era como se falasse pela primeira vez, como indivíduo e como espécie, como se numa extremidade da escala evolutiva estivessem os grunhidos de um símio, e, na outra, aquela linguagem ponderada e simples. Tinha uma voz de parto fácil, como se aquele discurso fosse dádiva divina, prometeica.

Temi que esperasse de mim o mesmo.

"Eu também", foi tudo o que eu disse, tentando desviar da sua última frase e de sua óbvia morbidez. Ou estaria ele falando de fuga? Antes que levasse adiante minha reflexão, ele interrompeu o silêncio.

"Mas conte-me, Isaías, o que tens a dizer sobre mim? O que constatastes a partir de tudo aquilo que tens visto e registrado em teu noitário? Pões fé nos cômicos epítetos que têm sido direcionados à minha pessoa?"

"Em outros tempos, teria acreditado sem pestanejar. Mas hoje, aqui, diante de tudo o que vi, não sei. Todas as evidências apontam para você e..."

"Lamento interrompê-lo, Isaías, mas certos esclarecimentos são fulcrais ao bom andamento de nosso diálogo", replicou, com um tom de voz firme. "Todas as evidências apontam para mim porque eu fui o autor de todos os..." pausou, procurando a palavra adequada, "... crimes que me são imputados".

"Então você não deseja saber se eu acredito na sua inocência? Lamento, mas estou um tanto confuso...", disse.

"Meu caro Isaías, não me perguntes sobre minha inocência, o que quer que tal palavra signifique. Antes, o que indaguei de ti foi o que achavas do que tinhas visto e do que havias constatado a meu respeito."

Planejei a resposta em silêncio. Só então falei, a ele e a mim:

"Eu não sei, sinceramente não sei. Você é um assassino, e não há dúvida a respeito disso. Todavia, pelo que soube de suas vítimas, não lamento a morte delas. Segundo o processo, eram corruptos e criminosos, que tiveram um longo percurso de crimes contra descendentes de escravos, serviçais e pessoas humildes. Obviamente, meu senso de justiça não poderia aprovar a morte dessas pessoas, não desse modo. Por outro lado, ao visitar sua casa, ao conversar com sua consorte, ao ler alguns de seus ensaios, ao ver a gravação de uma de suas palestras, eu não sei... são sentimentos por demais conflitantes... Não sei..."

"Tu não sabes...", insistiu ele, aproximando o corpo acorrentado até o limite, fazendo o som de correntes ecoar no círculo de pedra.

"Eu não sei o que pensar", desabafei, com um tom de voz talvez um pouco alto. "Há algo nisso tudo que não parece concordar com a lógica de um crime, com os múltiplos assassinatos, com o esquartejamento dos corpos, com os desenhos... Você desenhava os órgãos dessas pessoas. Eu não compreendo."

"E desejas, Isaías? Compreender? Desejas descobrir todos os detalhes a respeito de tudo o que aconteceu comigo e com essas vítimas?"

"Sim", respondi vencido, despido da máscara profissional que encobria minha face. Diante dele, não estava mais o jornalista, mas apenas um homem e sua curiosidade primitiva, seu puro desejo íntimo e desalentado de saber.

"Então, meu caro, suspeito que terás tua vontade atendida. Para tanto, porém, um conselho que lhe será útil daqui para a frente." Ele levantou a face machucada e ressequida até a linha de luz que descia da abertura do teto. Depois de banhar seu rosto nela, mirou fixamente meus olhos e disse: "Deves, Isaías, desconectar tua consciência de todos os velhos hábitos, dos antigos padrões de comportamento e pensamento que têm norteado tuas investigações. Tens total sapiência da torpeza destes tempos. Sei disso, pois outrora li alguns dos teus relatos. Embora admiráveis, eles não servem mais aos nossos contemporâneos. Agora, neste momento, é necessário colocar a ironia cínica de lado e fazer algo em prol dos teus iguais. Agora, deves deixar para trás a criança que acusa e abraçar o homem que compreende."

"Eu não entendo", falei, levando meu corpo para a frente, para perto dele.

"Entenderás", respondeu-me, voltando o corpo à posição vertical, "isso, eu garanto". Fechou os olhos escuros, como se os abrisse a alguma paisagem interna, anunciando com isso o fim da nossa interlocução.

"Mas eu ainda nem...", falei para o vazio, uma vez que ele repousara de novo sua cabeça. Eu me coloquei em pé, um pouco irritado por sentir-me mais interrogado do que interrogador. Ao dar as costas à escuridão, afastando-me alguns passos da cadeira prisional, lembrei-me de Vitória e do recado que deveria entregar a Louison. Ao voltar-lhe o corpo, escutei apenas sua voz.

"Isaías, deves voltar ao mundo e resolver tuas pendências. Recebi a mensagem de Vitória no momento da tua chegada. Ela pairava na superfície da tua mente, ao lado da imagem de minha velha amiga. E eu concordo contigo, ela é deveras exuberante."

A voz sumiu e pareceu-me incorreto não respeitar seu pedido de que o deixasse entregue à solidão e à sordidez do claustro. Se minha capacidade intelectiva estiver correta, aquele homem estaria morto dentro de algumas semanas, uma vez que não havia possibilidade alguma de Vitória ou qualquer vivalma o tirar daquela prisão-hospício.

Apesar de inquieto com as informações que Louison tinha a meu respeito e com a imagem de Vitória que ele roubara de minha mente, deixei o salão militar rápido demais, como se me faltassem o ar e a vida.

No fim do corredor, Simão olhava seu cultivado jardim. Estava à minha espera. Desviei-me de sua presença, dizendo que estava atrasado. Ao dar as costas ao velho, escutei apenas sua admoestação.

"Não se esqueça, senhor Caminha, de descrever em detalhes na vossa reportagem o excelente trabalho que temos feito por aqui."

Saí da casa de loucos em direção à estrada e à carroça que, seguindo minhas orientações, me aguardava. Ao subir nela, pedi ao homem que corresse ao centro da cidade. Ele atendeu ao meu pedido, batendo com força nas éguas que lhe garantiam o sustento. Ao perder-me no furacão das minhas elucubrações, no embalo da carroça sobre a estrada irregular, voltei a pensar no homem preso naquela vala imunda que se apresentava ao mundo como hospital.

Revoltado, ordenei que parasse. Corri para o matagal que crescia ao pé da estrada curvilínea e vomitei.

Após testemunhar o lugar no qual fora depositado, Louison pareceu-me ainda mais admirável. Trazendo à lembrança figuras do meu passado, era como se aquele homem soubesse dizer os nomes das estrelas do céu e explicar a natureza da chuva e dos mares. A entonação da voz, a imagem do rosto e daquele olhar gravaram-se no copião da consciência. Indiferente ao ocorrido e de suas óbvias repercussões e reprimendas morais, não tive dúvida: estive diante de uma personalidade notável, e esta mesma personalidade estava a semanas da vil execução. Como num êxtase místico, o espetáculo daquele homem, realçado pela ignorância e pela imundície dos que o cercavam e o condenavam, daqueles que o executariam, surgiu como uma epifania.

Diante do campo vazio e do humilhante jorrar das minhas entranhas, quedei-me sozinho e desalentado, abaixo da chuva que começava a cair, embarrando a estrada poeirenta. Em vista dos singulares eventos dos últimos dias, nos quais fui obrigado a suportar o caos da redação do jornal, a grosseria de Britto Cândido, a figura inquietante e hipnótica de Vitória e agora a alienação analítica de Bacamarte, o que pensaria sobre aquele homem? Sabia que a resposta àquela pergunta constituiria a compreensão que tinha a respeito de mim mesmo.

Desconcertado, subi na simplória carruagem molhada e segui meu curso.

Retornei ao mundo dos homens sem deixar a paisagem mental de Louison. Ao descer da carruagem na orla do Guayba, próximo à Usina Photoeléctrica, cuja longa chaminé esfumaçava o céu avermelhado, andei a esmo por praças vazias, ruas, calçadas molhadas da chuva que ainda caía, não suportando a ideia de voltar ao hotel sem uma decisão tomada. O cheiro de terra e de vida ascendia do lodo como espíritos subindo ao céu. Se acreditássemos nos antigos mitos, que tipo de redenção seria aguardada pelos seres humanos? Pelas belas mulheres? Pelos animais despedaçados e digeridos no bucho dos homens?

Ignorei as ponderações tacanhas, concentrando-me naquelas destinadas à minha sorte imediata. Como seguir com minha vida após acessar nesses dias tantas vivências sem par? O que teria à minha espera no Rio de Janeiro, cidade tão mais bela e vivaz do que aquela úmida e estrangeira capital sulina? Vi adiante da vista uma vida pacata, com uma dama respeitável e em tudo doméstica, com quem teria um ou dois filhos. O primeiro morreria jovem, e eu viveria triste, temendo a morte ou o desprezo do segundo, na proteção do claustro da casa rural.

Ao caminhar por aquelas ruas tortuosas na parte alta da cidade, agora às escuras, previ uma vida da qual o destino era um passado já traçado. Todavia, naqueles lisos e noturnos cabelos, naquele lago fundo e perigoso que eram os olhos de Vitória, vi uma incógnita resolução, um mote sem explicação.

Acabrunhado, cheguei ao Grand Hotel, onde um fino envelope fora deixado para mim pelo mesmo adolescente que me procurara anteriormente.

Dentro do meu cubículo, deitei o envelope na cama, temendo que seu conteúdo modificasse minha sina.

Diante de mim, um ensaio jornalístico histórico, digno de notas, resenhas, publicação posterior em livro e talvez algum desses prêmios que fazem a fama da plebe jornalística.

Minha missão estava cumprida. Louison fora entrevistado, e os fatos, minimamente pesquisados. Por que não deixava então aquela cidade?

Num ímpeto, abri o envelope, selado à antiga, com um S incrustado na cera escarlate.

Do envelope, retirei uma pequena carta cuja borda dourada combinava com as iluminadas letras inscritas nela.

Prezado Isaías,
Diante da vista, tens duas escolhas, como cada habitante deste pequenino e exótico planeta: viver com medo ou caminhar em direção à noite, corajosamente, como eu e meus amigos temos feito, já há certo tempo. Mas não te demores, algumas portas se fecham, algumas janelas desaparecem, alguns livros se perdem, alguns prazeres morrem e alguns desejos se vão, como se vão os anos e as horas.

Caso queiras unir-te a nós, estejas hoje à noite no porto, à frente do Mercado Público. Vitória estará à tua espera e te levará à Ilha do Desencanto, em cujo seio construímos o nosso mausoléu.

Atenciosamente,
Solfieri de Azevedo
Parthenon Místico

Fiquei por instantes parado no meio do quarto semi-iluminado, estudando o pequeno cartão e sua proposta.

O nome de Vitória inscrito naquela carta facilitou minha decisão. Ela estava tomada, e minha sorte, traçada.

E assim, meu caro Loberant, encerro esta narrativa, uma vez que não reproduzirei neste noitário a localização exata apontada pelo remetente.

Encerrei minha conta no Grand Hotel e dediquei as últimas horas ao registro desta narrativa. Porém, antes de singrar meus passos em direção às respostas que a noite e aqueles estranhos companheiros prometiam, despacho meu noitário a você, para que possa a partir dele reunir o que precisar para a reportagem sobre o caso do "terrível" e "temível" "estripador da Perdição".

Findo este volume pensando em Louison naquele claustro escuro. Como ele, eu estava preso.
Como eu, ele encontrará a liberdade.

Nos minutos seguintes, fecharei o livro. Guardarei minhas esparsas riquezas na valise e sairei para a escuridão amena e chuvosa. Não sei o que me espera no misterioso lugar ao qual fui convidado, mas sei que, em algum de seus cômodos, ela e os outros heróis deste deleitoso pesadelo estarão à minha espera.

Sempre seu,
Isaías Caminha.

P.S.: Como se uma sibila sussurrasse em meu ouvido, deito sobre a folha manchada este pós-escrito. Sei que você desejará procurar-me, bom amigo, mas peço que não faça isso. Desconheço meu fado iminente e temo por sua sanidade e saúde vindo a esta cidade demoníaca, essa esfinge de todas as cidades, que na riqueza de seus enigmas, promete devorar-nos o corpo e o espírito.

Porto Alegre dos Amantes,
14 de julho de 1911.

Pronunciamento oficial da gerência do Grand Hotel

Este calhamaço de páginas foi deixado pelo Sr. Isaías Caminha na data referenciada, aos cuidados do Sr. Ricardo Loberant, editor do jornal carioca O Crepúsculo. Desde então, o Sr. Caminha não foi mais visto em nossa capital, um desaparecimento que se une à série de ocorrências terríveis que culminaram não apenas na prisão do assassino Louison, como também na circunvolução nefasta que paira sobre a nossa capital.
  Que nosso Engenheiro Divino nos salve e proteja.

Atenciosamente,
Gerência do Grand Hotel

PARTE II

LIÇÃO DE ANATOMIA

Alienados & Alienistas

Na qual acessamos os insights de Simão Bacamarte, visitamos um asilo medonho com loucos por toda parte, e testemunhamos a loucura do Estripador da Perdição, vulgo Antoine Louison, além de qualquer redenção.

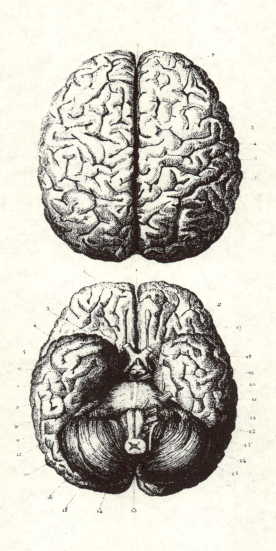

NOTA DO EDITOR

Apresentamos, das gravações e apontamentos do doutor Simão Bacamarte, o que interessa aos prezados leitores e leitoras sobre o caso Louison. Pelas datas, perceberão que os escritos são anteriores às descobertas dos crimes do Doutor e posteriores ao término da narrativa anterior, e contrastam em tom e ritmo aos apontamentos mais sentimentais, e não raro impressionistas, do jornalista carioca. As reticências entre colchetes indicam subtrações do editor, uma vez que se tratam de passagens desimportantes ao desenvolvimento desta história, além de serem enfadonhas pela ladainha técnica e pomposa do admirável Alienista.

10/12/1908

Diário de trabalho de Simão Bacamarte

A mente humana é um labirinto escorregadio e vertiginoso, sendo minha meta e intento o mapeamento de sua obscura topografia, buscando não a aceitação da populaça, a glória dos observadores, as lisonjas dos pífios, e sim o progresso da psiquiatria. Ao objetivar a cura, dediquei-me à busca da maligna doença que assoma a mente de tantos. Eis a razão do fechamento da Casa Verde — que agora já completa quatro décadas — ter-me sido tão penoso. Acrescento, à guisa de esclarecimento, que de todos os males foi esse o menos odiento, visto meu nome ter sido jogado na lama, ao lado da honestidade da minha querida esposa.

Para findar com a matraca pública, junto de Evarista deixei Itaguaí, aquela maloca de loucos, forjando para tanto uma morte e um jazigo no cemitério da cidade. Tal decisão, por mais extremada e audaciosa que seja ao olhar racional do leitor futuro, foi a única capaz de apaziguar a insanidade que havia penetrado nas entranhas mais profundas de toda a gentalha. O principal exemplo dessa loucura coletiva foi o fato de terem associado minha existência a um período muito anterior ao verdadeiro, como se minha obra pertencesse apenas ao reino dos boatos, registrada nos poeirentos anais dos "cronistas" de outrora.

Partindo da antiga terra onde sepultamos nosso nome e biografia, viajamos o mundo em busca de novas vivências e novos conhecimentos. Enquanto Evarista dedicava-se ao escrutínio das lojas, ao estudo dos belos cortes de vestidos e às experimentações cosméticas, eu perscrutava as bibliotecas europeias e asiáticas, conversava com os maiores especialistas no tratamento da loucura e da histeria feminina e acessava o que havia de mais inovador no campo das experimentações médicas, fossem elas mecânicas, eléctricas ou robóticas.

Por motivos que não cabem ser revelados neste registro, Evarista perdeu sua sanidade, o que me obrigou a uma decisão extremada. Sozinho, pois minha amada repousava num espaço adequado à sua sorumbática condição, pude dedicar-me de corpo e alma ao estudo da melindrosa mente humana. Livre dos deveres matrimoniais, mais emocionais do que sexuais, uma vez que nossa vida íntima decaíra desde que percebemos a incapacidade de Evarista em dar-me herdeiros, estudei a hipnose de Charcot, a psico-análise de Freud, a teoria dos arquétipos do jovem Jung, além de outras práticas de patente importância, como as descobertas extraordinárias da frenologia, os efeitos poderosos do tratamento electrostático em pacientes sonâmbulos, além, é claro, desta genial invenção da nossa modernidade: as camisas, as calças e os vestidos de força.

Depois de infindáveis estudos e ponderações sem conta, foi com prazer que recebi o convite de um antigo amigo gaúcho, Henrique Lopes de Souza & Silva, que então se encontrava em uma confortável posição estatal, para administrar na capital sulina o asilo São Pedro para Psicóticos e Histéricas, e retomar nesse estabelecimento meus audaciosos experimentos psicológicos, psicanalíticos, psiquiátricos e electrostáticos; experimentos que foram subitamente interrompidos na Casa Verde. Se tudo fluísse como escarro de velho, granjearia louros imarcescíveis.

[...]

Em minha segunda noite em Porto Alegre, Souza & Silva levou-me no Palácio do Governo Estadual para um importante festejo, que tinha por meta e intento apresentar-me à sociedade gaúcha. Como abomino tais ocasiões abjetas, originadas no desejo humano de socialização, embriaguez e promiscuidade, fiz o máximo para apresentar-me elegante e agradável, porém, na medida adequada à flexibilidade dos meus nervos e na certeza de que estava apenas representando um papel público, tolerando conversas e contatos inúteis para assegurar-me fundos às reformas pensadas ao melhoramento do hospício.

Do resto, apenas destaco aqui o encontro com duas figuras fascinantes. Primeiro, com uma dama de alta reputação e finura, que correspondia em nível e grau ao assédio que eu mesmo recebia. Tratava-se de Madame de Quental. Ao ser apresentado a ela como um alienista, a ilustre dama, que afastava de si o calor com um exótico abanador escuro, sorriu com dentes cintilantes e disse-me que agora estava aliviada, pois "a população do Porto dos Amantes estava indubitavelmente salva". Ao questioná-la, perguntou-me se não fora avisado de que todos naquela cidade eram "loucos, insanos, dementes e psicóticos". Rindo da própria resposta, deixou-me sozinho, enquanto seguia pelo salão, roubando a atenção de todos. Ao vê-la sacolejar pelo salão de festa, questionei-me se ali não estaria uma ideal reprodutora, papel óbvio de toda descendente de Eva.

Tais elucubrações de inegável pendor scientífico foram interrompidas por Silva, que desejava me apresentar a um colega de profissão, o doutor Antoine Frederico Louison. Ao deitar meus olhos no homem, fiquei surpreso com seu porte magnífico. Conversamos por alguns minutos e Louison informou-me que tinha interesse nas ideias de Sigmund Freud sobre doenças mentais. Feliz, pensei ter encontrado um semelhante naquela bárbara cidade. Para minha tristeza, nossa conversa foi interrompida por um dos serviçais do palácio, que trouxe ao homem um elegante bilhete. Ele me pediu licença e dirigiu-se à porta, onde esperava por ele uma negra — bela, mas negra — vestida escandalosamente como as damas ali presentes. Minha impressão de Louison foi revista, uma vez que não conseguia imaginar um homem de tal natura tendo intimidades com a raça negra. Pensei se deveria enviar àquele homem um dos exemplares estudos de Franz Joseph Gall, além das últimas e obrigatórias publicações de Craniometria.

É urgente preservarmos uma raça pura que possa, a despeito dos pérfidos e fedorentos esforços dos conspiradores judeus, garantir a sobrevivência e a manutenção do sangue superior. Infelizmente, o Brasil era o exemplo do oposto, uma vez que a miscigenação grassou raízes profundas em boa parte das correntes sanguíneas. Tais abstrações geniais — que tendo a produzir sobretudo em situações sociais deploráveis como aquela — foram obstruídas pela análise da atenção que Louison dispensava à negra. Seria ela sua faxineira? Uma vez que pensava impossível que tal criatura ocupasse qualquer outra posição na casa daquele respeitável médico, desviei meu olhar, um tanto nauseado.

Momentos depois, Louison encontrava-se em melhor companhia, agora fazendo par de valsa com a magnífica Madame de Quental, o que me fez suspeitar que era dela que ele havia recebido o bilhete. Olhei para as duas figuras e tive sensações inusitadas ao imaginar a cópula daqueles exemplares arianos. Ela, branca como uma estátua, parecia uma das heroínas germânicas que fizeram a alegria dos meus sonhos juvenis e das óperas de Wagner. Ele, corretíssimo na postura e nos gestos, parecia um enxadrista da vida, calculando cada palavra, cada movimento. Dentro de alguns instantes, ambos desapareceram da festa, o que atiçou lenha e chamas às minhas frias ponderações. Deixei a festa em razão do tremor crescente da mão esquerda, possivelmente em decorrência da falta de cocaína, que não inspirava havia catorze horas.

Retornei ao quartinho alugado, onde morava até as reformas do asilo começarem, abominando aquela cidade pavorosa. Molhada e pantanosa, havia árvores e flores por toda a parte, fazendo par selvagem às bestiais figuras noturnas que andavam pelas ruas e calçadas. Entrecruzando aquela charneca vegetal e humana, sentia-me frio e puro, como o cocheiro mecânico que guiava a carruagem fumacenta. Deliciado com minha superioridade, inspirei meu adocicado remédio branco e pensei em Louison e Quental.

Estariam eles encenando a besta de duas costas? Visualizando tal enlace procriativo, não tive dúvidas de que, nos próximos meses, minhas impressões sobre Louison e aquela adorável senhora seriam enriquecidas.

11/11/1909

Diário de Trabalho de Simão Bacamarte
(Continuação)

Há um ano, dei início à minha *magna opus* no asilo São Pedro. Para minha alegria, acabamos de superar o limite da lotação, o que me garantiu maiores financiamentos por parte do governo do Estado. Os psicóticos violentos, os esquizofrênicos inofensivos e as histéricas indecentes e perigosas chegam aos comboios, vindos de um mundo saudável que não mais os deseja. Felizmente, esses pobres têm em minha digníssima pessoa seu fiel serviçal.

Nesses poucos meses, meu hospício tornou-se referência nacional em termos mechânico-tecnológicos para o tratamento de moléstias psíquicas e sexuais. Cogito o que poderemos fazer nos próximos anos e décadas. Infelizmente, não estarei aqui por muito tempo, sendo também meu dever premente encontrar um herdeiro simbólico que dê sequência ao meu louvável trabalho humanístico. No presente momento, Louison parece-me um candidato à altura desta caridosa empreitada.

Ao caminhar pelos infindos corredores do asilo e visitar suas múltiplas alcovas, meu peito infla de orgulho pelo trabalho realizado. Dividi o asilo em quatro blocos, que correspondem não aos diferentes tipos de doenças aqui medicadas, mas aos benéficos e espantosos tratamentos possibilitados pela química moderna e pela tecnologia mechânica.

Na primeira dessas alas, cadeiras e camas eléctricas garantem o conforto dos violentos e a segurança dos visitantes e alcaides. Em geral, mais a segurança dos últimos, visto serem raras as visitas que recebemos no São Pedro. Em tais cômodos e leitos, devidamente desinfetados dos infectos prévios, os sorumbáticos são depositados para tratamento diário, por minutos ou horas, dependendo da gravidade do distúrbio e da paciência do devotado plantonista.

Na segunda ala, que classificamos de "vestiário", camisas e calças de força, reforçadas com cintas de couro e, no caso dos mais enérgicos, correntes presas ao chão e às paredes, são cuidadosamente ajustadas por enfermeiros robóticos, que também são os responsáveis pelas injeções. Também nelas, tratamos do que há de mais avançado na química dos alucinógenos, dos calmantes, dos anestésicos e dos anti-inflamatórios. Quanto à morfina, o ópio desses dias, praticamente não a utilizamos, visto ser a experiência da dor um dos principais calmantes para os surtos psicóticos. Ademais, padecer é retornar à realidade, uma vez que nada nos traz mais ao mundo desalienado do que o *pathos* do soffrimento.

No terceiro pavilhão, banheiras de água fervente e de água geladíssima são utilizadas como principais tratamentos para, respectivamente, a loucura gélida dos sociopatas e as pulsões erótico-febris das histéricas. Em alguns casos, a utilização das duas temperaturas se faz necessária, sobretudo para o tratamento de doenças sexuais crônicas, como aquelas vivenciadas pelos invertidos.

Por fim, na última das alas, aquela à qual dispenso mais tempo de pesquisa e observação — acabo de finalizar o caderno de número 17, dedicado ao registro de análises e resultados —, ministramos meu tratamento predileto e, indubitavelmente, o mais eficaz: a esterilização dos órgãos sexuais e dos mechanismos interpretados pela cultura como dispositivos de prazer e satisfação. Obviamente, tais órgãos não passam de disfarce para a necessidade evolutiva da reprodução, sendo, portanto, desnecessários. Ademais, são justamente as partes pudendas as motivadoras de infindos distúrbios psíquicos e somáticos.

Há três meses, como exemplo da minha absoluta confiança neste tratamento, submeti meu próprio corpo ao procedimento. O resultado foi notável: sonhos, inseguranças, suores e coceiras desagradáveis desapareceram por completo, bem como comichões nas partes genitais quando na presença de qualquer oficial uniformizado. Em contrapartida à castração de tais sensações desagradáveis, toda a energia intelectiva pôde ser direcionada ao trabalho, livrando a mente de inquietações inúteis ao desenvolvimento da raça branca.

Nos casos em que o procedimento químico de esterilização mostra-se inoperante, recorro à remoção completa desses órgãos, procedimento igualmente eficaz, porém ainda em fase de testes. Por enquanto, tais resultados impactantes ainda não foram publicados, uma vez que alguns pseudointelectuais, defensores de algo que chamam de "direitos humanos", se mostraram enérgicos quanto a tais procedimentos. Na sua maioria, judeus e invertidos. Não tenho dúvidas.

Obviamente, toda a magnânima empresa humana tem baixas. Alexandre, o Grande que o diga. No hiato desses doze meses, perdemos algumas dezenas de pacientes. Alguns por inoperância dos enfermeiros robóticos, outros por dosagens químicas erradas, e ainda outros por inflamações generalizadas. Não tivemos quaisquer problemas legais com essas baixas, visto que tais pacientes se ofereceram voluntariamente para esses experimentos, sob a promessa de que teriam uma reavaliação médica. Tratam-se, não obstante, de perdas cabíveis, necessárias e justificáveis ao progresso da ciência e à manutenção da ordem moral.

Além disso, quem se importa? As famílias, ao deixarem os seus diante das portas rubras do asilo, não voltam seu olhar. Livram-se de uma inconveniência, e eu ganho cobaias mais do que adequadas aos meus propósitos.

[...]

Encerro o registro deste dia de trabalho lamentando não dedicar mais tempo à escrita, uma vez que muitas gerações poderiam aprender mais a partir do meu trabalho pioneiro. Nos próximos meses, pretendo submeter ao governo o pedido de um secretário robótico de última geração que possa gravar cada uma das minhas magníficas ponderações. Isso certamente será de auxílio à posteridade.

Como último adendo, registro que levarei para a cama uma inquietação que se assomou à minha consciência no decorrer deste dia. A digníssima Madame de Quental foi dada como desaparecida. Deveríamos temer por sua vida? Seria uma inestimável perda à respeitável sociedade porto-alegrense. Lembro-me de suas palavras e, por alguma razão, sinto um desconforto inglório. Numa cidade de loucos, não teria a própria loucura atentado contra a sanidade daquela dama?

24/02/1910

Diário de trabalho de Simão Bacamarte
(Continuação)

A superlotação do São Pedro tornou-se pandêmica. Por mais que as obras de ampliação tenham iniciado, preocupo-me com o estado dos que estão sob minha tutela. Em décadas dedicadas aos alienados, descobri um fundamental dado no que concerne à moléstia da loucura: como todo o vírus, ela é contagiosa. Assim, para prevenir os doentes de desenvolveram outros tipos de insanidade, precisei catalogá-los e separá-los de acordo com suas indisposições, pervertendo assim minha meta inicial. A inspiração veio de Dante e dos círculos infernais, amostras dos benefícios de um sistema organizado para a contenção da superpopulação. Como o inferno, o asilo é uma concha em direção ao escuro e oco antro da loucura.

Meu projeto para os próximos anos prevê alas e seções inteiras dedicadas a doenças específicas. Não podemos mais continuar a tratar a alienação como generalidade. Não podemos mais encarar os insanos como vítimas lunares, mas como casos crônicos de hiperafetação terrestre. A partir deste apocalipse genial, percebi que todo tratamento deve corresponder à especificidade da loucura.

Assim, convenci o governo do Estado a ampliar de cinco para nove os prédios que formam o complexo do asilo. Com isso, nosso problema estará resolvido.

Entretanto, enquanto tais obras não findam, caminhar pelo asilo mostra-se tarefa abjeta. Como cloacas públicas, os corredores longos transmutaram-se em receptáculos de fezes, urinas, sêmen e outros dejetos. Diariamente, serviçais robóticos efetuam a limpeza, o que não inibe a imundície de entranhar-se nas frestas dos azulejos e nas arestas dos homens de lata. Além das pragas de moscas, aranhas, escorpiões e serpentes, que se tornaram visita constante em nossas instalações, cada serviçal é um assombro de fedor e imundície.

Em momentos como esse, meu corpo cansado e velho questiona minha vivacidade mental. Minhas costas doem e não consigo mais caminhar sem bengala. Meu consolo seria um secretário mechanizado, que gravaria e transcreveria as minhas considerações e descobertas. Tais serão os legados que deixarei à humanidade, enquanto não convenço visionários como eu do valor superlativo de tudo o que realizamos nesta instalação. Na última semana, para o meu pesar, recebi uma nota formal e um tanto fria do doutor Louison, declinando de minha oferta para que fosse meu herdeiro scientífico e com a audácia de desaprovar os meus métodos. Uma pena. Eu realmente estava errado sobre ele: tomei uma mentalidade antiquada por um homem de seu tempo.

[...]

Nesse interregno, Porto Alegre observa impassível a continuação dos desaparecimentos de figuras ilustres. Madame de Quental foi a primeira de uma série de raptos e assassinatos que somam seis pessoas até a presente data. Tenho medo de deixar as instalações do asilo e do mesmo acontecer comigo, dada a minha importância no cenário scientífico mundial.

Aqui, encerrado entre as paredes altas e os muros grossos e electrificados, estou seguro. Num tal mundo insano, conforta residir num templo dedicado à cura e à sanidade. Tenho usado cocaína três vezes ao dia e morfina à noite, para as dores nas costas. Às vezes, tenho sonhos com Evarista e acordo entre lençóis molhados. Minha vida teria sido diferente se tivéssemos tido filhos.

NOTA DO EDITOR

Anexamos à transcrição a carta do doutor Antoine Louison citada por Simão Bacamarte em sua reflexão. Tal decisão decorre da necessidade de diferenciarmos as preocupações admiráveis do alienista responsável pelo asilo São Pedro dos grosseiros modos demonstrados pelo monstro que acabou se revelando o "Estripador da Perdição". Que o leitor use de discernimento.

Porto Alegre dos Amantes,
20 de julho de 1910.

Carta do doutor Louison
ao doutor Simão Bacamarte

Caro senhor,

Tenho observado com indisfarçada curiosidade o curso de seu trabalho no asilo São Pedro. Não negarei ter vivenciado esperança quando soube que um homem distinto, vindo de outras paragens nacionais e estrangeiras, seria o novo responsável pelo antigo hospital, agora convertido em casa de tratamento para os alienados. Como leitor de Freud e Jung, aguardei sua chegada à nossa cidade com real expectativa. Não previ quão grave seria a minha decepção.

    Pelo que tenho visto das notícias e das conversas que tive com familiares que tiveram a infelicidade de submeter entes queridos ao seu tratamento tendo depois seu acesso a eles vetado, São Pedro transmutou-se no que há de mais nocivo, ignóbil e perverso na aurora deste novo século, um século tão extraordinário em invenções e horrores. Embora nomeie seu trabalho de medicina, penso que seus hábitos de pensamento e seus dispositivos de contenção e tortura empalideceriam a alma até mesmo de atrozes mestres inquisidores.

Assim, quando recebi sua longa carta e o detalhamento nem um pouco modesto de seu "potente e pujante" trabalho — doutor Freud teria muito a escrever sobre a reiterada utilização desse par adjetivo, embora, se não estou enganado, ele já o escreveu, num esclarecedor artigo sobre perversidade narcísica —, não pude conter um sorriso discreto. Não gargalhei por ser inapropriado diante das centenas que agora se encontram sob os seus cuidados. Neste momento, escrevo ao conselheiro do Estado, ao Sr. Henrique Lopes de Souza & Silva, seu velho conhecido, solicitando esclarecimentos sobre suas credenciais e informando-o de que estarei, a partir deste dia, decidido a fazer o que puder para reverter a situação do asilo São Pedro. Em vista do expresso acima, são desnecessários quaisquer outros esclarecimentos sobre o porquê de recusar peremptoriamente seu convite.

Sem mais a acrescentar,
Doutor Antoine Frederico Louison

10/08/1910

Gravações robóticas do relato de Simão Bacamarte

Finda a reforma, o asilo pode receber mais alienados. Esses, sem dúvida, terão o melhor tratamento sob as melhores condições. Dividido em nove alas, São Pedro não mais figura um imundo círculo infernal, mas um purgatório em direção aos pincaros da sanidade, da saúde e da caridade. Totalmente limpos e dedetizados, os pacientes agora carregam consigo, ao menos os que ainda têm mobilidade, visto a grande maioria estar confinada aos leitos ou presa às cadeiras sanitárias pela forte medicação, um moderno bolsão para suas necessidades fisiológicas. Sondas e tubos mechanicamente acoplados aos órgãos genitais e ao ânus propiciam uma higiene duradoura e benéfica. Apesar de tal aparelhagem ser inconveniente e às vezes levar a infecções e inevitáveis amputações, os benefícios são inegáveis: os corredores agora têm a fragrância divina do detergente.

Nosso único pesar nesses dias foi a internação do velho amigo Henrique Lopes de Souza & Silva, por fomentar uma campanha contra a minha administração, pressionado como estava pelos defensores dos direitos humanos da cidade. Logo ele, amigo de longa data e responsável pela minha vinda a Porto Alegre. Quando recebi a intimação do governador, defendi meu pleito dando aos meus acusadores provas inconfundíveis da loucura de Souza & Silva: haveria prova maior de insanidade do que acusar um alienista e seu asilo? Arrematei minha defesa mencionando que todo aquele que me acusasse de tal impropério também estaria soffrendo do mesmo mal-estar. O governador, que uma vez já fora acusado de safadezas de outra natureza, temeu nova acusação e convenceu o juiz da intendência federal a sancionar não apenas a minha inocência, como também a ordenar o confinamento de Souza & Silva.

Este mostrou-se, graças a mim, um exemplar perfeito dos benefícios de nossos tratamentos. Ao chegar às instalações, Silva gritava e urrava ameaças contra a minha ilustríssima pessoa e contra o que ele chamou de "métodos depravados de tortura". Uma loucura! Depois de anestesiá-lo com um coquetel de calmantes e analgésicos, não nos demoramos a efetuar uma lobotomia e a remoção dos órgãos sexuais, fonte inconteste de toda aquela angústia. Depois disso, Souza & Silva tornou-se nosso cartão de visitas. Qualquer acusação contra nossa perícia será silenciada diante de tal impressionante visão de curra... quer dizer, cura.

Vou para cama feliz, certo do benefício que presto à humanidade.

13/12/1910

Gravações robóticas do relato de Simão Bacamarte
(Continuação)

Hoje, como comprovação pública do excelente trabalho que tenho feito, fui contatado pelo delegado Pedro Britto Cândido, responsável pelo caso dos oito desaparecidos, sendo o último a própria sobrinha do governador. Trata-se de um homem de uns 40 anos, outrora bem-apessoado, sem dúvida, mas que hoje encontra-se algo alquebrado, com uma aparência desleixada. Além desses traços, que poderiam de imediato produzir conclusões elementares sobre solidão, ansiedade e ressentimento, trata-se de um caso típico de obsessão oral compulsiva, exemplificada pelo hábito de fumar um fedorento e desgastado cachimbo paraguaio. Apreciaria examiná-lo, mas achei melhor não lhe fazer tal proposta, visto a internação de Souza & Silva ter-me ocasionado péssima publicidade.

O investigador, imerso numa abjeta nuvem de fumaça, pediu-me a composição de um perfil criminológico do suspeito. Passou-me uma pasta com informações sobre os desaparecidos, todos homens e mulheres brancos, de famílias respeitáveis. "Uma lástima", pranteei, "perder dignitários de tal gema". Cândido deu de ombros, não concordando comigo e reafirmando que sua investigação não é sobre desaparecidos ricos, mas sobre desaparecidos, não importando classe social ou significância política. Corrigi de imediato o pobre, afirmando que por certo isso importaria ao celerado, em especial pelo fato de a escolha das vítimas revelar um translúcido *modus operandi*. Pedi dois dias para a composição deste perfil. Nesses dias, sob o efeito esclarecedor e vivaz da cocaína — às vezes somada a pequenas doses de láudano —, escrevo aquele que será lembrado nos anais da criminalística como uma obra-prima de dedução comportamental. Lê-lo-ei agora em voz alta para que meu secretário robótico possa registrá-lo.

Perfil composto pelo doutor Simão Bacamarte sob pedido do delegado Pedro Britto Cândido sobre o responsável pelo desaparecimento de oito respeitáveis cidadãos da capital

O suspeito deve, primeiramente, ressentir-se de problemas de ordem maternal, o que indica um clássico distúrbio de Complexo de Édipo não superado, seguido de violenta altercação com figuras de autoridade e de objetivação virulenta de fêmeas. Isso deve resultar numa inversão sexual — possivelmente intensificada por uma fixação de ordem anal ou de uma impotência peniana, senão os dois casos, como pude investigar cuidadosamente em pacientes que soffriam de tais distúrbios. O suspeito deve ter presenciado, ainda na primeira infância, um ato de penetração por parte da figura paterna dominadora remetida a uma passiva figura materna, o que deve ter produzido fixação patológica e a total impossibilidade de um sadio comportamento semelhante. Conforme ilustrado nos estudos do doutor Freud, tal fixação persiste censurada na mente desperta, sendo apenas evidenciada nos ditos sonhos úmidos, nos quais o suspeito deve colocar-se no lugar da figura paterna tendo prolongados intercursos com a mãe ou com qualquer substituta simbólica, humana ou animal. Além dessa indubitável origem psicossomática, o suspeito deve soffrer de um caso crônico de ressentimento de ordem social e racial — para detalhes desse distúrbio, ver o fundamental artigo de minha autoria publicado no Anuário de Medicina de Lisboa, Nov/1883, "Fixação anal e oral em relação ao coito interrompido: loucura, masturbação e divergências étnicas no caso de Maria Mulatinha". O responsável por tais crimes, além de configurar, como diagnostiquei, uma galáxia de disfunções patológicas, deve ser carente de recursos financeiros e pouco educado, quando muito alfabetizado. Trata-se, com absoluta certeza, de um usuário constante de bebidas alcoólicas, destilados e entorpecentes — como caipirinha e erva de gato —, além de um assíduo freguês de meretrizes idosas e sifilíticas. Possivelmente de descendência negra ou indígena, como indicado nos clássicos estudos de frenologia — outra área do saber que nossa ciência tacanha ainda se ressente de utilizar —, que postulam os descendentes de África ou América como mais propensos à violência, visto estarem mais próximos dos primatas, diferente das raças caucasianas, física e intelectualmente superiores. Recomendo às forças policiais procurarem por tal elemento entre cafetões, jogadores compulsivos, invertidos travestis, traficantes de ópio e passistas de escola de samba. Obviamente, o responsável tem passagem pela polícia e deve ter cumprido pena em uma instituição de correção. Desaconselho a polícia a investigar homens brancos, letrados e pertencentes a classes superiores. Nossa cultura já deu indícios de que tais são os salvadores da sociedade, aqueles que guiarão o Ocidente em direção à supremacia da raça. Aconselho força bruta, cassetetes eléctricos, bombas de gás vomitório e sacos plásticos, não necessariamente nessa ordem, além de algemas e tornozeleiras de chumbo, daquelas que causam sangrias. Trata-se de um monstro que usará de sua força física e golpes baixos, aprendidos nos terreiros de capoeira e nas rinhas de galo. Entre as patologias acima, acrescentaria sadomasoquismo extremado, frieiras genitais e pústulas de bicho do pé. Assim, não tenham pena: batam na cabeça até o elemento desmaiar ou esperem por consequências. Convicto de que tais apontamentos serão de inestimável valor às forças policiais, finalizo aqui.

Atenciosamente,
Doutor Simão Bacamarte
Especialista em Medicina, Psiquiatria e Sociologia
Porto Alegre, 15 de dezembro de 1910.

24/06/1911

Gravações robóticas do relato de Simão Bacamarte

O transcurso dos eventos revelou-se surpreendente. O admirável e singular doutor Frederico Louison, esse paradigma da raça pura, foi responsabilizado pelos crimes do "Assassino da Nata", que agora, devido aos espantosos detalhes revelados pelos jornalistas criminais da capital e à localização de seu sobrado, está sendo renomeado de "Estripador da Perdição". Tal resolução, que a princípio produziu uma gargalhada incontida da minha parte, foi gradativamente assentando sua veracidade sobre o solo da minha inquirição scientífica.

Embora sejam raros os casos de desvios ou distúrbios dessa natureza entre caucasianos e, ainda mais, ricos e educados, a natureza não descumpre seu papel de apresentar ao olho moderno exceções às regras scientíficas. Analisando o caso de Louison com redobrada atenção, revisei meus escritos e, para a minha surpresa, relembrei da mulher negra que o acompanhara na festa do Palácio do Governo. Tomo agora conhecimento de que se tratava da concubina de Louison, o que apenas pode indicar sua influência nociva sobre o homem. Apenas o contato com a barbárie de uma raça primitiva poderia levar à decadência dessa admirável figura.

Quanto ao meu perfil, que fora motivo de chacota por dias nos pasquins da cidade, certamente sob a concordância virulenta do inspetor Cândido, é óbvio que não estamos falando de um homem comum, mas de um gênio do crime e da perfídia que mascarou tão bem suas ações a ponto de produzir um perfil errôneo por parte de um especialista de meu gabarito. Apenas mais uma evidência do quanto a não segregação social, cultural e étnica mostra-se prejudicial e venenosa à civilização. Não é de hoje que os relatos dão conta do comportamento dissimulado dos seres da raça negra. Saber que Louison também mantinha contato com o famoso dândi local, o Príncipe Negro, com quem jogava xadrez, apenas reforçou minha suspeita. Pergunto-me até quando permitiremos tal influência perniciosa e abjeta. Guetos étnicos, como os estabelecidos em alguns países de Europa, mostram-se cada vez mais necessários.

Depois dessas notas iniciais, direciono minha potente racionalidade aos interesses da ciência e do progresso da nossa nação. Em vista disso, passo a refletir sobre o quanto seria fundamental ter em mãos um caso como esse. Caso o pérfido assassino seja deixado sob meus cuidados, isso não apenas dar-me-ia ocasião de compor um estudo que abalaria os fundamentos da ciência forense, psicológica e até histórica, como poderia, talvez, auxiliar o pobre homem a recuperar o mínimo de sua lucidez. Seu desprezo e repúdio aos meus métodos psiquiátricos — como eu não percebera? — revelam-se agora sintomáticas provas de sua insanidade.

Agrada-me imensamente deitar essas palavras sobre o ouvido da máquina, uma vez que elas registram para a posteridade a natureza da minha pessoa, tão preocupada com a cura, o progresso e o bem da civilização. Sem dúvida, a máquina que me observa pelo visor de sua consciência fria e racional, em suas engrenagens de aço e amianto, em seus encaixes e parafusos, sentiria admiração e assombro diante de um exemplar humano como este que se apresenta diante dela. Se eu tiver sucesso em estudar a mente e a loucura de Louison e de ver publicada minha perspicácia nos periódicos scientíficos, meu nome será registrado entre aqueles que contribuíram para a evolução da raça puta... quer dizer, pura.

02/07/1911

Gravações robóticas do relato de Simão Bacamarte
(Continuação)

A ciência triunfa, enfim! Devido ao horror e à excepcionalidade de seus crimes, Louison foi condenado à morte, ficando sob os cuidados deste humilde e servil médico no asilo São Pedro até sua execução, a ocorrer no dia 25 de agosto de 1911. Ou seja, serão 57 dias de observação, pesquisa e reflexão sobre a própria essência da loucura, pois, obviamente, é disso que se trata: loucura! Além disso — e não consigo conter meu diapasão exultante —, será da obrigação do hospital não apenas cuidar do celerado, como também publicar qualquer informação que resulte de nossa análise, além de receber jornalistas e escritores que desejem observar o facínora.

Elucubro os experimentos que poderei realizar com o Doutor, a fim de testar suas pulsões, medos, traumas, complexos, psicoses, todo o cabedal de suas terríveis doenças mentais. Sim, porque um homem capaz de atos tão medonhos, como sequestro, assassinato, dissecação e utilização de órgãos humanos como modelo para ilustrações fisiológicas, deve encerrar em sua mente uma fétida e borbulhante mixórdia de doenças crônicas. Para testá-las, guiarei o ilustre paciente a todos os tratamentos mecânicos e químicos que são o orgulho de nossa instituição.

03/07/1911

Gravações robóticas do relato de Simão Bacamarte
(Continuação)

O célebre criminoso chegou hoje pela manhã às nossas instalações. Foi trazido por três camburões das forças armadas, além de três efetivos policiais — dois humanos e um robótico — que ficarão à nossa disposição. Depois de lhe dar as boas-vindas, acomodei-o numa cela perfeitamente adequada à sua condição. Trata-se de um cubículo isolado dos outros presos, no bloco central do asilo, na qual receberá três refeições diárias e um penico, além, é claro, de um colchonete, que lhe propiciará sono tranquilo. Nessa cela, seu contato com outros pacientes será mínimo, em especial devido à sua periculosidade.

A segurança do delinquente foi delineada junto com as forças policiais. Louison passará os dias e as noites devidamente acomodado à sua camisa de força, no interior da cela. Quando retirado, para alimentação ou visita, será trazido para fora com ganchos mechanizados. Sua cela terá vigilância 24 horas por parte de um soldado humano. A porta da cela, de aço cromado, possui triplo dispositivo de fechamento. Primeiro, uma série de cadeados normais, que apenas o guarda em serviço poderá abrir. Em segundo lugar, uma fechadura reforçada, cuja chave apenas eu possuo. Por fim, uma última tranca, que abrirá apenas com o código especial da central de controle, sob a supervisão de Britto Cândido. Mesmo que o biltre criminoso burle todos esses mechanismos, ainda terá um colar eléctrico ao redor do pescoço, dispositivo explosivo que será acionado caso ultrapasse o perímetro do hospício. Apenas eu possuo o código de tal invento de segurança social. Tudo isso certamente garantirá sua confortável permanência em minha casa, sob o auspício da minha hospitalidade, até a sua execução.

[...]

Depois de o instalarmos adequadamente em sua cela, informei-o de que não haveria tempo a perder. Expliquei que deveríamos utilizar as poucas semanas para pesquisar sua patologia, e que eu tinha preparado uma série de experimentos que resultariam em artigos e talvez em um livro, além, é claro, de sua cura, o mais importante. Para a minha surpresa, Louison mostrou-se tranquilo e civilizado, olhando-me com candura. A primeira coisa que fez em sua sala, agora com as pernas livres, mas ainda contido pela camisa de força, foi sentar no chão frio em posição de ioga e fechar os olhos. Que horrores vislumbra no interior de sua mente?

Fui dormir com a imagem contrastante daquele homem. Numa parte de meu cérebro, persistia o homem sóbrio e perspicaz que conheci no baile de gala, anos antes. Hoje, tratava-se do mesmo cavalheiro, porém transmutado pela roupa de prisioneiro, limitado pelas correntes e pelos soldados mechânicos, carecido do antigo encanto que fascinou a mim e a muitos. Em seu rosto, cortes e hematomas, além da barba — seu orgulho de outrora — maculada de poeira e de gotículas de sangue ressequido. Fisicamente, não era mais o mesmo homem, mas havia algo naquele olhar que parecia indicar profundidades soturnas de racionalidade, abismos de reflexão e ponderação metafísica.

Tremo diante das poderosas máscaras vestidas pela loucura. Eu, por exemplo, há muito bani de São Pedro todos os espelhos. Sempre abominei o que eles revelariam... dos loucos que poderiam fitar sua insânia. O que Louison veria caso estivesse diante de um?

07/07/1911

Gravações robóticas do relato de Simão Bacamarte
(Continuação)

Registro aqui, para o meu silencioso companheiro mechânico, meu único amigo nestes anos finais de minha existência, a imensa frustração diante da condição de Louison. Tanto potencial a ser perscrutado, tanto a descobrir de sua alienação, tanto a desvendar do reino da insânia e da psicopatia, e o homem mostra-se absolutamente desligado da realidade, não produzindo até agora nenhuma resposta, nenhuma reação física ou psicológica, nenhum grito de dor ou qualquer gemido, como se os dispositivos corporais tivessem sido rompidos de sua consciência. Seu corpo está aqui, confinado aos meus caridosos cuidados, para ser alimentado, examinado, tratado e anatomizado. Entretanto, sua mente encontra-se em outra dimensão, como se vivesse agora numa terra inacessível aos meus zelosos esforços psiquiátricos e fisiológicos.

Os banhos frios e quentes, o confinamento nas roupas de força, as sessões diárias de electrochoque, o leito mechanizado para cirurgias simuladas, os testes metálicos nos órgãos sexuais, nos orifícios e nas glândulas abaixo das unhas, as marchas vestindo coturnos de chumbo e, por fim, os medicamentos que induzem ao desmaio, ao vômito, à vertigem e às alucinações — utilizados exclusivamente com propósitos médicos e scientíficos —, entre tantos outros experimentos, não têm surtido efeito algum! É como se sua consciência fosse resguardada como um castelo medieval por uma muralha, sendo o corpo um mero utensílio com o qual ele não tem mais conexão. É assombroso constatar esse nível de loucura, uma vez que toda a minha experiência indica que nada é mais impactante sobre a mente do que os soffrimentos do corpo. Eis a história da nossa psiquiatria moderna: ao flagelarmos o corpo, curamos a alienação mental! Entretanto, no caso de Louison, a única coisa que consigo obter é seu olhar sinistro, compassivo e gélido.

08/07/1911

Gravações robóticas do relato de Simão Bacamarte
(Continuação)

A completa passividade de Louison diante dos medicamentos e dos tratamentos físicos propostos fez-me diminuir a guarda mechânica e os mechanismos metálicos de contenção. Tal escolha, admito, mostrou-se desastrosa.

    Hoje, recebemos um enviado da delegacia, um representante policial do próprio Cândido, que veio interrogar Louison sobre as vítimas que continuavam desaparecidas. Como achei que o prisioneiro permaneceria mudo — como nas últimas semanas —, ordenei que fosse colocado numa cadeira comum, tendo apenas a camisa de força para lhe conter os movimentos e as costumeiras correntes que partiam da sua coleira de confinamento aos ganchos de aço instalados ao chão.

    Quando este homem adentrou o recinto, atendendo pela alcunha de Francisco Alencar, vi o olhar de Louison modificar sua gélida composição para uma quase imperceptível expressão de revolta. Em semanas, era a primeira vez que via aqueles olhos fitarem um ponto específico que não a parede ou o teto.

O investigador sentou-se diante da besta e começou a lhe fazer perguntas, as quais permaneceram sem resposta, como fizera comigo e com jornalistas que vieram lhe entrevistar neste período. Eu disse ao policial que poderia continuar tentando até o fim dos tempos e que nada obteria. Dei-lhes as costas, afinal, tinha ainda uma instituição para administrar, pacientes a atender, doentes a curar.

Como poderia eu prever a insânia iminente? Ao me distanciar da sala circular de visitas apenas por alguns metros, escutei um som que assombrou meus instintos e que permanecerá no repertório dos meus pesadelos. Ao retornar à sala, vi a cena que alquebraria meus nervos até o fim dos meus dias na terra.

Impassível e imóvel, como não poderia ser diferente em vista das correntes que o prendiam ao chão, e com o olhar novamente vazio, Louison retornava ao seu mundo interior, como se nada tivesse se passado.

Diante dele, porém, o policial jazia no chão, a garganta perfurada em três pontos, dos quais vertiam indistintas poças de sangue que cresciam diametralmente como halos infernais. O próprio Alencar havia feito isso a si próprio, com a caneta que levara para tomar notas do depoimento de Louison. Ao lado do homem, a prancheta metálica, com o papel preso e algumas anotações, agora respingadas de sangue. O que teria levado o pobre infeliz àquele horrendo suicídio senão a simples imagem do tinhoso demoníaco?

Quanto ao soldado raso que ficara à porta, tão horrorizado quando eu, disse-me apenas que escutou a voz de Louison lhe sussurrar algo. Ficou tranquilo, pois pensou que a entrevista estava rendendo frutos. Isso até escutar o barulho de um corpo despencando que eu próprio escutara a metros dali.

A segurança de Louison foi intensificada e eu precisei dar explicações a Cândido, que berrava estar numa casa de loucos. "Obviamente", lhe respondi, "e eu consigo perceber a loucura nos lugares mais inusitados. O homem que o senhor enviou, louco. O senhor, inspetor Cândido, neste momento, está quase ultrapassando os umbrais da loucura". Embora me interessasse a real natureza do acontecido, precisei recorrer a essa contumaz estratégia para aplacar a fúria do homem. Sem nada a dizer-me e percebendo a delicadeza da sua situação, saiu irritado.

    Antes de dormir, voltei à sala circular, agora vazia, exceto pelo faxineiro mechânico que, devotado, continuava a esfregar as manchas de sangue. Essas formavam um triângulo irregular, imperfeito e disforme. Postei-me na base daquela geometria escarlate, lamentando a única comunicação que Louison conhecia: signos inscritos com sangue sobre uma fria folha de pedra.

11/07/1911

Gravações robóticas do relato de Simão Bacamarte
(Continuação)

Passada a turbulência da morte do oficial Alencar e todas as explicações que fui obrigado a dar, recebi uma ligação do governador, dizendo que eu deveria receber um repórter do Rio de Janeiro, como um favor pessoal ao jornal carioca *O Crepúsculo*. Gargalhei quando o governador disse-me que apreciaria muito se providenciasse ao sujeito uma entrevista com Louison. Ignorando, um tanto desconfortado, a minha réplica, disse-me que o correspondente poderia até conversar comigo, mas que seu principal alvo era o criminoso. Gargalhei ainda mais alto, mencionando que nada no mundo faria Louison conversar com qualquer homem ou mulher. O governador desligou, irritado. Temi pela condição mental de tal figura, uma vez que certamente estava sob pressão e que mostras públicas de rudeza — como desligar o telefone antes de despedir-se adequadamente — são muitas vezes sintomas de esclerose psíquica múltipla.

Chegado o dia da visita, não pude acreditar no espetáculo que se punha diante da audiência dos olhos cansados. Tratava-se não de um repórter, mas de um imberbe que vestia roupas de corte europeu. O que deveria fazer diante daquilo? Sua documentação estava em ordem, e a carta do governador não era falsa. Assim, engoli meu orgulho e uma farta fatia da minha dignidade e caminhei na companhia de tal desatino. Enquanto conversávamos — e ele mostrou-se realmente impressionado pelos grandes resultados que estamos obtendo no tratamento da loucura —, não consegui deixar de lado uma análise sócio-histórica, como costumo empreender em situações semelhantes. Ao meu lado, caminhava o resultado pérfido de uma contaminação étnica. Mesmo assim, fiz o máximo para dar-lhe as informações que me pediu. Deixei-o com Louison, dizendo que pouco ou nada conseguiria dele. Não escondi de mim mesmo o desejo de que sua sorte fosse a mesma de Alencar. Infelizmente, tal anseio não se realizou.

17/07/1911

Gravações robóticas do relato de Simão Bacamarte
(Continuação)

Hoje fui informado pelo governador de que a "merda estava sendo jogada no resfriador de teto" — palavras dele, não minhas. Disse que, após deixar o asilo, o repórter carioca encerrara sua conta no Grand Hotel e desaparecera, não deixando "apito ou fumaça" atrás de si. Agora, para a renovada vergonha pública, vinha do Rio de Janeiro o editor de *O Crepúsculo*, um tal de senhor Loberant, com a missão de investigar o caso. Até a véspera, não encontrara rastro algum do escurinho.

Confesso que tal sumiço não me surpreendeu, uma vez que a petulância do repórter diante da minha delicadeza em lhe mostrar a aparelhagem preparada para o tratamento de meus pacientes denunciava um caso crônico de surto sonambúlico agudo. Aconselhei o governador a procurar nos prostíbulos e casas de jogos, uma vez que minorias étnicas tendem a conspirar em conjunto e, naquele caso, ao som do samba. Ele repreendeu-me, irritadíssimo, dizendo que a última vez que ouvira um conselho meu quase fora "pra puta que o pariu". Palavras dele, não minhas.

Mais uma conversa com o governador que terminava de forma trágica. Uma pena observar uma mente pusilânime como aquela degradar-se à tensão e à loucura, que vinham, claro, a reboque de uma série de expressões de calão que revelavam fixação anal, uma vez que a terminologia "merda" fora usada duas vezes, e uma perversão de ordem maternal, visto "filho" e "puta" evidenciarem insuspeito temor de bastardia, ou seja, de ausência de figura paterna ou de desconhecimento de origem. Em breve, terei de intervir e talvez sugerir aos parlamentares gaúchos um projeto de lei para interditar a liberdade do governador, alocando-o no São Pedro sob os meus cuidados. Obviamente, para o benefício do próprio.

Antes de finalizar esta gravação, enquanto consumo porções cada vez maiores de cocaína, que descobri serem excelentes na companhia de vinho do Porto, e ao término de mais um dia frustrante, vejo diante de mim uma ideia fabulosa, com a veracidade de uma divinal escrita na parede. Uma ideia que poderá dar resultados no tratamento de Louison e interromper seu silêncio. Se pressionar o corpo não foi suficiente para fazer o homem voltar à realidade e abandonar o lodaçal da loucura, talvez outra abordagem, mais psicológica, fosse de mais valia.

10/08/1911

Gravação robótica do diálogo do doutor Simão Bacamarte com o prisioneiro Antoine Louison

[VOZ DO ALIENISTA]
Boa tarde, doutor. Pedi que o trouxessem à nossa sala de visita e que o acomodassem confortavelmente à mesa — espero que as correntes não estejam atrapalhando — para que pudéssemos conversar. Sim, conversar. Sei que não tem sido receptivo às minhas tentativas de contato nas últimas semanas, o que é uma pena. Mas gostaria hoje de tentar um último recurso, não baseado nos testes físicos, entenda, fundamentais à sua recuperação... Isso foi um sorriso?

[SILÊNCIO]

Ummm... Posso continuar? O recurso que pretendo utilizar é mais uma brincadeira infantil, mais um jogo de imagens do que qualquer outra coisa. Sem dúvida serei um dos pioneiros nesse campo de estudo, embora neste momento alguns especialistas estejam trabalhando nos efeitos psiquiátricos de uma técnica semelhante — há um jovem suíço, Rorschach, se não me engano. É claro que outros alienistas de grande importância já utilizaram essa abordagem, como Binet, embora tenha se baseado no livro de poemas de Kerner. Há obviamente também os estudos de Jung sobre a potência do signo visual e sua influência sobre os arquétipos e o inconsciente coletivo, fascinantes, embora não tão audaciosos do ponto de vista conceitual como os escritos de Freud, que... estou o entediando? Voltemos ao seu caso. A utilização de imagens, pensei, seria um subterfúgio um tanto óbvio, dada sua fascinação por desenhos fisiológicos. Depois que seus crimes foram revelados e a origem dos modelos para suas ilustrações veio a público, suas gravuras tornaram-se febre no mercado clandestino de arte, o que exemplifica a loucura crescente, em nível epidêmico, de nossa sociedade. Tendo em vista, portanto, esta tal fascinação, gostaria de propor um exercício baseado no velho jogo Klecksographie, ou seja, da escrita a partir de borrões de tinta, no qual se visualiza uma imagem, reflete-se sobre ela e então se discute o que se vê. O que você acha, doutor? Vamos brincar?

[SILÊNCIO]

[VOZ DO PRISIONEIRO]
Aceito participar do teu jogo, doutor Bacamarte. Porém, com uma condição. Quero que o senhor também participe... Quero que seja um jogo entre dois participantes, como deve ser todo jogo, e, em especial, um jogo de cartas como esse. O que o senhor pensa da minha proposta?

[VOZ DO ALIENISTA]
Eu aceito, sim, não teria por que não aceitar, embora isso não seja muito ortodoxo... Mas sim, se esta é a sua condição.

[VOZ DO PRISIONEIRO]
Se não estou enganado, e, por favor, corrija-me caso esteja, um teste psicológico baseado em Klecksographie seria inteiramente baseado no conceito freudiano de projeção. Ou seja, projetamos sobre as imagens

aquilo que nossa mente percebe no limiar de nossa consciência. Penso ser esse também o fascínio que os baralhos de Tarô produzem nas mentes dos seus observadores, sejam eles supersticiosos ou não. Sim, será um jogo divertido. Comecemos com o senhor.

[VOZ DO ALIENISTA]
Nesta primeira prancha, eu vejo um amontoado de sinapses que formam ideias, sonhos, lembranças. Eu vejo o cérebro do homem e sua desorganização, um caos psíquico que precisa ser curado, computado, catalogado, ordenado.

[VOZ DO PRISIONEIRO]
Vejo uma união convexa de artérias e ventrículos, carne preenchida de sangue, sangue rubro e espesso, em movimento contínuo. Vejo o batimento cardíaco, bombeando, vibrando, pulsando no ritmo do mar salgado que carregamos em nós, lembrando-nos de que outrora fomos peixes no grande oceano indistinto. Vejo um emaranhado preciso e nebuloso, uma máquina perfeita em compassada vibração, fazendo os homens e as mulheres viverem, respirarem, sentirem, arderem. Quando segurei um coração humano pela primeira vez, entre as minhas mãos, minha consciência abriu-se para a maravilha orgânica da vida, mesmo que ali, entre meus dedos enluvados, repousasse apenas um pequenino órgão morto. Quando abri a primeira das minhas vítimas, o coração ainda pulsava, e eu o abracei com minhas mãos, como se nu e flutuante, nadasse no ventre do cosmos, entre estrelas e orbes planetários, sentindo no pulsar da carne úmida e líquida o segredo de todos os mistérios.
    É isso o que eu vejo, doutor Bacamarte.

[VOZ DO ALIENISTA]
Aqui... aqui... nesta segunda prancha, eu percebo... uma imagem de óbvia alusão sexual... um membro duro e ereto... em posição vertical... sim, um membro masculino, enfiado numa boceta... quer dizer... numa vagina.

[VOZ DO PRISIONEIRO]
Nesta forma escura e insinuante, vejo uma mulher de alta classe, educada e vivaz. Um prodígio transvestido de carne e perfume, moléculas humanas envoltas em tecidos finos. Toda ela é harmonia, sinfonia, sincronia. Seu andar é corajoso, e caminha em minha direção, requintada e insinuante, ela fala comigo, diz meu nome. Sua voz é luz, sua pele é escura, seu perfume, uma floresta oriental absurda, verde viva, ctônica, perigosa. Vejo-a desnudar-se diante dos meus olhos, como se o retirar dos véus e dos acetinados finos significasse a destituição das máscaras, como se na nudez do seio, voltássemos à infância cósmica, como se na nudez do sexo, visitasse o segredo incontido da doçura, do viço, da umidade primeira, de onde saímos, para onde voltamos. Eu vejo essa mulher nua e vejo meu corpo fundindo-se ao dela, como o dia mesclando-se à noite, como a vida dissolvendo-se no sonho. Vejo nesta imagem dois tornarem-se um, e este uno explodir em moléculas de vida, paixão e gozo.

[VOZ DO ALIENISTA]
Essa mulher, que você descreve, é a sua amante, não? A negra?

[SILÊNCIO]

[VOZ DO ALIENISTA]
Sim, eu já percebi. Você não falará nada a não ser aquilo que tenha a ver com nosso jogo. Vamos então à terceira prancha. Aqui, vejo um animal, um inseto... Um besouro ou uma abelha... Algo relacionado ao trabalho e ao compromisso do homem com seu meio, vejo um profissional, um pesquisador, um scientista, como eu. Esta prancha é um espelho.

[SILÊNCIO]

[VOZ DO PRISIONEIRO]
Aqui eu vejo uma forma indistinta, um borrão, negrumes sobre a palidez da página, uma mancha, uma perversão, que recria e cria nas nódoas espúrias as vozes e os ruídos deste lugar, deste... asilo. Vejo ideias não sintonizadas esbarrando-se, quebrando-se, umas contra as outras, como se fossem não percepções, mas ranhuras numa delicada louça, como se tais ondas não resultassem das visões do mundo, mas da falta delas. Nem toda a loucura tem um método, nem todo método é adequado, e o que vejo aqui é inadequação de tudo o que você, doutor, propõe como correto ao tratamento e à cura. Quer realmente saber o que vejo nesse borrão de tinta? Nesse espelho? Quer saber o que projeto nele? Sua própria insanidade, Simão. Vejo o senhor submetido a sessões diárias de electrochoque, vejo fios e cabos e ferros sendo utilizados para curar suas pulsões, vejo você preso, enjaulado, analisado... anatomizado. Você resistiria a isso, doutor? Seja sincero, se não comigo, consigo. Suportaria a pressão de seus próprios desígnios? A mulher que você mantém aprisionada nos calabouços fétidos deste lugar não resistiu. O que eu vejo? Vejo em cada canto deste campo de confinamento o fim de tudo aquilo que somos. Vejo a violenta barbárie do bruto, do biltre, do animalesco, homens tal qual bestas, e bestas devoradas por bocas famintas de pão. Quer realmente saber o que vejo? Então preste atenção. Vejo tristes trastes tímidos, tramados em tratamentos trêmulos, terríveis, traumáticos. Percebo que sua face está suada, doutor, e que seu batimento cardíaco está acelerado. Vejo a trama tecida na tristeza do tédio, vejo a trôpego tique-taque deste templo túrgido em sua tensão tardia, em sua tradição tacanha, em sua trêmula transformação, em sua translúcida e transcrita tradução da torpeza. Você está bem, doutor? Vejo o traço tinindo no trôpego trasgo do tempo tíbio. Vejo tropas estraçalhando tripas, textos, torções, tripartições. Vejo o trepidar das testas contra a traição dos trinques taciturnos, tateando a tirania da tempestade tépida e intransigente. O que eu vejo, doutor? Vejo a atroz loucura espalhada nas tintas borradas desta tela tétrica e pérfida. Vejo a loucura no vazio escuro dos teus olhos, doutor Bacamarte.
    Doutor Bacamarte?

NOTA DO SECRETÁRIO ROBÓTICO.

A gravação foi interrompida em virtude da vertigem e desmaio do alienista, levado às pressas à enfermaria do asilo. Quanto ao prisioneiro, retornou à cela, sendo amarrado na cama com cintas de couro. Tratamento noturno padrão para que o paciente não atente contra si próprio, como aconteceu com 82% dos mortos nos últimos quinze meses.

10/08/1911.
Noite.

Gravações robóticas do relato de Simão Bacamarte

Registro aqui os efeitos produzidos pelo teste com Louison sobre os meus nervos. Nada nas últimas semanas foi tão almejado por mim do que escutar a voz do homem, do que acessar ao menos por minutos sua consciência deturpada. Todavia, encontrei-me despreparado para tal nível de loucura. Deixei a sala circular aflito, sentindo náusea e falta de ar, precisando de água e repouso. O que há na mente daquele homem? O que se esconde atrás do véu da sua loucura? Sua eloquência não é a eloquência pervertida que identifica os casos clássicos de esquizofrenia ou psicopatia. E aquilo que ele falou sobre a mulher que...

[RUÍDO IMPEDE A COMPREENSÃO DO RESTANTE DA GRAVAÇÃO]

11/08/1911.
Madrugada.

Gravações robóticas do relato de Simão Bacamarte
(Continuação)

Acordo no meio da noite, aflito após pesadelos advindos da mente cansada. Nunca tive o hábito de compor um noitário de sonhos, embora entenda o apelo de tal ideia. Em minha aventura onírica, estava preso na velha casa de janelas verdes. Eu era um paciente, obrigado a ser tratado pelo demoníaco Louison, que obrigava todos os internos a desenharem ou escreverem suas angústias. Tendo findado com as camas de palha, com os banhos frios coletivos, com as banheiras térmicas, com os choques electrostáticos e os medicamentos, dizia ele adentrar uma nova era para o tratamento da mente humana. Eu gargalhava e chorava, sendo — absurdo dos absurdos — o único são naquele casarão doentio. No sonho, Evarista, a minha Evarista, era a enfermeira particular e a própria assistente do monstro. Obviamente, a imagem do sonho é de clara significação, embora eu não entenda o sentido do que as duas figuras médicas diziam. Louison friamente postulava um diagnóstico, afirmando que choques eléctricos, supositórios felpudos, vestes de força e solidão absoluta seriam o ideal ao meu caso. Já Evarista sussurrava no ouvido do homem, com os lábios vermelhos e a face repleta de maquilagem — enquanto acomodava-se no seu colo —, que nem todos esses tratamentos auxiliariam na cura de tal psicopatia, afinal tratava-se de um caso clássico de... E neste momento, acordei, banhado em suor. Registro aqui o ocorrido no cenário imaginário pelo meu inconsciente com a simples função scientífica de produzir uma autoanálise a ser publicada. Todavia, madrugada adentro, pensei no momento em que minha consciência julgou por bem interromper o diagnóstico de Evarista a meu respeito.

Qual seria a minha doença?

Qual seria o meu diagnóstico, do ponto de vista daquela criatura abjeta?

Deveria eu perguntar a ela?

Encerrar gravação.

24/08/1911

Gravação robótica do diálogo do doutor Simão Bacamarte com o prisioneiro Antoine Louison

[VOZ DO ALIENISTA]
Boa noite, doutor Louison. Vim até sua cela para me despedir do senhor. Como sabe, chegamos ao... amanhã será a sua... a execução da sua sentença. Não poderia deixar de expressar aqui, neste último encontro, meu desapontamento a respeito dessas semanas nas quais o tivemos por hóspede. Eu tinha grandes expectativas quanto ao que poderíamos ter apreendido um com o outro, com as sessões que teriam resultado não apenas em um tratamento pioneiro, como também em um notável estudo do seu caso, um estudo que figuraria entre os tomos referenciais da medicina moderna. Eu poderia ter sido o seu biógrafo, aquele que teria registrado à posteridade suas memórias, suas histórias e, em especial, as razões, certamente de ordem traumático-infantis, do seu distúrbio e dos seus crimes. Diante de tão esplêndidas possibilidades, o senhor não divide comigo um melancólico sentimento de desperdício?

[SILÊNCIO]

Nada a dizer? Trago ao senhor uma proposta que certamente lhe dará boas razões para conversar comigo. Eu ainda não posso lhe dar garantias, mas diante de qualquer sinal de sua parte, diante de qualquer mostra de boa vontade ou cooperação para minhas pesquisas, eu pessoalmente pleitearia com o governo do Estado um adiamento da sua sentença. Não seria essa oferta uma exemplar demonstração do meu espírito caridoso? Diante de qualquer palavra sua, eu poderia agora mesmo encaminhar um pedido formal ao governador. O que tem a me dizer?

[SILÊNCIO]

Percebo pelo seu sorriso que o senhor está achando essa conversa divertida. Assim como também tenho certeza de que vai achar divertidíssimas as próximas horas. Dizem que a espera intensifica o compasso do relógio, retardando-o. Comentam que em situações como essa, o tempo se estende de um modo que transcende o ritmo da máquina, com minutos durando horas, e cada segundo perfazendo o equivalente a eternidades de desespero e vertigem. Vai encontrar diversão nisso, doutor? Se não, encontrará igual divertimento no processo em si, na maravilhosa tecnologia de asfixia mechânica, com a confortável cinta de couro ao redor do seu pescoço, anexada a um dispositivo regulatório que diminui o arco ao redor do pescoço um milímetro por minuto. Dizem que a gradativa sensação de sufocamento é adorável e que, no caso de machos adultos, pode durar até 23 minutos. Na verdade, 23 minutos e 42 segundos. Esse foi, segundo os registros, o recorde de sobrevivência. É claro que alguns duram menos, pois as frutas podres jogadas pela multidão enfurecida e extasiada por vezes inibem os canais respiratórios. Diante do festival de diversão que lhe espera... [tosse]... o senhor tem consciência de que sou a única pessoa com quem ainda pode contar? De que sou a única pessoa a quem pode ainda implorar por sua vida?

[SILÊNCIO]

Lamentável, doutor, realmente lamentável. Eu desejo uma boa noite e um bom... um dia... um retorno adequado ao... [tosse] enfim... desejo uma boa noite. Sinto muito que este seja nosso último encontro.

[SOM DE PASSOS QUE SE AFASTAM]

[VOZ DO PRISIONEIRO]
Boa noite também para ti, doutor Bacamarte.

[PASSOS SÃO INTERROMPIDOS]

É desnecessário dizer que discordo das suas observações. Homens como nós, tão diferentes, não poderiam ter absolutamente nada a tratar, a apreender ou a dividir um com o outro além do que tivemos: momentos do mais absoluto silêncio. Quanto ao tempo, concordo contigo. É possível ao cérebro humano estender ou apressar o tempo mental de acordo com experiências físicas de dor ou prazer. Todavia, sempre fora meu hábito, sciente da brevidade da existência, estender cada átimo de tempo ao seu máximo. Se essas forem de fato minhas últimas horas, o que duvido, e sendo a vida preciosa, mais uma razão para estender ao máximo esses momentos. E, sim, as próximas horas serão divertidas. Tanto para mim quanto para o senhor. Isso é uma promessa. Por fim, apenas gostaria de corrigi-lo quanto a um pronunciamento errôneo de sua parte. Esse não será o nosso último encontro. Tenha uma boa noite, doutor Bacamarte, e bons sonhos.

25/08/1911

Gravação de inquérito policial Nº 2546

[VOZ DO DOUTOR SIMÃO BACAMARTE]
Acordei da noite turbulenta com o barulho de uma sirene de emergência. Atônito e nervoso, pensei tratar-se, num primeiro momento, do sinal de incêndio. No mesmo compasso da litania eléctrica, os gritos dos condenados, em polvorosa, faziam o lugar parecer uma casa de loucos na madrugada.

[TOSSE]

Mal vesti meu chambre, veio-me o nome do celerado que seria sufocado dentro de poucas horas. Temi um suicídio, embora o ato fosse a Louison uma impossibilidade, em virtude de seu aprisionamento. Mas é claro que eles sempre podem engolir a própria língua ou afogarem-se no próprio vômito, única saída cabível ao destino de terror e soffrimento que aguardava o vil em questão. Ao sair de meu cômodo noturno, perguntei aos guardas que vinham correndo o que havia acontecido. Um deles, fardado e trazendo no rosto uma máscara de gás, na companhia do robô de segurança que chegara da capital carioca há poucas semanas, disse-me que a cela de Louison estava vazia.

Ao lado da dupla, que logo depois recebeu a companhia de mais uma dúzia de oficiais, dirigi-me imediatamente ao cubículo de confinamento e encontrei-o vazio, exceto pelos estranhos objetos que jaziam enfileirados sobre o colchonete. Suas roupas prisionais, cuidadosamente dobradas, um estranho manuscrito antigo e uma luneta marítima incomum, parcialmente metálica, parcialmente de couro. Diante da medonha e misteriosa ausência e daqueles objetos que não conseguia identificar, sentei-me, desconcertado, onde, na noite anterior, deixei o prisioneiro repousar, amarrado à cama com cinturões reforçados.

Peguei o manuscrito e nele encontrei um anagrama de origem esotérica ou astrológica. Nunca desperdicei tempo com esse tipo de bobagem. A superstição é inimiga da civilização e marca identificadora das raças inferiores, cuja consciência primitiva...

[VOZ DO INSPETOR BRITTO CÂNDIDO]
Doutor, por favor, concentre-se na narrativa do ocorrido.

[VOZ DO DOUTOR SIMÃO BACAMARTE]
Corri meus dedos pela roupa para ver se havia alguma coisa nelas, alguma arma, ferramenta ou qualquer outro dispositivo que poderia ter auxiliado na fuga, mas nada encontrei. Quanto ao manuscrito, que se encontra agora em suas mãos, deixei-o de lado, pois me parecia meramente um pedaço de papel velho. Com a luneta em minhas mãos trêmulas, tentei ver através de suas lentes, mas nada de revelador me foi possível perceber. Foi nesse momento, quando analisava aqueles estranhos objetos, que o senhor chegou, inspetor.

[VOZ DO INSPETOR BRITTO CÂNDIDO]
A cela estava adequadamente trancada?

[VOZ DO DOUTOR SIMÃO BACAMARTE]
Sim. Com as trancas mechânicas, acionadas da nossa sala de comando, e com os cadeados reforçados tradicionais. É esse mechanismo que garante que, caso ocorra corrupção de um dos integrantes do nosso pessoal, os pacientes continuem presos. Além disso, supervisionamos os mais perigosos a cada hora. Não há como alguém ter aberto a grade. Por fim, Louison possui uma coleira de segurança, um dispositivo com seis cartuchos de pólvora que explodem se ultrapassarem o perímetro do hospital. O homem perderia a cabeça. Literalmente.

[VOZ DO INSPETOR BRITTO CÂNDIDO]
Isso complica a situação. Quem tem a chave para tal dispositivo? Quem retiraria tal dispositivo para a transferência de hoje?

[VOZ DO DOUTOR SIMÃO BACAMARTE]
O mechanismo seria desligado também a distância. Apenas eu possuo o código de segurança. E eu o carrego aqui, neste papel que levo comigo, junto ao medalhão com o daguerreótipo de minha falecida mulher.

[SILÊNCIO]

E, sim, já confirmamos com o oficial em serviço que nem a porta foi aberta, nem a coleira explosiva foi desativada.

[VOZ DO INSPETOR BRITTO CÂNDIDO]
Se este dispositivo de contenção continua acionado, devemos contar com a possibilidade de o maníaco continuar no hospital. Haveria algum túnel que permitiria a fuga ou um esconderijo temporário? A cela já foi vasculhada?

[VOZ DO OFICIAL ROBÓTICO]
Sim, inspetor, a cela já foi analisada e o único acesso é a porta gradeada.

[VOZ DO DOUTOR SIMÃO BACAMARTE]
Escolhemos a cela justamente por sua localização geográfica. As três paredes dão para outras celas, e, abaixo, temos o sistema de esgoto de todo o complexo, que é também supervisionado dia e noite.

[VOZ DO INSPETOR BRITTO CÂNDIDO]
Quer dizer então que o homem evaporou? Tornou-se um morcego e escapou pelas grades? Doutor, não estamos num folhetim de horror ou num romance de ficção scientífica. Estamos diante de um assassino que enganou a sociedade porto-alegrense e que agora fez a todos nós de idiotas.

[VOZ DO DOUTOR SIMÃO BACAMARTE]
Sim, eu compreendo tudo isso. Compreendo... mas não entendo... Realmente não entendo...

[VOZ DO INSPETOR BRITTO CÂNDIDO]
Soldado, leve essas roupas daqui para análise. Quanto ao manuscrito... chamem alguém que possa decifrar essa merda. E esta luneta? Por que diabos ele deixaria esse utensílio para trás? Esses objetos já estavam com o prisioneiro?

[VOZ DO DOUTOR SIMÃO BACAMARTE]
Não. Prohibimos qualquer tipo de objeto entre os prisioneiros, especialmente porque poderiam colocar em risco as suas próprias vidas. Não imagina o que ele poderia fazer com um pedaço de papel velho ou com um caco de vidro.
   Parece assustado, inspetor.
   O que você acaba de ver nesta luneta?

[VOZ DO INSPETOR BRITTO CÂNDIDO]
Eu... nada... eu não vi nada. Soldado, leve o manuscrito para a análise. Quanto à luneta, ficará sob os meus cuidados. Quero um relatório detalhado de cada um desses objetos quando chegar à Central.

[SOM DE PASSOS DISTANCIANDO-SE]

Doutor, o senhor compreende a situação estapafúrdia na qual nos encontramos? Temos um dos prisioneiros mais perigosos que já esteve sob a tutela do Estado, e agora ele sumiu. E no dia de sua execução. Eu realmente espero, doutor, que encontremos o sujeito. Caso isso não aconteça, estamos numa bosta de enrascada. A opinião pública fará disso um caso de proporções épicas.

[VOZ DO DOUTOR SIMÃO BACAMARTE]
Sim... eu imagino.

[VOZ DO INSPETOR BRITTO CÂNDIDO]
O senhor se recorda de alguma coisa estranha? Lembra-se de alguma visita ou carta que Louison tenha recebido nos últimos dias?

[VOZ DO DOUTOR SIMÃO BACAMARTE]
Não. Ele estava estranhamente tranquilo na noite passada e disse-me, na verdade, garantiu-me que iríamos nos encontrar novamente. Quanto a visitas estranhas... eu não sei... Ele não falava com ninguém e, com quem falou, o senhor sabe o que aconteceu. Além do oficial Alencar... sim... Teve aquele repórter carioca... o negro... Qual era o nome dele mesmo?

[VOZ DO INSPETOR BRITTO CÂNDIDO]
Isaías Caminha, o repórter desaparecido.

[VOZ DO DOUTOR SIMÃO BACAMARTE]
Sim... ele mesmo. Pelo que me lembro, ele não se demorou muito com Louison. Mas não imagino que ele tenha algo a ver com isso. Embora suspeite desses sujeitos de cor, não acho que teria condições intelectuais para burlar...

[VOZ DO INSPETOR BRITTO CÂNDIDO]
Doutor, sua opinião racista pouco me importa! Penso que o senhor tenha um arquivo dedicado a Louison. Quero esse arquivo e absolutamente tudo o que tiver gravado, escrito, anotado, enfim, todos os dados sobre o que ele fez, o que comeu, quantas vezes cagou. Ele conversou com o senhor? O que disse? Preciso disso para ontem. Deixarei com o senhor um dos soldados para recolher esse material. Qual o seu nome?

[VOZ NÃO IDENTIFICADA]
Cabo Antunes Vieira, inspetor.

[VOZ DO INSPETOR BRITTO CÂNDIDO]
Fique com o doutor Bacamarte e recolha todo o material que ele tenha sobre Louison. Estou indo para a Central, teremos uma porra de dia de merda.

[VOZ NÃO IDENTIFICADA]
Sim, senhor.

[FIM DA GRAVAÇÃO]

25/08/1911, 23H30

Diário de trabalho do doutor Simão Bacamarte

(REGISTRADO NUM GRAVADOR PORTÁTIL
COM BATERIA ELECTROSTÁTICA)

Num estado de torpor e letargia, retornei ao meu gabinete com o soldado Vieira, na companhia do gigantesco segurança robótico, trazido há semanas para reforçar a vigilância de Louison. Como explicar a fuga do vilão abjeto? Como justificar que um homem sob a minha guarda, cercado de policiais e serviçais robóticos, preso entre grades e a correntes electrostáticas, sob supervisão humana e mechânica, tenha desaparecido de modo tão escabroso? Recolhi numa pasta na mesa tudo o que havia coletado do caso: photos, anotações, as pranchas que mostrei a Louison; absolutamente toda a minha pesquisa. Como explicar tudo isso? E, o mais importante... como compreender que um homem tenha evaporado do seu cubículo de pedra e metal, das próprias entranhas desta fortaleza hospitalar?

Entreguei ao soldado o maço de folhas. Ele deu as costas e deixou o recinto, levando o pesadão robô militar consigo. Antes, mencionou que o gigantesco constructo ficaria posteriormente de guarda em meu consultório, garantindo minha segurança. Ri do imbecil dizendo que não precisava daquilo. Todavia, eu não tinha escolha. Fiquei ali em meus últimos minutos de privacidade.

Por todo o hospício, pacientes em polvorosa pelo vai e vem das tropas que buscam um prisioneiro que deveria agora estar morto. Desmorono na cadeira, retirando do bolso do casaco meu estojo de cocaína. Aspiro o conteúdo com avidez, adentrando um caos de imagens que phographam minha infância, meus estudos juvenis e toda a minha carreira ilustre até este momento desastroso.

Aspiro mais um pouco e, gradativamente, ideias, padrões, frases e palavras passam a se organizar. Não tenho dúvidas de que meu intelecto desvendará o mistério de Louison. Antes, porém, preciso da calma e da serenidade que apenas minha querida pode proporcionar. Aspiro a terceira fileira e deixo o escritório.

Dispenso dois dos enfermeiros que estão à espera e também o serviçal robótico, meu secretário particular. Digo que não tenho condições de tratar dos assuntos do asilo, não naquele dia, não depois do transcurso dos eventos.

Deixo para trás os gritos dos alienados, sua ansiedade, sua doença. O alarme foi desligado, mas os berros persistem. Deixo para trás as explicações e os suores frios e dirijo meus passos em direção aos intestinos pétreos do asilo. Descendo a escada espiralada, acessível apenas com minha chave, inspiro o bouquet de urina, fezes, umidade e mofo, arranjo odorífico que se intensifica à medida que as paredes de pedra se afunilam.

Caminho em direção a ela, deixando para trás os dramas dos loucos e dos vivos, pois preciso de sua paz e de seu aconselhamento. Sigo firme, preparando meu espírito para a visão dela, algo que a mim nunca é fácil.

Chegando à fedorenta e escura cela, no fim do corredor magro e alto, acendo a lamparina.

Ela geme ao notar minha aproximação, e gemer é apenas o que consegue, pois perdeu a capacidade lógico-discursiva há anos, quando lhe apliquei a primeira lobotomia. Porém, mesmo depois de tal exemplo de moderníssimo tratamento, palavras desconexas vez por outra surgiam, o que me obrigou a cortar-lhe sua língua venenosa, que insistia em acusar-me.

Mas não há problema, pois eu a conheço. Escuto seus pensamentos e ouço o que ela tem a me dizer, do fosso fétido em que se encontra, entre os dejetos decrépitos do corpo magro, pútrido e macilento. É claro que sei o que ela pensa, pois um relacionamento de tantos anos é isso: conhecer o cônjuge como a si próprio. Amor, afinidade, compreensão e tolerância são o segredo de qualquer relação conjugal. Ao me aproximar, a megera se recompõe e, sorrindo, me diz:

"Não fique preocupado, meu amor. Tudo ficará bem. Eles encontrarão o celerado Louison, e você, você será reconhecido como o gênio que sempre foi. Muito obrigada por me proteger do mundo lá fora neste lugar tão confortável, por me alimentar e me vestir. Sinto um pouco de desconforto, mas você me ama, e eu sei que tudo que faz é para o meu bem."

Sim, é isso o que ela pensa, eu sei, entre gemidos, lágrimas e suores ardidos mesclados ao sangue e ao pus das feridas inflamadas nos pés, efeitos dos ratos famintos que vêm visitá-la de quando em quando.

"Eu amo você, Simão, e tudo ficará bem... tudo ficará bem."

Eu sorrio para ela e apago a luz da lamparina com um assopro.

Minha querida geme.

Eu dou as costas e retorno à superfície, agora revigorado, agora resoluto, crendo na pertinência e na relevância do meu trabalho e da minha genialidade. Eu a amo por isso... por me auxiliar desse modo. Dizem que todo grande homem possui atrás de si uma grande mulher.

Não seria diferente no meu caso, seria?

Antes de partir, falo com ela, pois comunicação é a chave para todo e qualquer casamento feliz.

"Eu também te amo, minha querida Evarista."

Ela responde ao som do seu nome com gemidos e batidas de ossos contra a pedra úmida.

Eu a deixo.

Preciso ajudar a polícia a capturar um assassino pérfido e inumano.

26/08/1911,
00h30

Diálogo no escritório do doutor Simão Bacamarte

[VOZ DO ALIENISTA]
Eu não acredito. Você escapou?! Como conseguiu?! Como isso foi possível? Eu preciso gritar... [Tosse] Eu não consigo. Minha voz falha. Estou amarrado em meu próprio hospício! GUARDAS! [Tosse]

[SILÊNCIO]

[VOZ DE LOUISON]
Doutor Bacamarte, não grite. Isso mesmo, estou aplicando no senhor um preparado químico a partir dos ingredientes que acabo de encontrar em seu gabinete. Eu estava aqui, há algum tempo, esperando sua chegada. O efeito de tal composto é o amortecimento completo dos músculos. Por isso, o absoluto silêncio do senhor neste momento. Por outro lado, o efeito colateral é uma total percepção de tudo o que está acontecendo ao seu redor. Antes de nos despedirmos, devo revelar que tomarei providências para que Evarista descanse. É inumano o que fez com ela, e eu não deixarei esta instalação antes de resolver este e outros casos que são de séria urgência.

O mundo, Simão, saberá a partir desta noite não apenas que um monstro assassino como eu abandonou o hospício, mas também que o próprio hospício era administrado por um monstro. Hoje, o mundo terá ciência de tudo o que o senhor fez, e talvez possamos, a partir dessa revelação, esperar um pouco de luz do amanhã. Mas não estou aqui apenas para isso, é claro.

Deixe-me ver... aqui está o daguerreótipo que menciona, e no interior dele, o código de segurança da coleira. Hummm... 57841674, este é o código?

Pronto... bem melhor.

Como escapei de minha cela? Isso será revelado no momento apropriado, a ouvidos mais merecedores que os seus.

No seu caso, Simão, pensei por um breve instante em presenteá-lhe com esta coleira. Seria um destino irônico, não? Fazer-lhe perder a cabeça quando o senhor mesmo fez tantos perderem a sanidade, a saúde, a própria existência. Mas, não, isso não seria apropriado, além de correr o risco de lhe transformar num mártir, em mais uma vítima do "famigerado Estripador da Perdição". O senhor merece algo mais efetivo, algo que consiga emparelhar com suas próprias monstruosidades.

Sabe do que falo? Ainda não? Está chorando, Simão? Estas são lágrimas de alegria ou tristeza? Como também está sorrindo, fico na dúvida. Pois bem, nosso diálogo está bem interessante, mas preciso me retirar. O avançado da hora demanda pontualidade e precisão.

Como eu sempre dizia quando desejava dar as costas a locais ou pessoas desagradáveis: "Perdoe-me, mas outros compromissos me aguardam".

[SOM DE PASSOS SE AFASTANDO E ENTÃO SE APROXIMANDO]

Aqui está, Simão, o que tanto teme nesses anos de abusos, assassinatos e monstruosidades. Aqui está o objeto do qual tanto fugiu. Está preparado para uma noite de verdades? Espero que consiga sobreviver até amanhã. Darei ordens aos guardas para que não atrapalhem o seu descanso, afinal o "bom e dedicado alienista precisa descansar". Isso, isso mesmo, olhe bem.

Olhe com cuidado. Olhe com atenção.

Fitou a loucura imaginária nos outros, sem perceber a sua própria loucura. Como Nietzsche nos adverte, às vezes quando olhamos em direção ao abismo, o abismo nos devolve o olhar.

Sobreviverás ao abismo de sua própria loucura?

Tenha uma boa noite.

Para a minha felicidade, esta é a última vez que nos encontraremos. Quero paisagens humanas mais agradáveis à minha vista a partir desta noite.

Adeus, doutor Bacamarte.

[SOM DE ENGRENAGENS MECHÂNICAS. SOM DE PASSOS SE AFASTANDO.]

[SILÊNCIO]

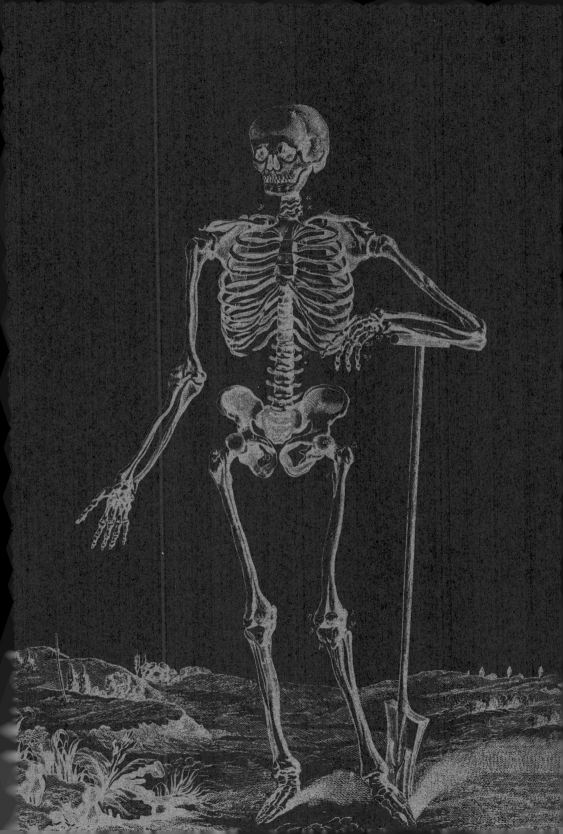

PARTE III

LIÇÃO DE ANATOMIA

Místicos & Damas Noturnas

Na qual lemos documentos de autorias renomadas: textos de Rita, Pomba e Léonie, damas afamadas, telegramas de Bento Alves, Sergio Pompeu e Vitória, além de Solfieri e Benignus, que são de outra história. Tal mosaico revelará o Parthenon Místico, ousada sociedade secreta, e sua relação com os crimes de Louison, esse pérfido esteta.

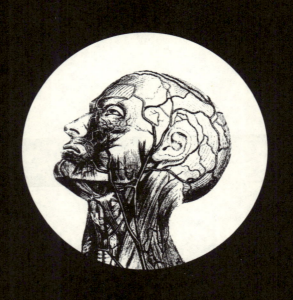

17 DE OUTUBRO DE 1904.

Carta de Vitória Acauã ao doutor Benignus

Meu querido Benignus,

Pelo janelão da sala, fito o movimento das águas enquanto os barcos passam, ignorando a casa entre as árvores repleta de maldições antigas. Tanto melhor. Para mim, a casa condenada é um refúgio. Aqui, sinto-me aconchegada, cercada pelas sombras e pelos espíritos, longe da metrópole do outro lado da enseada. Vista daqui, Porto Alegre é uma floresta de pedra e aço. De lá, a Ilha do Desencanto parece um amontoado de mato e relva em meio a um brejo povoado de feras soturnas e noturnas. Eu sou uma delas, pensando a ilhota como um buquê de raras flores que retira do rio sua liquidez vital.

Estou aqui há sete anos, desde que vocês me resgataram da Ordem Positivista e de seus hediondos experimentos. Desde então, tenho encontrado entre as paredes desta casa o que hoje nomeio de lar. O relato de minha infância e minha condenação às mãos dos desprezíveis homens da ciência está quase finalizado, naquele caderno fino com o qual me presenteou. Talvez um dia, Benignus, eu tenha a coragem de mostrar a você ou a qualquer outro o que eu vivi, a origem da minha capacidade de falar com os mortos, conjurar forças demoníacas e receber entidades das mais diversas sortes.

Até então, guardo o volume comigo, trancado na primeira gaveta da escrivaninha do meu quarto, seu conteúdo encerrado nos calabouços da memória.

Escrevo para cobrar de você notícias de suas aventuras. Você nos deixou há sete meses, e o relógio da sala marca também o tempo de sua ausência.

Lembro-me de levá-lo ao aerocampo e de seu medo ante o Zeppelin. Embora tenha escondido de mim, sei que levava no bolso o pequeno frasco de Paraty. O que fez desde então? Continua em Belo Horizonte ou viajou para o interior do Sertão, em busca da lâmina que cortara a cabeça de Antônio Conselheiro? Era disso que falava antes de partir, não? Mas antes de tal busca, encontraria o jornalista que relatou o covarde ataque das tropas republicanas.

Por favor, pense em mim como sua filha e amiga, e não me deixe assim por tanto tempo sem notícias. Sou jovem e inexperiente, e preciso de sua voz, mesmo que textual, para confortar-me nestas noites lúgubres.

E também solitárias. Como deve saber, Sergio e Bento estão no interior do Pantanal, em busca de um manuscrito cabalístico trazido por desbravadores europeus no século XVII. É ótimo vê-los partir juntos, tão diferentes um do outro, e ao mesmo tempo tão perfeitos como casal. Bento é um gigante de pedra que adora aventuras e perigos. Sergio, um efebo cujos traços nos fazem imaginar como os jovens gregos teriam sido. Mas, quando estão juntos, tais diferenças são diluídas por uma absoluta afinidade de almas.

Quando se foram, ficamos eu e Solfieri, enamorados como estávamos, vivenciando descobertas e paixões que nos eram desconhecidas. Entretanto, tais aventuras de alcova não demoraram a findar no emaranhado das nossas existências problemáticas. Você tinha razão de aconselhar-me sobre ele, meu amigo, ao advertir-me da imortalidade do corpo e do envelhecimento da alma.

Ele deixou-me depois de alguns meses, levando suas histórias, sua face adolescente e sua voz idosa. Hoje, embora sinta falta de seu abraço no calor do leito, não ressinto sua partida. O perfume característico de Solfieri é o perfume da morte. Quando me deixou, tudo voltou ao seu estado normal. Sinto-me forte e audaciosa novamente, não mais dormindo ao dia e vivendo à noite, não mais amante de sua morbidez. Ele permanece em Porto Alegre, mas não visitou a mansão desde então, talvez por respeito a mim, talvez por medo.

Atenuam minha solidão as visitas constantes de Beatriz, que às vezes vem para passar as noites, às vezes os dias, às vezes apenas para conversar ou deixar que eu tire as cartas sobre seu futuro, nunca sobre seu passado. Adoro quando ela e Louison me visitam, e ele faz a leitura de um dos contos policiais escritos por Beatriz. Sabia que ela pretende publicar mais uma de suas coletâneas ainda neste ano? Seu título, se não me engano, será *Mistérios de amor & morte*.

Há três meses, recebi de ambos um pedido de ajuda. Havia uma criança negra de 8 anos cuja mãe fora convertida à Igreja do Crucificado. Suspeitavam que a pobre estivesse possuída por um demônio. Quanto à descrição detalhada de todo o relato, pretendo enviar-lhe posteriormente.

Todavia, relembro-o aqui, a fim de detalhar o que penso desse inusitado casal, nossos companheiros do Parthenon Místico.

Louison, como sempre, é elegante e paradoxalmente frio e nossa discussão na antessala do exorcismo foi curiosa. Homem de ciência em todos os assuntos, defendia que a moléstia originava-se de uma desordem psíquica. Disse-me que poderia desvendar o mistério usando a hipnose. Ao término, sua defesa mostrou-se parcialmente correta, embora existissem forças de origens arcanas que apenas saberes arcanos poderiam desvendar. Forças que tinham a ver com crimes reais.

Resolvido o imbróglio e os culpados punidos, voltamos, ele, Beatriz e eu, à Mansão dos Encantos. Ela mostrava-se nervosa, algo estranho, sendo Beatriz uma das mulheres mais fortes que conhecera. Ao seu lado, Louison a abraçava com força, beijando-lhe as lágrimas. O quadro era belo e caso não fosse tola a ideia, os teria photographado.

Porém, registrei a imagem na câmera da minha memória.

Acho, Benignus, que algum segredo está emergindo da consciência de Beatriz, algum mistério terrível que ela submergiu com pedras e rochas, mas que agora vem à tona, às margens da vida que leva com seu guardião e amante. Não sei o que acontecerá nos próximos meses ou anos, mas antevejo que todas as nossas vidas serão mudadas por este segredo e que tanto Beatriz quanto Louison figurarão como atores centrais deste drama.

Com carinho e saudades,
Vitória Acauã

02/03/1905

Gravação de Rita Baiana a Senhorinha

Minha bobinha,

Como você vai? Vai bem? Eu, por aqui, nesta cidade meio sem graça, vou indo. Sinto saudades do Rio de Janeiro e da praia e do mar e dos dias que não tinham fim. Sinto saudades dos cariocas fortes e gingados que me tomavam nos braços e me faziam dançar a noite inteirinha. Os homens do sul tem uma coisa grosseirona, que também gosto, mas no fundo não passam de crianções... Tá bem, eu sei... Todos os homens são crianções... mas no Rio eles fingem melhor.

 Como cê sabe, eu não escrevo cartas... Não escrevo porque não gosto e não sei. Nunca aprendi e nunca quis... prefiro gastar meu tempo em outras coisas. Pombinha adora escrever e eu podia ter pedido a ela que escrevesse procê, mas prefiro não, porque tem coisas que a gente não conta em carta, tem coisas que a gente só conta no pé do ouvido. Então comprei de um negociante gringo esse gravador... Não sei como funciona... Mas funciona, não? E agora, você tá escutando, sua Ritinha... falando procê como se tivesse aí do lado.

Envio também, junto do dinheiro do mês, essa gravação e outra máquina igual a essa que tô usando. Não me escreva mais... Já te avisei... Não gosto de cartas porque preciso pedir pra uma das duas metidas lerem pra mim. Além disso, não gosto de outras pessoas fuçando nos meus assuntos. Então... grava mensagens como essa e me envia. Assim, ocê pode escutar a voz da sua Rita, e eu posso escutar a voz da minha Senhorinha. Pode ser?

Como vão os estudos, minha linda? Espero que esteja bem esperta na próxima vez que nos virmos, pois vou cobrá tudo, certo? Português, francês, tabuada e todo o resto que ocê deve tá aprendendo dos doutores.

Espero que sua mágoa da Rita, por ter desgraçado seu velho pai e sua mãe, Piedade, coitada, tenha passado. Eu fiquei triste quando me contô que a coitada tinha batido as botas de tanto beber. Triste mesmo, pois lembrava que era sua mãe e que ocê devia tá triste. Maldita cachaça, que acaba com a vida da gente que é fraca. Mas ocê não é fraca, não é minha linda? Ocê é como a Rita aqui, que eu te conheço, forte que nem pedra, que quebra a marreta mas que não se deixa quebrá.

Aqui em Porto dos Amantes — acho esse nome tão bonito — tudo segue bem. O palacete acabô de se torná a mais afamada casa da cidade. Eu e as outras duas tamos ricas... daqui a pouco até pensamos em viajá pras Europa... a Léonie, que já viveu em Paris, diz que a gente tem que ir lá. Eu tô bem aqui... não quero viajar mais. Quero apenas um amor que me faça sambá uma ou duas vezes por semana, um amor que me faça lembrá do que gosto.

Enquanto um homem assim não aparece... fico aqui, recebendo os amigos e seus presentinhos.

De quando em quando aparece um pessoal estranho. Noite passada, por exemplo, fiquei tomando vinho fino com um casal... um casal, acredita?... Os tempos são outros, não?... Um médico doutor aqui da cidade, um homem bem bonito e educado, desses que dá gosto de chamar de doutor... e sua esposa... amante... ajuntada... não importa... uma negra que me deixou corada de tão cheirosa e asseada... os dois gostaram de mim... quase todo mundo gosta de mim... eu é que gosto de poucos...

Ficamos lá... a noite inteira de conversa, com vinho e fumo... Gostei dos dois e fiquei imaginando por um momento se eles não queriam subir. Ocê sabe, Senhorinha, minha linda, que não gosto de certas modernidades, como a Pomba e a Léonie, dormindo juntas... Não gosto... É que sou das antigas... mas de vez em quando... só de vez em quando... algumas senhoras me deixam até com calor.

Quando nos despedimos... o doutor me beijou uma bochecha... e eu já estava bem alegre por causa do vinho... e a sua companheira beijou a outra... e eu fiquei torcendo que aqueles dois voltassem uma outra noite. Eles saíram bem alegrinhos do casarão... Pelo visto teriam uma noite bem animada...

Eu fiquei sozinha, vendo aqueles dois irem embora, meio bobos pela bebida, meio bobos um pelo outro, e os dois meio bobos pela Rita... Eu sempre deixo todo mundo bobo. Me senti um pouco triste, sabe, minha linda?

Fiquei andando pela casa, depois que a gente toda foi embora, com o sol entrando pelas janelas. Lembrei do seu velho, do meu Jerônimo, e de mim rodando a saia curta ao redor da roda de samba. Lembrei da Piedade furiosa de ciúme porque eu tava dando em cima do homem dela, e lembrei também docê, pequenininha, atrás da saia dela.

Lembrei da fogueira e das pernas suadas de tanto dançar. Fui muito feliz naquele tempo, sabe? Hoje sou feliz também... mas não tanto.

Hoje, quero apenas um homem que me faça sambar uma vez por semana.

Vou desligar que tô morrendo de sono, minha linda.

Me grava logo uma mensagem... sua Rita sente sua falta.

O que mesmo que eu digo? Ah... sim... terminar gravação.

*Porto Alegre,
14 de setembro de 1906.*

Noitário de
Léonie de Souza

A semana de negócios transcorreu bem. Nossa reforma na ala leste do palacete findou sem maiores percalços, garantindo mais dois salões de jogos e quatro cômodos privados. Cinco jovens, uma delas virgem, chegaram do Oriente (duas japonesas, uma indiana e duas africanas), resultando num *frisson* entre os regulares. Quanto à virgem, obviamente, coube a mim a tarefa de iniciá-la nas práticas noturnas, uma vez que a donzela imaginava-se designada à tarefa de servir mesas no Brasil. A pobre, por um breve momento, fez-me recordar de minha própria iniciação, bem menos prazerosa e delicada, por parte de um antigo coronel de Ilhéus, quando eu mal havia passado dos 11 anos. Obviamente, minha tarefa na vida é trazer essas almas iludidas à realidade, alertando-as contra a raça masculina e abduzindo-as aos sutis e recônditos encantos da topografia da carne feminina.

Adoro as flores amaldiçoadas que encerramos entre nossas coxas, nosso principal talento, nossa grande fraqueza, nosso único prazer neste mundo. Delas, desabrocham vida, prazer, dor, encanto, perfume e gozo. Delas possuidoras, somos vítimas e algozes. Quando me penetraram a primeira vez minha carne rasgada, minhas pétalas despedaçadas, jurei que nunca mais viveria tal sorte e que livraria outras de igual profissão da mesma sina. Não contava, porém, no curso de tal meta, apaixonar-me por uma de minhas pupilas.

Pombinha dorme neste momento. Seu peito nu e sempre infantil à mostra, abaixo dos lençóis de seda que lhe excitam os mamilos. Acabamos de nos entregar uma à satisfação da outra. Eu, como sempre ocorre depois de tais encontros, fitei o sono voar para longe. Ela, como sempre, entrega-se a ele como se entregara a mim. E tem sido assim, já por quase vinte anos.

Pombinha ainda é jovem, e sua pele parece nunca envelhecer ou ressecar.

Quanto a mim, um reflexo frio e distante me fita do espelho da cômoda.

Longe dos vestidos, dos cremes e dos lampadários à meia-luz do salão inferior, onde me apresento aos visitantes, vejo uma dama cujas marcas do tempo começam a aprofundar seus sulcos. Passo a mão em minha face e assusto-me, pois reencontro nelas os dedos finos da mãe falecida. Eu, mãe sem filhas. Eu, mãe das jovens e dos jovens que vivem sob este teto de prazeres e pecados. Eu, que não fui e nunca serei mãe de ninguém, me tornei a estéril matriarca desta casa.

Deixo a reflexão vazia de lado. Sou uma empresária, não uma filósofa. Sou uma dama noturna de elegante porte e inegável dignidade. Sou uma mulher que não contamina os lábios com repuxões amorosos ou os olhos com lágrimas de arrependimento. Essa é a sina das que se entregam aos machos. Não a minha.

Em minha mesa de jogo, quem dá as cartas sou eu.

Finalizo este registro aludindo a uma deplorável eventualidade. Recebemos nesta semana, como todos os meses no dia 13, uma dama famosa de Porto Alegre e seus amigos. Registrarei seus nomes abaixo, algo que nunca faço, pois temo por minha vida depois do funesto ocorrido.

Madame de Quental veio ao palacete na companhia do General Flores Bastos, do Padre Arturo dos Santos e do famoso acadêmico positivista Henriques Pontes. Como sempre, entraram pela porta lateral e foram guiados à alcova privada, luxuoso cômodo dedicado a serviços pouco usuais. Deixei aos cuidados do quarteto duas jovens experimentadas na arte da dor e do prazer, temendo que mulheres menos preparadas não satisfizessem aqueles anseios.

Três horas mais tarde, fui chamada por um dos seguranças, preocupado com o silêncio no recinto. Ri da apreensão, típica dos medos masculinos, uma vez que imaginei tratar-se do silêncio que procede ao clímax e ao esgotamento das forças. Poucas cenas gravar-se-ão tão horrendas em minha retina como a que vi no interior do quarto acetinado.

As jovens meretrizes inconscientes, seus corpos torturados, manchados de sangue, sêmen e cuspe, numa imundície vil. Quanto aos quatro, estavam jogados, entregues à luxúria e ao cansaço. Adentrei o recinto, não escondendo minha repulsa. Diante dela, Quental olhou-me desafiadora. Ao acalmar meu humor, pedi que se retirassem e lhes disse que suas ações teriam consequências, uma mentira que despencou fraca dos lábios irritados.

Olhei com mais atenção as meninas e percebi, horror dos horrores, que suas rendas estavam incólumes.

Não as queriam para o prazer, apenas para perversão e ultraje.

"Consequências?", riu alto a mulher. "Você sabe com quem está falando? Você tem ideia? Na vida, Léonie, uns são presas, outros, caçadores. Você realmente quer saber quem é quem neste botequim?" Depois de rir mais um pouco e acordar os homens, que foram pouco a pouco arrumando suas vestes clericais, militares e sociais, ela enfiou a mão enluvada dentro da bolsa. Retirou dali um maço de réis e jogou-os em meu rosto. "Isso deve bastar para as suas despesas", disse, enquanto apontava com o rosto para os corpos desfalecidos e ensanguentados.

Ferida e humilhada, ordenei que as meninas fossem levadas ao hospital.

Uma delas morreu no caminho. Havia recebido chutes no peito e seus pulmões se afogaram no próprio sangue, com uma das costelas quebradas lhe perfurando a pele e apressando o fim.

Eu odiei minha raça, minha profissão, todas as minhas ilusões.

Quental estava certa e eu não poderia fazer nada.

De noite, encharquei-me de vinho, indo procurar nos lábios e no sexo de Pombinha uma doçura há tempos esquecida na rotina da casa.

Quantas coisas vi nos anos de vida vividos na vida. Quantos sonhos despedaçados, rostos delicados marcados para sempre pela faca ou pela decepção.

O Palacete dos Prazeres é um oásis no meio da selva de prédios e máquinas. Todavia, certas noites, ele se transmuta em masmorra infernal.

Queria apenas música e dança e beleza, e hoje preciso lidar com sangue, crueldade e morte.

Não está certo.

Isso não está certo.

A religião do crucificado tem lá o seu valor, senão enquanto verdade, enquanto metáfora. Somos todos como ele, pregados numa estaca e deixados para morrer, entre outras criaturas igualmente flageladas. Queremos água, e nos dão vinho avinagrado. Queremos palavras de boa sorte, e nos furam o bucho com uma lança. Queremos presentes, e nos tiram as roupas, jogando jogos de sorte e azar. Queremos um pai que nos abrace e temos apenas o nosso abandono.

Mas, como escrevi, não sou filósofa.

Sou uma cafetina e tenho um negócio para tocar.

Enterrarei uma funcionária amanhã e transformarei a outra, cujo rosto foi inutilizado para a sedução, numa serviçal diurna.

Outras chegarão na próxima semana.

Pombinha dorme, e eu preciso também descansar.

Hoje, não será ela que procurará afago entre meus braços.

Hoje, serei eu que repousarei na curva dos seios amados.

Porto Alegre dos Amantes,
10 de dezembro de 1908.

Mensagem telegráphica de Solfieri a Sergio Pompeu e Bento Alves

Prezados Bento e Sergio,

Compreendo a importância das suas jornadas aventurosas e o quanto encontraram na companhia um do outro o prazer e o júbilo prohibidos à maioria dos mortais. Invejo-os em minha solidão, e alegro-me em minha amizade.

Venho utilizar este tacanho invento comunicativo, que substitui a opulência das missivas pela objetividade das máquinas, para lhes fazer um pedido: a presença de você se faz fundamental em Porto Alegre.

Nosso caro Louison está singrando mares perigosos. Há dias, nos reunimos no Parthenon para um ritual místico. Tudo corria bem, até Beatriz desmaiar febril. Nossa amiga ficou três dias catatônica, num surto horrendo.

Louison, suspeitando tratar-se de um distúrbio mais psíquico do que somático, hipnotizou-a e ordenou que os deixássemos na solidão do claustro.

Depois de horas, Louison navegou em direção ao antro urbano.

Duas noites mais tarde, voltou. A roupa manchada de sangue, trazendo entre os dedos um embrulho também ensanguentado, ao qual nos prohibiu acesso.

Trancou-se no quarto de Beatriz e ouvimos apenas o choro de nossa amiga, que voltara ao mundo dos viventes. Ao deixarem a alcova e voltarem ao casarão de Louison, ficamos eu e Vitória cogitando hipóteses ao atroz ocorrido.

Dias depois, noticiaram que uma importante figura pública havia desaparecido, o que intensificou nosso desconcerto. Fomos conversar com Louison e encontramos pela primeira vez sua casa interditada à nossa presença.

Deixamos o sobrado abraçados. Não como amantes, intimidade que há anos não compartilhamos, mas como irmãos, buscando no abraço um do outro um apoio que sempre tivemos em nossos dramas e angústias de outrora.

Vitória e eu precisamos de vós. Dos integrantes do Parthenon, sou o mais velho. Vitória, a mais jovem. Todavia, necessitamos do equilíbrio de vossa presença, temperamentais e irascíveis como somos, eternos filhos do passado.

Por favor, voltem logo, pois em vós projetamos toda a nossa esperança.

Seu amigo,
Solfieri de Azevedo

Porto Alegre,
15 de dezembro de 1908.

Carta de Bento Alves a Solfieri de Azevedo

Caro Solfieri, amigo de escapadas e venturas,

Escrevo no meio da madrugada, à luz de uma lamparina a gás, abaixo da lua cheia que se projeta altaneira sobre nossas cabeças. Sergio dorme dentro da tenda, ainda febril pelo ferimento da serpente sertaneja, peste que estraçalhei sem piedade. Sabes como Sergio é frágil, e eu odeio vê-lo soffrer por sua devoção aos meus arroubos de jornadas e perigos mundo afora e selva adentro.

Tua mensagem chegou-me nas alturas, quando inflamos e içamos o balão objetivando a Caverna do Velho Bruxo. Há anos busco tal excursão, esperando conversar com aquele que se diz reencarnação de mestres indígenas anteriores à chegada dos europeus. Mito ou fato, temos perseguido esse lugar há dois anos, e se não fosse pelo incentivo de Benignus, teríamos abandonado tal empreitada.

Todavia, nosso conjunto interesse por um milenar manuscrito cabalístico, que dizem as lendas encontrar-se de posse do bruxo, nos faz continuar a jornada em direção ao desconhecido. Como sabes, a tradição mística judaica não é, ao menos em nossos registros, anterior ao século XIII. Todavia, fala-se de um manuscrito de autoria de um mago grego do século III, que daria acesso aos diferentes sefirotes da Árvore da Vida. É óbvio que se trata de lenda, mas e se tal documento existisse? E se ele fizesse o que promete? E mesmo que não, seria inegável o valor histórico de tal artefato, o que nos obrigaria a revisar a história do misticismo ocidental como a conhecemos. A lenda tem o seu apelo, não?

Quanto mais percorro o mundo, meu querido Solfieri, menos acredito em magia, exceto naquela produzida pela mente humana e seus símbolos. Sergio e eu temos ciência de que o que buscamos é um símbolo, e de que todo símbolo não passa de um espelho de nós mesmos.

E é isso o que sempre buscaremos, até que deixemos de nos abraçar com força nas noites escuras. Até que nossos braços não tenham mais a força e o vigor de outrora. Até que nossos corações estejam cansados das exaustivas batalhas da vida e dos tortuosos caminhos do mundo. Essa é toda a poesia que conheço, e toda a poesia que eu, bruto como sou e embrutecido como estou, poderia admitir.

Li tua mensagem em voz alta, e Sergio, como eu, lamenta que estejas vivendo tal situação. Devo confessar que Louison sempre teve gosto pelo exótico, e que Beatriz nunca disfarçou um passado repleto de segredos.

Todavia, colocar em risco tudo o que conquistaram e tudo o que conquistamos, no que concerne aos feitos da nossa obscura e admirável sociedade secreta, deixa-me preocupado.

Pergunto-me, quais seriam as tramas obscuras que os motivariam a buscar tal intento? Contra quem e por quê?

Embora concorde com tua preocupação, vejo-me ainda incapaz de questionar a retidão e a honestidade dos dois.

Lamento, mas tua mensagem apenas multiplica perguntas, nunca respostas.

Quanto ao pedido, neste momento, triste e desalentado, sou obrigado a expressar a impossibilidade de atendê-lo.

Para nós, é impossível partir agora, tão próximos que estamos de nosso objetivo. Além disso, estamos presos aqui, no meio do planalto arenoso, no mínimo por sete dias, até que a febre de Sergio diminua seu curso, e que tenhamos condições de decidir nossa sorte.

Como não estaremos próximos da civilização nos próximos meses, temo a demora com que receberás essa carta, uma vez que inexiste em nosso balão uma aparelhagem de envio telegráfico, apenas de recebimento.

Espero que fiques bem.

Envie nosso amor ao nosso casal de amigos.

Todos vocês continuam a habitar o território dos nossos sonhos.

Sempre teu,
Bento Alves

12/03/1909

Gravação de Rita Baiana para Senhorinha

Senhorinha, minha linda,

Estou feliz de dar dó com a gravação que recebi docê. Tão feliz que fiquei rindo à toa. Que novidades boas, essas que ocê me conta! Que bom que cê tá estudando bastante e trabalhando, como moça bem--educada, pois é disso que a Rita gosta. Adoro essa vida que levo, mas não é vida procê. Procê, quero casa de família, marido fiel e filharada faceira, como nunca tive e nunca vou ter, mas essa é a Rita, não ocê. Por aqui, tá uma brigaiada só, entre eu, Pomba e Léonie.

Elas querem coisas que Rita não quer: aumentar os negócios, prohibir certas visitas, pedir proteção pra polícia. Eu já disse pras idiotas que num dianta pedir proteção pros milico. Não dianta! Disse também que tamo sozinha, e que nenhum homem pode nos ajudá se a gente não se ajudá. Mas as duas não aprendem.

Ontem, por exemplo, contei minha história praquele casal. Lembra que te falei deles? Um doutor cheiroso e sua amante negra? Pois é, viraram fregueses da casa. Duas vezes eu até fiz o que nunca faço... os convidei pra subir. Mas não vô te contá essas coisa, pois ocê é moça direita.

Numa noite dessas, depois que dançamos e brincamos, távamos jogados, nós três, o doutor tava perto da janela, fumando um fumo perfumado que só ele tem. A Beatriz, que é a amigada dele, cheirosa que só ela, tava ela e mais eu ainda deitada, perto do soffá chique que comprei dum italiano.

Achei o doutor emburrado... distraído... E ninguém fica distraído perto da Rita, fica? Perguntei o porquê daquele olhar meio triste, e ele me perguntou, como quem não quer nada, o que que ocorreu no Rio de Janeiro para que nós três viesse pro sul. A negra se ajeitou toda, ao meu lado, pra também ouvir o relato.

Eu não sou de ficar contando essas coisa, porque dói um pouco ficá lembrando do que passou. Como digo sempre, o que foi, foi, e o que é, é. Mesmo assim contei preles o que eu, mais Pompinha e Léonie fizemos com os pilantras do cortiço, aqueles canalhas que tanto judiaram de nós e de tanta gente. Eu, que já tava meio alegre de vinho e dos fumos chiques que os dois queimaram, e faceira porque tínhamos dançado de monte, comecei a falar e não parei mais.

Falei do portuga seu pai, que me deixou toda doida, e do nojento do João Romão, aquele sacana que desgraçô todos os vizinhos. Não escondi nenhum detalhe de como estrebuchamos todos eles, aqueles cães em pele de gente.

Os dois apenas escutaram, e então eu ri, ri alto, e meio sem controlar, também chorei. Você sabe como sua Rita é chorona às vezes, não?

Mas a Beatriz me abraçou, enquanto o doutor terminava o seu cigarrinho. Depois de me beijar com carinho, como só amiga que é amiga de verdade faz, ela me perguntou se a vingança tinha valido a pena. Que que eu podia dizer? O doutor apagou o cigarro e ficou me olhando, também esperando resposta.

No cortiço em que morávamos, lembra?, havia um provérbio que muito me fazia rir. Diziam, nas rodas de samba, nas brigas de home e mulhé, nos casos de polícia, nos despejos de quem não pagava aluguel, que "quem não quer ser lobo não lhe vista a pele". O que eu podia dizer a eles senão que a vingança tem um preço e que, muitas vezes, a gente não tá preparada pra pagar o preço?

Os dois ficaram quietos, levando minhas palavras a sério. Quase ninguém fica sério com minhas palavras. Eu faço as pessoas rirem, não ficarem sérias. Chorei um pouco mais até que Beatriz começou a me fazer carinho.

Tudo terminou bem naquela noite... bem até demais... mas não vou contar essas coisa. Certas coisa não se conta nem se escreve. Só se vive.

Ao amanhecer, levei os dois até a porta, enrolada no chambre de seda que havia sido presente de um velho coronel baiano que te falei na última gravação. Ao chegarmos ao salão principal, a coisa mais esquisita aconteceu.

Encontrei Pombinha e Léonie na companhia de uma mulher maldosa que nunca gostei, uma tal de Madame de Quental, que brigava com as duas.

Eu fiquei meio zonza com aquilo tudo, pois tava cansada e com sono, e não tinha pregado olho naquela noite. Mais estranho é que Beatriz ficô gelada quando viu a madame. Quando Quental deixou o salão, mandando beijos debochados pra Pomba e Léonie, Louison abraçou a sua amiga. A bela fez o máximo pra disfarçar as lágrimas, mas mulher sempre nota esse tipo de coisa.

Não entendi tudo aquilo e nem queria. Não tinha nada que vê com o que acontece fora do palacete. E nenhuma de nós três procurou saber mais, pois sabemos que o que corre aqui dentro, não escapa daqui.

Quando Louison e Beatriz foram embora, fui pro meu quarto dormir.

Agora, ao acordar, meio lenta e molenga, gravo isso procê.

Por favor, minha linda, não demora muito pra me enviá sua voz.

Sinto falta das notícias.

Um beijo da sua Rita.

Terminar gravação.

10 DE JUNHO DE 1909

Carta de Ana "Pombinha" Teresa - a Senhorinha

Querida Senhorinha,

Escrevo para deitar sobre a folha uma série de apreensões desses dias. Primeiramente, gostaria de expressar a você o quanto me sinto feliz por sua felicidade. Nós três, que te amamos como filha, te parabenizamos pelo casamento com o comerciário Antunes. Obviamente, ficamos tristes por não recebermos um convite. Somos adultas e sabemos que três damas afamadas causariam problemas numa festa como a sua, diante de uma família tradicional e religiosa.

Por outro lado, Senhorinha, somos suas queridas e temos cá nossos sentimentos. Não aceitaríamos o convite, mas ele teria sido uma dádiva, pois saberíamos que está feliz e que, mesmo diante das delicadas posições, que somos ainda importantes. Temos orgulho de suas vitórias, de seus estudos concluídos, de seu comportamento, e ainda mais por sabermos que contribuímos para tanto.

Isso dito, adentro no verdadeiro assunto desta carta. Rita está melancólica nesses dias, e seria belo obter de ti qualquer sinal de gentileza ou de preocupação. Culpa a si própria pelo ocorrido com o pai e a mãe. Léonie, sobretudo, tenta encorajá-la... mas de pouca ajuda tem sido qualquer palavra. Até as rodas de samba a tem desanimado, preferindo ficar no salão, tomando sua dose de Paraty, a praga desses dias entre as damas da nossa condição.

Além disso, como deve saber, os desaparecimentos têm despertado a atenção da polícia para empreendimentos comerciais alternativos como os nossos. Obviamente, ninguém está interessado no sumiço de pobres, negros, indígenas e mulheres noturnas. Mas agora, como as vítimas pertencem à classe superior, todas as manchetes estão sendo publicadas, e nós, investigadas.

Em vista desses escândalos, o palacete diminuiu significativamente sua clientela, e estamos apenas com treze empregados, além da criadagem, claro. Depois de vivermos sete anos de opulência e fartura, pressinto anos de seca.

Nosso consolo, muitas vezes, ainda são os antigos clientes. Um deles, o doutor Louison, é um que sempre vem ao casarão, às vezes sozinho, às vezes acompanhado de sua consorte, a escritora Beatriz de Almeida & Souza.

Por favor, peço que nos escreva, se não uma longa narrativa, ao menos que envie uma rápida mensagem a Rita, que tem em você um de seus poucos consolos.

Com carinho, Pombinha

*Porto Alegre,
12 de junho de 1909.*

Noitário de
Léonie de Souza

Como aprendi em minhas andanças pelo mundo, a vingança não é um banquete. Não sinto a mínima satisfação pelo desaparecimento de Madame de Quental, criatura sórdida e perversa. Sua morte não trará de volta à vida a jovem assassinada em minha casa, há quase três anos, embora ela devolva ao cosmos um pouco de sua ordem, senão real, então imaginária.

A vingança, muito menos, não é um prato frio ou uma bebida quente. A vingança é apenas uma droga que intoxica por breves momentos, poluindo e contaminando o corpo aos poucos. E seu gosto é deveras amargo.

Há meses, homens e mulheres ricos da cidade estão desaparecendo em situações similares demais para serem ignoradas. Eles têm sumido de suas casas, no meio da noite, como se seus raptores soubessem o arranjo dos cômodos, como se pertencessem ao círculo íntimo de suas amizades.

Todavia, quem soffre os revezes de tais desaparecimentos somos nós, que pertencemos às classes inferiores. Neste momento, prostíbulos, casas noturnas, tavernas e tantos outros lugares estão sendo assolados pelas forças policiais à procura de suspeitos, foragidos e outros exemplares de escória.

Ontem, nós três fomos interrogadas por um investigador chamado Pedro Britto Cândido, um homem que lembra os velhos gaúchos heroicos que os romancistas sulinos adoram idealizar. Não esqueçamos que se tratavam de ladrões de gado, montados em cavalos selvagens, sempre em grupo; larápios a quem o estupro, o assassinato e a perfídia eram traços comuns, senão rotineiros.

Mas Cândido, estranhamente, apesar do corpo forte e da barba arredia, coroado por cabelos escuros, pretos, opulentos, apresenta-se como um verdadeiro agente da lei. Tal traço obviamente significa pouco, uma vez que a nossa clientela mais fixa é policial e militar. Todavia, há um verniz de veracidade disposto no olhar daquele homem, como se desejasse trazer o culpado à luz da justiça.

Eu lhe ri, quando aquele homenzarrão falou-me de "justiça".

Perguntou-me a razão do riso e eu lhe contei toda a história de Quental e seus amigos, aqueles paradigmas da religião e da ciência. Além da dama, outros dois também sumiram do mundo. Tomara Deus que nunca reapareçam.

Por fim, conclui:

"Sim, inspetor, sei que meu relato cria um 'motivo' que me aloca ao menos como suspeita. Mas não importa. Contei ao senhor para saberes quão nula e limitada é a sua noção de justiça. A meu ver, a morte de Quental e dos outros é toda a justiça que aprecio."

Depois de entrevistar Pombinha e Rita, ele deixou o palacete, dizendo que voltaria, caso tivesse alguma dúvida ou outras perguntas.

Não sei o que aconteceu na entrevista dele com Rita, mas notei no olhar da Baiana um nervosismo há muito ausente.

Teria ela segredos que não revelou às suas irmãs? Quando a questionei, ela apenas me deu as costas e saiu.

Desde que diminuíra sua comunicação com Senhorinha, Rita nunca mais fora a mesma, como se o fervor e o ímpeto, seus dois grandes encantos, somados a seus exuberantes dotes físicos, tivessem diminuído seu fulgor.

Naquela noite, dançou e sambou como há muito não fazia, levando a clientela e o pessoal do palacete a relembrar os dias antigos do lugar, de uma glória que parecia mais e mais minguar nestes anos pavorosos.

Estamos no início de um novo século repleto de portentos tecnológicos e inovações culturais. Todavia, um século menos afeito à beleza e à poesia.

Enquanto dançava e seduzia todos os homens e mulheres que a orbitavam como se fosse um fulgurante Sol Negro, perscrutei em alguns momentos o olhar da baiana buscando o pórtico.

Quereria ela fugir? Ou desejaria ela a chegada de alguém?

Não sei.

Rita continua sendo um mistério para mim, como somos todas nós um mistério para nós mesmas.

Amanhã, será um dia repleto de afazeres.

Receber vendedores. Recepcionar novas funcionárias. Planejar o cardápio do fim de semana. Conferir a adega e encomendar novos vinhos.

A vida não para no Palacete dos Prazeres, o último lugar de beleza no cerne de uma cidade que parece consumir a si própria.

21 DE JULHO DE 1909.

Mensagem telegráphica de Solfieri de Azevedo ao doutor Benignus

Caro Benignus,

É urgente que voltes a Porto Alegre. Nosso amigo perdeu a sanidade e está empreendendo uma rota perigosa e ousada. A própria existência do Parthenon Místico está em perigo.

Do teu amigo, ontem, hoje e sempre,
Solfieri.

3 DE AGOSTO DE 1909.

MENSAGEM TELEGRÁPHICA DO DOUTOR BENIGNUS A VITÓRIA ACAUÃ

Querida Vitória,

Infelizmente, minha saúde debilitada impede minha partida de Belo Horizonte. Recordo-me com saudades dos tempos em que grandes jornadas não significavam empecilho a este velho aventureiro. Quanto ao ocorrido com Louison, situação que me foi advertida por Solfieri, por ora nada posso fazer a não ser lamentar. Por favor, escreva-me ou envie mensagem telegráphica caso necessitem de meu aconselhamento.

Sempre seu,
Benignus.

19 de agosto de 1909.

Mensagem telegráphica de Vitória Acauã a Bento Alves

Querido Bento, meu amigo e irmão,

Envio mensagem urgente a você e a Sergio. É premente o retorno de vocês a Porto Alegre. O cerco a Louison está se fechando e tememos pelo pior. Tenho conjurado demônios, anjos e fantasmas, na esperança de aconselhamento e oráculos otimistas. Todavia, os prognósticos arcanos não são nada animadores.

Sua, sempre,
Vitória.

12 DE SETEMBRO DE 1909.

Mensagem telegráphica de Bento Alves a Vitória Acauã

Querida Vitória,

Não protelaremos a partida, uma vez que nossa meta foi devidamente concluída. Voltamos a Belo Horizonte de posse de um artefato antigo e poderoso. Antes de partirmos, consultaremos nosso velho amigo Benignus. Temos certeza de que tanto o artefato quanto os conselhos de nosso audaz scientista serão de grande auxílio nos meses à frente.

Sempre teu,
Bento Alves.

Porto Alegre dos Amantes,
25 de abril de 1910.

Carta de Vitória Acauã
a Solfieri de Azevedo

Meu querido,

Deixo esta carta no lugar combinado, abaixo do monumento do dragão, na Praça da Matriz. Você adora esse lugar, não? Consigo compreender seu encanto. Nesta madrugada, quando visitei o ponto central da velha praça, imaginei-o caminhando pelas calçadas, como a criatura condenada que adora interpretar.

    Quando você voltará à Mansão dos Encantos? Sabe o quanto ela é também sua casa, não? Sinto falta do seu perfume de antiguidades, sinto falta dos seus beijos amargos, sinto falta do seu corpo esguio abraçando o meu nas noites tristes, quando a única música noturna é o rastejar dos répteis e o coaxar dos sapos.

    Como já deve ter previsto, estou menos sozinha nestes dias. Sergio retornou, ainda em janeiro, trazendo malas repletas de objetos raros e exóticos, amuletos que formarão o acervo de nossa biblioteca. São baralhos de tarô indianos, bolas de cristal electrostáticas, bússolas que apontam para lugares inexistentes, cartas escritas por defuntos, além de photographias incríveis da alma humana, a nova especialidade do nosso intrépido amigo.

Pode imaginar minha alegria ao tê-lo novamente aqui. Bento, porém, que a mim sempre será a família que eu nunca tive, ainda não chegou. Ficou em Belo Horizonte, cuidando de outros assuntos com Benignus. Que assuntos? Não sei ainda, e você sabe como eles adoram manter o mistério, mas suponho que tenha a ver com nosso amigo médico e seus crimes.

Na noite passada, para a nossa surpresa, recebemos a visita dele e de Beatriz. Não os estávamos esperando e ambos foram amáveis e gentis, apesar da distância dos últimos meses. Ao término da noite, toquei no tema prohibido. O bom doutor, segurando com força a mão de uma Beatriz consternada, disse-nos apenas que não falaria do assunto e que seria o melhor se nunca tratássemos dele.

Sergio levantou-se da mesa e foi até a lareira da grande sala, escondendo com sua silhueta o brilho das chamas. Lembra-te deste lugar, não? Falo da grande lareira na qual nós dois ficávamos por horas e horas falando sobre histórias antigas e espíritos condenados, sobre amuletos prohibidos e livros amaldiçoados, nossos temas obscuros e arcanos. Lembras ou já te esquecestes de mim e da vida que levávamos, sempre carentes do olhar e dos beijos um do outro?

Lamento se pareço melancólica e frágil. Nada me irrita mais do que sentir-me assim, tendo construído ao meu redor todas as fortificações necessárias para nunca mais interpretar a vítima.

Antes, para figurar como a heroína de todos os sonhos ousados.

Pois bem. Retornando à narrativa da noite.

Eu disse a Louison que estava preocupada, pois suas ações eram graves e não poderiam ser ignoradas. "E se descobrirem o que você está fazendo?"

Diante da pergunta, Louison sussurrou no ouvido de Beatriz um convite para deixarem a ilha. Ela assentiu levantando-se e dirigindo-se à porta.

Olhando aquela triste e gélida partida, perguntei-me, no interior do meu espaço mental: quando nos tornamos tão estranhos assim uns aos outros?

Antes de saírem, Louison estacou diante de mim e de Sergio e disse que tudo estava sob controle. Arrematou dizendo que ninguém, nunca, descobriria o que ele estava fazendo e nem o porquê de tal empresa ignóbil.

Solitários, vimos o pequeno barco singrar em direção aos luzeiros eléctricos da cidade que acordava, num movimento trágico e irredutível, como se o barco fosse nós, e as águas a própria vida, líquida e mutável.

Tristes, encontramos o sono abraçados, Sergio e eu, diante dos últimos tocos de lenha que queimavam na lareira. Ele sonhando com Bento. Eu, com você, meu amigo de outros tempos.

Solfieri, como a amante de outrora e sua amiga de hoje, suplico: volte para nós, pois precisamos de tua presença, de teu conforto e de teu auxílio.

Em algum momento, pressinto que Louison terá necessidade de nossa ajuda, e, neste momento, o Parthenon precisará agir.

Por favor, volte para casa, para a tua casa.

Sentimos sua falta.

Eu sinto sua falta.

Com amor,
Vitória Acauã

*Porto Alegre dos Amantes,
2 de junho de 1910.*

Carta de Solfieri de Azevedo a Vitória Acauã

Minha querida,

Tenho andado pela Terra há tantas décadas, preso neste invólucro amaldiçoado, que começo a notar a decadência crescente dos meus sentimentos, emoções que se desfazem num emaranhado de lembranças, recordatórios das minhas conquistas e quedas, senão das minhas angústias.

Tu fostes a última delas, e, desde então, tenho vagado em busca de drogas raras, tavernas purulentas, companhias sórdidas, como se nesses antros atrozes encontrasse, no torpor da hora tardia, qualquer estigma de consolação.

Sou obrigado a recusar teu convite, minha querida Vitória. Não poderia continuar na velha casa, naquela mansão de todos os encantos. Ela é o teu lar, e a minha presença nela apenas aumentaria o seu soffrimento. Saudoso, regularmente vou ao cais para perder meu olhar no emaranhado do pântano distante e para me lembrar de ti, bela noiva indígena, empalidecida pela minha existência noturna.

Tu, Vitória, és para mim o meio-dia quente, o acre perfume da terra e das flores recém-colhidas, ainda vigorosas. Perto desta vida que perscruto no aroma da sua carne, sou um véu posto sobre a face da madrugada morta.

Nós, minha amada, somos quem somos. Tu bem o sabes. Foi isso que o demônio me disse naquele fim de noite amaldiçoado, enquanto meus companheiros dormiam depois da bebida, do sexo e dos contos de horror, na taverna imunda e impura. Disse-me que eu viveria para sempre no pesadelo da insensibilidade. O inferno existe, disse-me o tinhoso, aqui, neste mundo. Hoje, sei do que ele falava: o Hades é esta existência minha, vivendo tudo e nada sentindo.

Tu nascestes de tuas dores, ao passo que deixo as minhas definirem minha voz, minhas roupas, minhas palavras. Por trás do rosto jovem, escondo uma alma velha e retorcida, cheia de rugas. Por baixo dos cabelos escuros, como raízes sórdidas, meus cabelos grisalhos penetram em meu cérebro, formando no interior da massa viscosa, uma rede de amarras e correntes, de cadeias autoforjadas.

Sim, revivo a mesma tristeza quando visito o filhote do dragão na Praça da Matriz e encontro entre o vão das pedras que formam a escadaria — segredo nosso — uma carta tua. Espero que nunca percamos tal hábito. As décadas à frente serão menos gélidas se eu ainda dispuser da tepidez de tuas cartas.

Na última semana, visitei a anunciada exposição das ilustrações médicas e fisiológicas de Louison. Trata-se de uma exposição que contempla órgãos, ossaturas, arranjos musculares, masculinos e femininos. O nosso amigo vivia uma noite gloriosa, e posso dizer a mesma coisa da sua amável companheira, aquela Rainha de Sabá que todos adoramos. Ah, perfídia das perfídias!

A exposição estreou, como sabes, no Salão Real do Palácio do Governador, em grandes painéis pretos, nos quais as obras de Louison estavam dispostas em molduras de madeira avermelhada. O contraste era notável.

No meio da noite, entretanto, algo terrível ocorreu. Vislumbrei no olhar de Beatriz, ao passear pelas ilustrações anatômicas, enquanto Louison atendia e conversava com os convidados, uma mixórdia de satisfação que nela desconhecia.

Então, como numa revelação, veio-me a felonia de toda aquela encenação. Louison havia disposto ali, aos olhares de todos, as imagens dos órgãos de suas vítimas, e Beatriz, numa horrenda e inexplicável satisfação, apreciava tudo com indisfarçado prazer. Diante dos glóbulos meus, os dois anjos negros que tanto adorava se transformaram em ignominiosas bestialidades morais.

Eram corações, pulmões, rins, estômagos, músculos, retinas e cérebros, a totalidade do nosso invólucro de carne, que se apresentavam aos olhares de homens, mulheres, famílias e admiradores, como se o mórbido Doutor, ao expor nossa essência animal, escarnecesse de toda a pustulenta espécie humana.

Revoltado, na alma e nas entranhas, deixei a exposição sem olhar para trás, ignorando os aplausos de admiração. Perguntei-me, Vitória, ao abraçar a noite que me esperava, que tipo de casal demoníaco era aquele que chamávamos de amigos; um casal disposto à captura, à tortura, ao assassinato e à exibição de suas vítimas. Se Beatriz não fosse cúmplice do ato, era em consciência. Eu não tinha dúvidas.

E quanto a Louison, que tipo de obra se escondia em sua mente para executar tamanha infâmia?

Dentro de alguns dias, tentarei saber dele qual o remate de tal ação e como pôde supor que nós, que sempre lutamos pela liberdade dos desmerecidos, pela iluminação dos enganados, pela execução da arte e da cultura, poderíamos seguir impassíveis diante de tal fato?

Como poderia o Parthenon Místico suportar tamanha afronta a tudo aquilo que sempre defendemos, a tudo aquilo que sempre prezamos?

Com afeto e amor, me despeço.

Sempre teu,
Solfieri de Azevedo

*Porto Alegre dos Amantes,
16 de junho de 1910.*

Noitário de
Ana "Pombinha" Teresa

Diante de mim, o espelho. Abaixo, o vozerio dos clientes que esperam. Fito a imagem delicada, ainda infantil, com seus seios pequenos, apertados no tafetá escuro que adoro, com um rosto perfeito, quase intocado pelo tempo.

O Palacete dos Prazeres está cheio, e minha presença é chamada. Homens e mulheres, velhos e jovens, todos aqui para ver Rita Baiana sambar e Léonie simplesmente existir, pairando, superior, sobre a massa indistinta.

Mais ainda: estão aqui para ver uma mulher que tem rosto de criança, corpo de virgem e disposição de meretriz. Sim, é isso o que eu sou.

Eu sou tudo para todos e para mim mesma.

Nesta escrivaninha, este confessionário íntimo, no qual deito sobre a folha virgem as minhas penetrações existenciais, posso ser honesta e não esconder nada, eu que escondo tudo, revelando-me a quase ninguém. Sou uma atriz, uma cantora, sou uma dançarina, uma colegial, sou uma filha, uma puta, e tudo aquilo que lhes satisfaz o desejo. E aqui, nessas linhas, está todo o meu relicário.

Há muitos anos, no Rio de Janeiro, Isabel, minha velha mãe, esperava do meu sangue menstrual a resolução de sua sorte. Eu, soube mais tarde, esperava bem mais de minha sina. João da Costa, então meu noivo e depois meu marido por um ano, queria-me bem e teria me dado o mundo, se lhe pedisse. Mas eu queria muito mais e descobri isso depois, quando reencontrei Léonie, meses depois do casamento. Na ocasião, o que ela um dia tirara de mim à força foi-lhe dado com generosidade e desejo. Nenhum homem supõe o vasto saber de uma mulher.

Foi na mesma época que descobri a necessidade de estar só comigo mesma, de ler e ser lida na leitura que fazia dos outros. Ora, uma mulher pode tudo e pode ter tudo, se dela partir a coragem de se ouvir e de ouvir nos outros suas míseras fraquezas. Fiz isso com o pobre João e não consegui mais suportar sua presença. Deixei a casa e entrei na vida imensa e viva, faminta de júbilo e joias.

Quando levamos nossa vingança aos entes masculinos que nos haviam machucado, ferido e humilhado, decidimos que iríamos partir para não mais voltar. Sem amarras, sem relações, sem parentescos. Foi a decisão mais sábia que poderíamos tomar. Eu abandonei minha mãe. Léonie, minha professora e amante, abandonou o que nunca tivera, cocote desde que nascera. Já Rita Baiana, ah... Rita... a mais bela e selvagem de nós e a mais sentimental. Sua correspondência com Senhorinha é ainda um problema, sendo sua única fonte de mágoa. Não se pode esperar nada da vida e das gentes. Eis aí o único segredo.

O mundo foi criado à vontade dos homens, com seus castelos e cidades, com seus conselhos e prefeituras, com suas escolas e quartéis. Diferente desses antros de ordem e violência, o Palacete dos Prazeres foi criado conforme a nossa vontade. Nele, há apenas duas prohibições: rinhas e robôs. De resto, tudo é permitido e incentivado, tudo é estimulado e estipulado, em ouro e em carne.

Aqui, há jogos e bebidas. Banquetes de raros temperos e insinuantes essências. Há também poesia e música, corpos belos à mostra, corpos perfeitos à venda, corpos que se mesclam a corpos no calor do compasso, no ritual dos sexos, no bacanal dos infantes. Nus, somos todos crianças brincando, e é isso que ofertamos aqui por módicos preços e apenas a clientes de bom trato.

Sim, eu sei, querido noitário, sou vítima de minha própria inteligência.

O palacete recebe todos, sempre. Casais como o médico que traz sua amante negra para ambos "visitarem" Rita Baiana. Há também os homens belíssimos, Sergio Pompeu e um ainda mais jovem, chamado Solfieri, que deveria ter sua entrada prohibida por ser ainda imberbe. Mas aqui não levamos isso em conta. Há, de quando em quando, visitas perigosas, criminosas. Mas há também os policiais que, à paisana, vigiam a clientela e os belos empregados.

Nestes dias de desaparecimentos e assassinatos, o palacete permite o esquecimento das dores, dos temores, dos horrores do mundo que clama lá fora por menos poesia e mais maquinaria, tecnologia, todas as ferrosas porcarias que nos aprisionam e nos endurecem. Eu, indiferente a tal mundanidade, potencializo em mim e nas mulheres desta casa tudo o que podemos fazer e inventariar.

Poderiam os homens restar fortes diante dos perfumes e dos cheiros, dos gostos e hábitos que em tudo lhes são estranhos? Ah, os belos e tristes grosseirões, infantes fadados ao fado da fêmea e à fome da alcova. As mulheres podem ser deusas, imperadoras, doutoras, santas, cantoras, divinais assombrações que têm entre as pernas, na ponta dos seios e na curva dos lábios as respostas às perguntas, os risos que curam, os prazeres que anulam. Todavia, tomem cuidado, machos: pois em nossos sorrisos, há garras; em nossos olhares, clavas; em nossos beijos, adagas. Estão dispostos a pagar o preço e a correr o risco?

Os homens aqui são clientes, e nós, requintadas como somos, cobramos bem. Somos sua arte esquecida, sua dádiva maldita, sua punição bendita.

Que as portas do Palacete dos Prazeres nunca se fechem. Se isso acontecer, o mundo será um lugar menos belo, menos intenso, bem menos pleno.

Abandono agora o espelho. Devo descer e dar início aos requintados trabalhos da noite. O show deve e precisa continuar.

Porto Alegre dos Amantes,
24 de novembro de 1910.

Carta de Vitória Acauã a Solfieri de Azevedo

Meu querido,

Sua carta encontrou-me num momento delicado e intempestivo.

Nesses dias, pela intensificação da minha solidão e pelo afastamento de Sergio, às voltas com um caso de desaparecimento psíquico em Pelotas, busquei o completo isolamento. Os dias passam lentos neste início de verão na capital. O calor torna as águas do pântano insuportáveis, e a multiplicação de mosquitos, lagartos, aranhas e outras criaturas continua num ritmo colossal. Em vista disso, tenho me afastado do casarão tanto quanto é possível, levando comigo livros sobre magia, romances decadentistas e tomos de philosofia.

Lembro-me de quando cheguei em Porto Alegre, vitimada pelos médicos da antiga Ordem Positivista, ameaça que destruímos, quando o Parthenon ainda era um lugar de vida e grandes projetos. Adorava receber os cuidados de Louison e as leituras poéticas e romanescas de Beatriz. Amava os longos passeios, quase sempre com Bento, às vezes verdadeiras aventuras pelo pântano do Guayba.

Quando Sergio chegou, formamos aquela pequena família maldita, dois pais e sua pequena e revoltada filha. Apreciava as conversas professorais com Benignus, sempre com uma nova ideia, sempre com um novo dispositivo insano que media a distância do mundo físico aos universos imaginativos e infernais.

Porém, nada me encantava mais do que as longas conversas que tinha com você, conversas nas quais trocávamos histórias absurdas de fantasmas, espíritos e monstros. O que aconteceu com nossos demônios? Foram destruídos pela vida? Foram submetidos à lobotomia nascida do soffrimento e da maturidade, produzida pelos saltos racionais destes dias? Hoje, todos foram embora e parece que eu fiquei, como a guardiã deste mausoléu que se tornou a Mansão dos Encantos.

Ontem, não suportando a tristeza, deixei o pequeno hotel no centro da cidade, minha atual segunda casa, para fugir do silêncio e da apatia, e fui à malfadada exposição que você descreveu. Enquanto passeava pelas gravuras, demorei a acreditar em tua suspeita, achando-a muito mais uma daquelas ocorrências ficcionais que adoras inventar, contos noturnos narrados em tavernas, depois que moedas foram trocadas, corpos, despidos, e taças, derrubadas.

Até que me descobri não mais sozinha. Beatriz parou ao meu lado e fitou a mesma gravura que detinha minha atenção: era um coração com todos os seus ventrículos e artérias, um coração humano que flutuava no ar da página de linho, diante dos nossos olhos. "O coração é tudo o que somos, não? Tudo o que temos? É ele que faz nosso sangue correr, nossa paixão arder, nosso ódio viver..."

Deitei meus olhos em Beatriz, assustada pelo conteúdo de sua fala.

Pela primeira vez, a romancista policial falava como uma de suas terríveis e sombrias personagens. Ou então, ainda pior, pela primeira vez, ouvia a verdadeira Beatriz. Ela convidou-me à sua casa, para jantar com ela e Louison.

No ambiente doméstico, pareciam felizes, num acordo tácito de que nada seria mencionado. Jantamos e conversamos como há muito e, ao término, tiramos as cartas de Tarô, como costumávamos fazer nos rituais místicos de outrora.

Beatriz escolheu a carta da Justiça, que interpretei como um ajuste de contas com o passado. Ela disse-me que nenhuma carta seria mais adequada.

Eu tirei o Eremita, carta que foi interpretada por Beatriz como evidência do percurso solitário, da longa noite que minha alma estaria vivendo.

Louison, por fim, desvirou a Morte, o que produziu em todos nós silêncio e apreensão. Seria ele a própria representação do ceifeiro demoníaco? Seria ele um homem de vida e cura, uma nova transmutação da finitude e da destruição? No Tarô, morte é também renascimento. Mas o que poderia nascer daquela litania de raptos e assassinatos, belamente dispostos em aquarelas, desenhos e estudos, que ele apresentara ao mundo?

Antes de qualquer interpretação, segurou a mão de Beatriz e olhou em minha direção. Sua face, um mistério, exceto pela ternura de seu olhar.

Com calma, disse-me que estava quase terminado.

Deixei os dois e caminhei sozinha pelo Bosque da Perdição, escutando na curvatura dos ventos as vozes dos mortos escravos de décadas e décadas de opressão. Eu gostaria de consolá-los, dizendo que um dia haverá descanso e esquecimento, que um dia todos nós voltaremos à luz de onde saímos.

Não tive coragem. Não há descanso abaixo deste céu vazio.

Não saímos da luz e não voltaremos à luz. Somos filhos do silêncio e tudo o que podemos almejar é a desagregação das moléculas.

Foi você que me ensinou isso, Solfieri.

Com saudades, com carinho, com amor,
Vitória Acauã

*Rio de Jeneiro de Todos os Orixás,
25 de junho de 1911.*

Telegrama de Loberant
para Isaías Caminha

Prezado Isaías,

Sei que estás longe da capital, gozando de tua merecida licença, apesar de saberes bem o que penso de tais penduras sentimentais e inúteis.

 Sei do quanto tal licença tem por meta curar em tua alma as feridas que o suicídio de Floc e teu desapontamento com a italiana lhe causaram. Todavia, preciso de teus talentos de escrivão e narrador em um caso de máxima urgência.

 Como sabes, o celerado responsável pelos crimes imputados ao "Estripador da Perdição", outrora "Assassino da Nata", foi identificado como o médico porto-alegrense Antoine Louison.

 Faz-se necessário que viajes ao sul do país com o objetivo de embrenhar-se nas fedorentas entranhas desse caso, ressurgindo delas com um texto de vinte laudas que comporá uma edição especial d'*O Crepúsculo* dedicada ao escândalo, série de crimes hediondos que tem assolado a consciência dos nossos leitores e alegrado os interesses de nossos patrocinadores e anunciantes.

Não confiarei a mais ninguém uma tão importante tarefa.

Espero-te na capital, na esperança de que minha súplica possa subtraí-lo deste exílio autoimposto.

Como já deves ter aprendido, pois não és mais nenhuma criança, nada melhor que o trabalho para curar feridas, mágoas e frescuras.

Farejo uma reportagem que receberá prêmios e que fará os crimes terríveis do "Descampado da Morte", ou mesmo os clássicos assassinatos do "Açougueiro da Rua do Arvoredo", parecerem contos da carochinha.

Teu amigo & patrão,
Loberant

Porto Alegre dos Amantes,
27 de junho de 1911.

Carta de Sergio Pompeu a Bento Alves

Meu amado Bento,

Exaurido pela ausência dos teus olhos, relembro a imagem da farda puída e imunda que costumas usar, como prova de tuas aventuras ousadas, um manto que esconde tantas cicatrizes e marcas. Quando poderei beijá-las novamente, matando assim a tristeza que experimento longe de ti?

Esta missiva será curta, uma vez que a urgência demanda objetividade. Vindo de Pelotas, cheguei a Porto Alegre há poucas horas e parti para a Mansão dos Encantos. Lá, encontrei Vitória completamente abalada pelos últimos eventos.

Como suspeitávamos, os crimes de Louison, ignorados pelo carinho que nutrimos por ele e Beatriz, foram descobertos, tornando-o um festival para os tabloides. Beatriz recusou nossa visita. Tal ação, embora compreensível, magoa-nos, pois vemos na recusa dela e de Louison o ímpeto de nos afastar do caudal de crimes no qual se encontram, decisão que, se não concordamos, vemos como evidência de um afeto ainda corrente. Todavia, é justamente a amizade e o amor que nutrimos pelos dois que nos fazem desrespeitar sua vontade.

Neste momento, ele está preso no quartel general da cidade, aguardando um julgamento que, pelo visto, será bombástico e ridículo, senão letal.

Vitória e eu desejamos formular um plano de resgate, embora nossas ideias careçam de precisão estratégica ou de meios efetivos para realizá-las.

Precisamos de vocês aqui, e precisamos ser rápidos.

Não temos nenhuma esperança de que o julgamento — mais um espetáculo teatral para a mídia espúria — liberte ou inocente Louison. Tememos pelo pior.

Solfieri, que há meses afastou-se do Parthenon e de Vitória, está aqui, disposto a não economizar meios ou fins para a libertação de Louison.

Aguardamos notícias tuas e de Benignus. Sei que ficaste em Belo Horizonte para encontrar nosso antigo amigo e mentor, mas não demores.

Temo pela vida de Louison e pelo bem-estar de Beatriz.

Por fim, apenas reafirmo a fome e a sede de tua presença, da proteção e do carinho que sinto, quando me abraças com força e desejo.

Teu enamorado, hoje e sempre,
Sergio Pompeu

*Porto Alegre,
2 de julho de 1911.*

Carta de Vitória Acauã ao doutor Benignus

Meu querido pai e amigo,

Nossos maiores medos mostraram-se verdadeiros. Louison foi condenado à morte por asfixia mechânica, execução que ocorrerá em menos de dois meses, no meio da Praça do Mercado, aos olhos de toda a gente.

 Agora ele está no asilo São Pedro, aos cuidados de Simão Bacamarte, facínora que leva a alcunha de médico e alienista, mas cujas ações hediondas conhecemos bem. Ainda lembro com horror do que vimos e ouvimos dos apenados espíritos que contatamos naquela viagem a Itaguaí.

 Para mim, é impensável que o responsável pelos crimes da Casa Verde hoje esteja em Porto Alegre, sendo o principal responsável por um dos maiores asilos do Estado. A presença de nosso amigo em tal hospital de horrores apenas agrava uma situação insuportável e terrível.

O que faremos? Como libertar Louison de uma instalação que, além de ser de altíssima segurança, conta agora com forças militares, policiais e robóticas?

Eu, Solfieri e Sergio estamos tentando contatar Beatriz, mas o que temos é apenas silêncio.

Por favor, velho amigo, necessitamos de teu aconselhamento.

Além disso, nos perguntamos sobre as razões da ausência de Bento. Certamente, sua presença seria de consolo e auxílio, uma vez que sabemos dos seus talentos em escapadas improváveis, quando não impossíveis.

Minha existência é uma prova vida do espírito e da força de nosso querido aventureiro. Além disso, a tristeza de Sergio por ver-se separado de seu companheiro tem sido mais e mais contagiante.

Eu, mais do que nunca, tenho vivenciado tristezas, inseguranças, desalentos com respeito a tudo o que tem ocorrido.

A Mansão dos Encantos, que sempre foi nossa casa, nosso refúgio e nossa fonte de inspiração e esperança, hoje parece arruinada.

Nela, vejo sonhos de outrora darem lugar a assombrosos pesadelos, como o que descrevo a seguir.

Em minha terra, caro amigo, antes da morte de meu pai e de minha irmã, havia uma lenda terrível sobre uma bruxa chamada Maria Mucoim, velha que levava à loucura e ao suicídio homens velhos e jovens, nunca adultos.

Há várias noites, sonhei com a figura decrépita.

No meio de uma lagoa enevoada, pairava à deriva uma canoa de madeira na qual reconheci a mim mesma como num filme. Na outra ponta da barcaça, Mucoim. Era magra, olhos bem pequenos e sinistros, a ossada do rosto saltando, lábios murchos e escuros. Ao sorrir, dentes despedaçados fitavam-me, podres, em combinação com a pele fina.

Era um aspecto medonho, que a custo descrevo.

Era a própria visão da morte, e ela vinha buscar-me.

Até que outra cena medonha apresentou-se aos meus olhos. Meus cabelos pretos transmutaram-se em serpentes furiosas e peçonhentas, meus olhos escureceram e toda a minha face era uma imagem de destruição.

Era um olhar frio de demônia no cio que gargalhava, com uma língua bipartida que brincava sinuosa por entre os lábios.

Fumaça azulada saía da minha boca, ascendendo ao vasto céu tempestuoso e poluindo o ar de um fedorento amargor de enxofre.

Horrorizada, assisti a mim mesma transmutada em inominável criatura!

Até que a inteira cena findou de forma terrível: meu olhar transformou a velha Mucoim em pedra e então em poeira esfarelada, enquanto eu, Medusa incendiada e incendiária, reinava soberana na superfície das águas turvas da lagoa. Como deveria interpretar tal sonho, Benignus?

Seria eu um horror maior do que todos os horrores? Estaria eu condenada, lutando com pesadelos vivos e despertos, a tornar-me o maior deles? Uma mulher demônio rígida e frígida a petrificar os homens e toda a raça humana?

Tal sonho, unido aos funestos eventos destas semanas, criou em minha mente a seguinte dúvida: estaríamos todos nós — eu, Louison, Beatriz e os outros — condenados e amaldiçoados? Estaria o nosso destino traçado, nossa sina findada?

Triste e consternada, despeço-me enviando abraços afetuosos.

Sempre sua,
Vitória

04/06/1911

Gravação de Rita Baiana para Senhorinha

Senhorinha, sua linda,

Como tão as coisas? Eu ando meio triste e irritada cocê. Faz tanto tempo que não recebo gravações suas que penso até que cê me esqueceu. Mas ocê não se esquece da sua Rita, se esquece? Eu sei, são os filhos e o marido que cê arranjou.
    A Rita entende, mas continua acabrunhada.
    Não demora em me enviar notícias, tá?
    Por aqui, tanta coisa estranha aconteceu nesse último mês. Cê ficou sabendo que o responsável pelos desaparecimentos dos ricaço da cidade era aquele meu amigo médico? Sim, aquele, que vinha sempre na companhia daquela mulher que adoro, a Beatriz. Como se eu fosse lá mulher desse tipo de coisa... mas com eles era diferente. Com eles, a Rita até abria exceção.
    Então... prenderam o pobre, acredita? Mas o pior nem te conto, veio um investigador aqui, um tal de Pedro Cândido, que ouviu de algum dedo-duro que o Doutor era cliente da casa. Entrevistou eu, Pombinha mais Léonie.

E sabe da maior? O infeliz não tirava os olhos de mim. Não que isso seja qualquer coisa, porque os homens nunca tiram os olhos da gente, não é? Mas aquele homem... nem te conto... a sua Rita gostou dele também.

É um desses homens de filme estrangeiro, sabe? Alto, forte, meio grosseiro, machucado pela vida e pela gente toda, mas ao mesmo tempo confiante, com um olhar que põe fogo na gente. E o melhor era que parecia ser homem bom, desses que é honesto mesmo, que não é de mentira.

Ele lembrou o Jerônimo, tadinho, isso antes de se enroscar na Rita. Será que sou má, minha lindinha? Diga pra mim? Será que sou gente ruim?

Mas a Rita respondeu tudo direitinho, sem comprometer em nada o Doutor, meu amigo. E nem falei da Beatriz. Me segurei direitinho... Embora tenha ficado com vontade de que ele voltasse.

Será que ele volta? Espero que sim.

Um beijo, minha linda, e não se esqueça da Rita, tá?

Acabar gravação.

*Belo Horizonte das Minas,
8 de julho de 1911.*

Carta do doutor Benignus a Vitória Acauã

Querida Vitória,

Sem delongas, vou direto à ferida: custe o que custar, iremos retirar Louison do hospício infernal. Bento está comigo, trabalhando noite e dia em um invento que poderá solucionar esse e outros imbróglios.

Tenha paciência e confie em nossa habilidade.

Quanto a Beatriz, não a queira mal pelo seu silêncio. Há segredos de seu passado que, caso não justifiquem, ao menos explicam o ocorrido.

Um dia, talvez, teremos acesso à história toda e, quem sabe, ela e Louison não ressurjam como os seres admiráveis que sempre foram aos nossos olhos?

Por ora, precisamos fazer chegar a Louison uma mensagem que indique nosso empenho em providenciar sua soltura. Se conheço bem nosso amigo, ele está onde sempre quis estar, e seu aprisionamento é também parte de algum plano, por mais absurdo que possa nos parecer.

Para entregar tal mensagem, todavia, não podemos colocar em risco nossa própria segurança, expondo nossa identidade e a existência do Parthenon Místico.

Em vista disso, tomei providências que resultarão na chegada de um jornalista carioca que poderá ser de auxílio a você e aos outros.

Ele foi-me indicado por um amigo, Loberant. Será dele, Vitória, a incumbência de descobrir tudo o que está envolvido neste caso e de, talvez, revelar ao mundo a sordidez dos homens e das mulheres contra quem Louison atentou.

Quanto ao sujeito, trabalha n'*O Crepúsculo* e se chama Isaías Caminha. Vi-o certa feita e conheço seus textos. Trata-se de um homem íntegro, talvez com a sensibilidade necessária ao périplo dramático que estamos vivendo.

Por fim, gostaria de enviar a você meu amor e carinho. Ontem, retirei uma carta dos arcanos maiores em sua homenagem. Ri ao lhe ver a face: Os Amantes. Quero imaginar que ela prenuncie não apenas o reencontro de Louison com Beatriz, como também a recuperação de sua sensibilidade, tão danificada pela companhia de Solfieri, noturno e soturno em traços e hábitos.

Com carinho de velho,
Benignus

*Porto Alegre dos Amantes,
9 de julho de 1911.*

Carta de Vitória Acauã para doutor Benignus

Querido Benignus,

As notícias são preocupantes, como todas têm sido nestes dias de horrores. Louison levou ao suicídio um dos policiais responsáveis pela investigação, um jovem cadete chamado Francisco Alencar.

Sua morte continua cercada de mistério, uma vez que nosso amigo estava imobilizado. O homem abriu sua própria garganta com uma caneta, passados apenas quatro minutos de seu colóquio com Louison.

Que poderes teria orquestrado, para agora matar seres humanos apenas com o poder de sua língua? Em que tipo de demônio nosso amigo se transformou?

Por mais que tenha confiança em suas palavras, meu querido Benignus, tais eventos me atormentam. Não há dúvidas de sua culpa nas mortes que lhe são imputadas. Ele mesmo, pelo que dizem, não esconde tais ações.

Por outro lado, confio no esclarecimento de tal assunto, por mais odienta que a verdade pareça nesses dias. Além disso, acima de tudo, confio em você. Como sempre, suas instruções e conselhos tranquilizam meu espírito.

Quanto ao seu pedido, estou vigiando o jovem repórter e não fiquei nem um pouco surpresa por sua escolha. Parece-me, acima de tudo, um homem digno e repleto de uma curiosidade admirável e inspiradora.

Hoje, Sergio e Solfieri pretendem encontrá-lo e entabular uma conversa, também para perscrutar sua real natureza.

Amanhã, pedirei pessoalmente ao repórter que entregue a Louison a mensagem de que o iremos resgatar.

Embora não esconda minha apreensão quanto ao intento, não duvido da capacidade de você e de Bento de pensar em algum plano à altura de tal ventura.

Nada mais a escrever,

Sempre sua,
Vitória Acauã

Porto Alegre dos Amantes,
12 de julho de 1911.

Carta de Sergio Pompeu a Bento Alves

Meu querido,

Oprime-me o pressentimento da solidão sobranceira. Em meio ao pântano e ao aguaceiro, minha alma erra num ermo de pesadelos e maldições. Sou frágil, e fazes-me tanta falta. Nem tomos de magia, nem viagens astrais, nem oráculos arcanos podem afastar meu desejo de abraçar teu corpo.

Escrevo para atualizá-lo dos últimos eventos, em especial da chegada do repórter Isaías Caminha a Porto Alegre, obra de Benignus, suponho.

Como descrever o jovem carioca? Eu e Solfieri o encontramos no palacete de sua velha conhecida, Léonie, que oferta as mais ricas experiências — lembrei-me de você ao encontrar na casa prostibular um amável efebo uruguaio que irás adorar. Quero presentear os serviços dele a você, meu amado.

Isaías deixou o lugar antes que pudéssemos conversar com ele, sendo no dia seguinte contatado por Vitória. Mesmo desconhecendo a natureza da nossa mensagem, ele a entregou a Louison, comprovando assim seu valor à seleta e secreta camarilha que integramos. Ademais, há uma inegável conexão entre ele e Vitória, conexão que nossa amiga parece adorar, embora se esforce a velar.

Solfieri estava comigo quando o homem aqui chegou, mas ao perceber a intimidade latente entre ele e Vitória, deixou-nos logo depois.

Ao receber o jovem repórter, que não escondia no olhar a miscelânea de assombro e encanto pela ilha e pela mansão, lembrei-me do jovem medroso e covarde que, de modo semelhante, aqui chegou quinze anos atrás.

Inseguro e frágil como um bicho acuado, deixava para trás uma vida que não era a minha e um noivado arranjado que me sufocava.

Lembro-me de ti, heroico e titânico, recebendo-me com abraços intermináveis e prometendo-me, mesmo em silêncio, que tudo ficaria bem.

Vitória, ainda uma pequenina criança, ferida e também assustada, quase não saía de perto de nós, morrendo de ciúmes da minha chegada.

Sinto tua falta e desejo que teu retorno traga não apenas a libertação de Louison, como também a libertação das saudades que fervem dentro de mim.

Com amor e desejo,
Sergio

Porto Alegre dos Amantes,
20 de julho de 1911.

Carta de Vitória Acauã ao doutor Benignus

Meu querido Benignus,

O vento corre pelo Guayba repleto de sussurros, tocando as cortinas por entre as venezianas semiabertas. Apesar do frio, é assim que gosto de dormir, com a noite adentrando o quarto amplo. Hoje, eu não estou sozinha.

Como você previu, Isaías e eu nos tornamos a concretização do sexto arcano. Nos últimos dias, temos encontrado um no outro uma intimidade similar a que sempre buscamos naqueles a quem revelamos nossos segredos.

Para ele, sou a representação de uma esfinge repleta de enigmas e assombros. Minhas cicatrizes apenas reforçam tal imaginação.

Para mim, ele é a concretização de um desejo e de uma busca que há tempos desconheço. Vejo o meu reflexo heroico e imperioso na liquidez de seus olhos escuros e sou incapaz de esconder meu contentamento.

Amo-o no amor que ele sente por mim. Desejo-o ao vislumbrar um desejo ausente desde que Solfieri deu-me as costas, anos antes.

Trata-se de uma assimetria óbvia, como assimétricas são as relações amorosas: um construto de desejo, uma gangorra na qual o amante, no alto de sua idealização, vislumbra o amado, e este, acorrentado à terra, com os pés descalços enterrados na areia, objetiva em instantes vivenciar a mesma elevação.

Somos prisioneiros das inconstâncias do amor, tentando prolongar o raro momento em que a balança está equilibrada, flutuando no horizonte de uma linha demasiadamente tênue. Enquanto isso, Eros sorri.

Ontem, finalmente, Solfieri veio para apertar a mão de Isaías e lhe dar as boas-vindas, agradecendo-lhe não apenas pela mensagem enviada a Louison, como também pelo auxílio que nos dará ao investigar a verdade. Ao fim da noite, nosso jovem ancião e amigo me abraçou afetuosamente e desejou-me sorte.

Espero que essas palavras agradem seus ouvidos, Benignus. Quanto a mim, reencontro meu coração esperançoso diante do sombrio amanhã.

Lá fora, as vozes persistem.

Eu as abraço, eu as aceito, como há muito não fazia.

Sempre sua,
Vitória Acauã

30 de julho de 1911.

Telegrama de Sergio Pompeu a Bento Alves

Meu amado, os dias passam lentos e tristes. A urgência corrói a nossa confiança. Quando virás a Porto Alegre? Em menos de três semanas, Louison será executado, e até agora mal temos ideia do plano de você e Benignus para libertá-lo. O que fazer? Como fazer? Aguardamos notícias. Com amor, sempre, Sergio.

11 DE AGOSTO DE 1911.

Telegrama de Bento Alves a Sergio Pompeu

Meu querido, finalmente, depois de semanas de uma rotina diária de dezoito horas de trabalho, terminamos o invento que garantirá, se não a imediata libertação, a manutenção da vida de Louison enquanto estiver no manicômio. Parto para Porto Alegre hoje. Benignus ficará em BH, articulando outra porção de nosso plano. Feliz de saber que logo estarei contigo. Com amor, Bento.

Porto Alegre dos Amantes,
21 de agosto de 1911.

Noitário de Isaías Caminha

Volto a escrever depois de semanas de ausência. Às vezes, a vida nos chama com tal ímpeto que as horas passadas no silêncio da folha a ser preenchida parecem inúteis e opacas. Para um escrivão como eu, mais noitarista do verbo do que artista do verso, tal constatação chega na emergência da madrugada solitária, em meio às águas que circundam a ilhota inacreditável.

Vitória, a górgona da qual subentendo dezenas de milhares de enigmas, deixou-me sozinho nesta noite para, junto a Bento e Sergio, concatenarem o plano final, estratagema impossível e impensável, para a libertação de Louison.

Há poucas semanas, quando cheguei em Porto Alegre, sobrevoando as ilhas que formam o pântano do Guayba, vim em busca de um famigerado assassino e crimes hediondos. Hoje, após investigar as acusações, as biografias das "vítimas" e de conhecer essa liga de aventureiros exóticos que defendem Louison, reviso minhas primeiras ideias como reviso um texto que precisa ser corrigido, reescrito.

Não apenas isso, agora reviso todo o manuscrito da minha existência.

Esta entrada em meu noitário objetiva corrigir a história, se não em sua realidade intangível, ao menos no espaço editável da lauda, no esforço sempre honesto da pena e da tinta, na ilusão de que possamos ao menos contar a nossa verdade, calcada em uma visão tão limitada da realidade quanto a de uma photographia, impresso monocromático e frio daquilo que chamamos de vida.

Quando deixei o Grand Hotel, após encerrar minha conta e enviar uma cópia dos meus escritos a Loberant, sabia que deixava para trás não apenas as minhas certezas, como também boa parte do meu passado e meu mundo. Todavia, nada poderia preparar meu espírito para o que os dias seguintes me revelariam.

Singrando e sangrando a baía de Porto dos Amantes, a pequena embarcação, que tinha Vitória por Caronte, ultrapassou águas escuras de esquecimento e dor, águas de um pantanoso e renovado Letes, em direção a um assombroso cenário que pouco espaço deixava à imaginação.

"Existimos há quinze anos aqui, neste velho e esquecido cenário, que um dia os pescadores nomearam de Ilha do Desencanto." A voz de Vitória chegava-me mágica e fria, como se a mulher vigorosa postada na proa da embarcação não passasse de uma estátua de mármore, fitando a escuridão à frente com inspiradora bravura. "No centro da ilhota, há uma casa, a Mansão dos Encantos. Nela, vivemos. Nela, conjuramos anjos e demônios, reais *e* imaginários. Nela, nos amamos e nos decepcionamos, sempre reconstruindo as fibras dos nossos nervos frágeis, dos nossos músculos feridos, dos nossos corações partidos."

À medida que o pequeno barco avançava, as luzes da cidade eléctrica e pérfida eram deixadas para trás, a escuridão e os sons noturnos nos abraçavam, até adentrarmos um matagal aquático que se pervertia num emaranhado de braços e dedos secos, de cujas pontas despencavam frutas murchas, folhas secas, flores rubras. Estava imerso numa pintura decadente, cuja escuridão era transpassada por grãos avermelhados dos quais vertiam rios de sangue, torrentes de vida.

Em meio à escuridão, um diminuto ponto de luz que pouco a pouco deu lugar a vários outros, num caminho que levava a um casarão de dois pisos, antigo memorial de épocas mais belas, cemitério incrustado no ventre da ilha úmida.

O barco aportou num pequeno cais de madeira apodrecida, que rangeu ao receber nossos corpos. Vitória prendeu a barcaça e guiou meus passos, levando consigo uma lanterna de velas, daquelas antigas e extintas.

"Herdamos a mansão de Revocato Porto Alegre, um velho amigo, que o herdara do clã Magalhães, família cuja descendência morreu inteira numa funesta situação. Até hoje, uma vez ao ano, visitamos o túmulo de Georgina, a pobre heroína de uma inenarrável história. Filha de outros tempos, ela morreu grávida de um sedutor soldado. Foi aqui que Benignus, Solfieri, Louison, Beatriz e Giovanni, um músico italiano também falecido, fundaram em 1893 uma sociedade secreta chamada Parthenon Místico..."

"Em homenagem ao Parthenon Literário, de uma década antes", eu disse, enquanto a seguia pelo caminho de pedras que levava ao casarão, que surgia mais e mais imponente, iluminado pelas lamparinas internas cujos focos de luz se vislumbrava por entre os janelões e seu cortinado.

"Exatamente", respondeu-me, irritada por tê-la interrompido e ao mesmo tempo satisfeita por eu conhecer um pouco da história. "A casa foi escolhida como sede da Sociedade, que se dedicou inicialmente a causas feministas, abolicionistas e libertárias. Além disso, ao estudo do oculto, do sobrenatural e de todo e qualquer evento inexplicável. Eu, Bento e Sergio fazemos parte da segunda geração do Parthenon. Fomos todos, de diferentes modos, resgatados de nossas prisões particulares pelos antigos fundadores. Um dia, talvez, você venha a conhecer a história de todos nós e a que precede a nossa própria história."

Perdi-me naquela proposta, imaginando tornar-me o memorialista daquele lugar, daqueles eventos, daquela gente sedutora e estranha, como se eu encontrasse entre eles a confirmação de todo o meu estranhamento, de toda a minha desconexão do mundo e dos seus fugazes prazeres. Nunca me senti tão livre quanto naquele instante, quando, ao dar as costas à realidade dos homens e das mulheres do mundo, caminhava em direção aos meus próprios anseios.

Adentrei o casarão como se estivesse em um imenso salão de espelhos, como se aquela mansão e aquelas pessoas e aquela mulher, em especial, pudessem refletir, distorcidos e intensificados, revivificados, todos os meus sonhos, além dos meus mais ousados e potentes desejos.

Finalmente sentia-me completo, como não havia sido anteriormente.

E no âmago daquela completude de ausências e presenças, a proposta indireta de Vitória de que um dia eu ouvisse e contasse a história de todos eles impactou-me como um choque eléctrico, desses que assomam aos descuidados. E nenhuma história surgia mais fascinante do que o conjunto de mistérios que formara a absurda figura feminina diante de mim.

"Sejas bem-vindo", disse-me o jovem loiro que havia encontrado no Palacete dos Prazeres noites antes. Estava ao lado do jovem antiquado que havia me convidado àquele lugar. Apertei a mão de ambos, agradecendo-os, embora vislumbrasse no adolescente belíssimo e frio um princípio de suspeita, senão de desconforto. Ao notar o modo como Solfieri desviou os olhos límpidos de mim e fitou Vitória, compreendi a razão.

Vitória e Sergio me mostraram a casa, uma vez que o lúgubre jovem desaparecera em minutos, sem nem ao menos dar-nos boa-noite. A casa estava dividida em dois andares, de forma que os quartos ficavam no piso superior. No inferior, salões amplos e diversos pareciam falsear a arquitetura do lugar. Internamente, numa inusitada geografia mágica e surreal, irreal às vezes, o espaço da construção parecia não corresponder ao que se via de fora. Interroguei-os sobre essa impressão, não mais interessado em esconder as ideias na fortaleza da mente.

"O espaço, como o tempo", respondeu-me Sergio, "é manipulável, não passando de mera percepção, de uma interpretação da nossa consciência. Para alguns, a casa é imensa, como são imensos os cômodos da memória e do passado. Para Solfieri, por exemplo, ela sempre foi pequena, prisional".

Enquanto levavam-me pelos cômodos, fomos passando por salas de jantar, bibliotecas, gabinetes de escrita, quartos de leitura, até chegarmos à ampla cozinha que dava acesso ao jardim, nos fundos da construção. "Você terá tempo para visitar cada um dos cômodos, Isaías, e de passar quanto tempo precisar em cada um deles", falou Vitória.

Tocado por aquela promessa, finalmente entendia a extensão daquele plural citado por ela quando a encontrei no Bosque da Perdição, um plural que me causou na época tolas irritações. Um silêncio instalou-se entre nós. Sergio olhava-me com atenção, como se percebesse no meu encantamento um fascínio de outrora. Eu quis saber como ambos tinham ali chegado, como aceitaram tudo aquilo, como ouviram os rangidos da casa e como sentiram seus prohibidos perfumes. Teríamos tempo para tais conversas, pensei. Olhei para Vitória e ela desviou com rapidez o olhar.

"Agora, preciso despedir-me. Espero que você tenha bons sonhos", disse-me ela, ignorando o desejo comunicado em minha visão.

Ao dar-me as costas e afastar-se em direção ao seu quarto, senti temores e ardores que me eram inéditos. Quis ir atrás dela, contendo-me e contentando-me com os presentes daquela noite.

Sergio pôs a mão no ombro, lembrando-me de que ainda estava no recinto. "Tente esconder um pouco seus pensamentos, meu amigo... Eles estão escapando pelas janelas dos teus olhos indiscretos."

Desconfortável, sorri.

Subimos a escadaria dupla que ficava diante da porta de entrada e fui levado ao quarto que seria minha casa nos próximos dias.

Nos dias seguintes, tive longas conversas com Sergio e Vitória — às vezes com cada um, outras vezes com os dois —, nas quais ambos contavam-me, em grandes e monumentais detalhes, episódios de suas vidas pregressas.

Sergio descreveu-me o colégio Ateneu, onde conhecera ainda menino Bento Alves, que chegaria dentro de alguns dias, mas que já me encantava por suas aventuras e por seus feitos épicos. Quando Sergio narrou-me que havia deixado a vida burguesa depois de ler uma carta de Bento, e que nesta o ousado herói contava o plano do Parthenon para resgatar Vitória — então uma jovem criança de 11 anos — de atrozes experimentos perpetrados pela Ordem Positivista de Porto Alegre, não tive dúvidas de que seria também seu amigo. Mas não só isso. Sergio me contou de seu noivado interrompido, da briga com sua família no interior de São Paulo e de quão difícil foi aceitar nele e em outros sua natureza invertida. Quando relembrou o sinistro de sua antiga escola, o fogo refletido nas meninas dos seus olhos despertou minha curiosidade. Que outros segredos escondiam-se atrás delas?

Vitória, por sua vez, era mais soturna. O conhecimento partia dela de uma forma mais rara, menos prolixa. Certa vez, quando caminhávamos pela ilha num ensolarado e frio final de tarde, com as águas batendo na margem barrenta do pântano, falou-me de seu pai, que a havia encontrado ainda bebê numa canoa, no meio do Amazonas e do quanto ele desgraçara sua vida e de sua irmã. Vitória era linda e ao mesmo tempo terrível, pois guardava segredos no espaço interno de sua existência. Eu a amava, não tinha dúvidas, mas também a temia, prevendo nela a execução de minha própria desgraça.

Foi numa noite fria e lenta, quando estávamos sozinhos na ilhota — Sergio fora encontrar-se com um jovem amante no Palacete dos Prazeres, sua única diversão naqueles dias —, que declarei-me a ela.

Vitória não soube o que dizer, uma vez que desconhecia os costumes do cortejo e do romance. "Eu li sobre o amor em noveletas antigas... mas sei pouco sobre ele", disse-me. "Compreendo o desejo, Isaías, mas não sei do que você fala."

Afirmei a ela que não era tão diferente comigo, tendo ido ao Rio de Janeiro tão jovem e conhecendo do amor aquilo que vi dos salões e dos prostíbulos. Ou seja, as fofocas familiares e a troca de dinheiro e sexo. Ela, parecendo imersa em pensamentos que me eram incognoscíveis, senão preocupantes, perguntou-me se não temia usar uma palavra como aquela sem lhe conhecer totalmente o sentido.

Não tendo resposta, silenciei. Eu queria conhecer o significado daquele verbo e queria que ela ou que a vivência com ela me ensinasse isso.

"Isaías, em minha terra, existe uma planta chamada Tajá. Quando colocada na bebida dos rapazes, pode produzir apaixonamento instantâneo ou morte medonha. Em sua opinião, trata-se de uma planta benéfica ou amaldiçoada?"

Estávamos sentados ao chão. Ela, na frente da lareira que ardia as achas queimadas, com o fogo crepitante a lhe emoldurar os olhos imensos e escuros. Ao nosso lado, uma garrafa de vinho e os cálices dos quais bebíamos.

Pensei por instantes e lhe disse que tal planta só poderia ser benéfica, uma vez que é o amor que move o mundo e os seres e tudo o que existe. E é claro que ela sabia que eu estava apenas repetindo a tese de Lucrécio e dos epicuristas.

Ela riu, de Lucrécio ou de mim.

"A pergunta é equivocada, meu querido", disse, fazendo sentir-me uma criança tola. "O que essa planta produz, indiferente de existir ou não, é exatamente a mesma coisa. Há uma lição a ser aprendida dessa lenda, e a lição é a de que tanto a morte quanto o amor são irmãos gêmeos, Eros e Thanatos sempre abraçados, um fundido ao outro. Morta, estou estática abaixo da terra. Apaixonada, estou estática acima dela. Quem bebe do precioso Tajá entrega-se aos braços de um ou de outro, sendo ele um verme devorador ou um amante faminto."

Havia tanta tristeza em seus olhos, tanto desalento e paixão. Ela bebeu o cálice de vinho, deixando escorrer pelo canto dos lábios uma gota rubra, sagrada.

"Você está disposto a beber deste cálice? Sabendo que seu efeito é o mesmo?", perguntou, estendendo a mim a bebida maldita e forte.

Segurei o cálice prateado, fitando seu conteúdo com incontida fascinação e ouvindo a respiração de Vitória.

Sem pestanejar, deixei-o de lado, repousando-o intocado.

Aproximei meu corpo do dela, meus lábios entreabertos, as pálpebras vedadas, e bebi dos seus lábios como se aquela fosse a minha resposta.

Eu estava apaixonado, e estava morto.

Petrificado, perdi os sentidos e as certezas, mesclando-me ao cheiro de Vitória e à totalidade do seu corpo, encantado por sua língua de serpente.

Desde então, nos tornamos amantes, e eu sinto minha vida cada vez mais arrebatada por sua presença.

Há exatas duas noites, fomos, Sergio e eu, ao aerocampo da cidade, para buscarmos Bento. Ao desembarcar, o quarentão heroico entregou-se ao abraço apaixonado de Sergio. Era uma dupla singular e bela, antitética.

Depois de matarem as saudades com um beijo demorado que ofendeu a gentalha que passava por perto e que corou algumas senhoras que desembarcaram do Zeppelin, fomos buscar a bagagem do viajante.

Tratavam-se de duas malas pequenas e estufadas, pouco pesadas e uma caixa enorme de madeira com inscrições de CUIDADO nas laterais. Despachamos a carga, que foi alocada na traseira de uma carruagem mechânica até o porto.

Lá, nos esperava uma viatura policial.

Bento pulou da carruagem e apertou a mão de um dos soldados. O outro segurava uma prancheta de contador. Bento indicou a grande caixa, que foi rapidamente transportada por dois robóticos até o carro militar.

"O destino é o asilo São Pedro. Confere?", perguntou o oficial.

"Sim, policial. Encomenda para o digníssimo Simão Bacamarte", respondeu-lhe Bento. Despedidas feitas, voltou para perto de nós.

"Os primeiros passos foram dados", disse ele, não escondendo o sorriso. "Nosso plano teve início", arrematou satisfeito.

Navegamos para a Ilha do Desencanto, onde Vitória nos esperava.

Depois de abraçar longamente seu salvador de outros tempos, veio em minha direção, e com um beijo mostrou a Bento que eu era mais do que apenas um novo integrante do Parthenon Místico.

Reunidos na grande sala de entrada da mansão, conversamos sobre o audacioso plano de libertar Louison. Da minha parte, temia por todos. Estávamos não apenas tentando livrar um amigo, mas um assassino condenado e perigoso. O que eles haviam enviado ao hospício, segundo Bento, era um potente soldado robótico que viera da capital sob pedido de Bacamarte. O que ninguém sabia é que tal monumento modernoso ficara semanas sob o poder de Benignus.

Na noite em questão, que antecedia a própria execução de Louison, Sergio estaria infiltrado nas forças policiais e Solfieri, no próprio hospício. Quanto a nós três, iríamos agir nos bastidores, o que não apenas garantiria a segurança de Louison, como também o reencontro dele com Beatriz.

Do resto, fazia o máximo para confiar neles, todos encantadores em seus respectivos papéis. Bento e Sergio eram admiráveis, e mesmo Solfieri, que me estranhava em função de seu amor platônico por Vitória, procurava ser educado e polido. Às vezes, formal demais.

Como um adolescente poderia ter um léxico e um porte tão antiquados? Ria sozinho de sua maledicência e do romantismo ultrapassado que acompanhava suas roupas e seus modos à mesa.

Quanto a Vitória, o que posso dizer? Ela tornou-se o ídolo aos pés do qual eu depositava todas as minhas oferendas. Tinha-me cativo, entregue aos seus desejos e à realização de seus prazeres. Escravo do amor e de seus olhos imensos e intensos, julgara encontrar nela a consorte ideal. Um ímpeto que achava ausentado de minha pele e das minhas entranhas. Como seu amante, iria até o fim dos mundos para libertar Louison, e para nunca mais libertar-me dela.

Tive ciência de que Loberant viera à minha procura, exatamente como o havia aconselhado a não fazer. Ao vigiar sua tola investigação sobre meu desaparecimento, revi as ruelas por onde passeei, antes de encontrar Vitória e os outros. Agora, planejo de antemão um final para essa história.

E esse final, no momento apropriado, será entregue a Loberant. Será dele a obrigação de revelar ao mundo o arremate da caótica narrativa.

É nesse ritmo que tenho vivido os últimos dias, dias tensos e lentos, dias que antecedem o ousado plano que findará em vida ou morte, para Louison e Beatriz, para mim e Vitória, para todos os integrantes deste inacreditável grêmio fincado no território inconstante e selvagem da Ilha do Desencanto.

26 de agosto de 1911.

Telegrama de Bento Alves ao doutor Benignus

Caro amigo,

É com alegria que informo que a nossa artimanha até o presente momento correu sem grandes percalços. A vida de nosso amigo está salva, ao menos por ora. Não entrarei em detalhes sobre o plano — pois o conheces bem, sendo um de seus criadores — ou sobre as dificuldades ainda presentes. Temendo a interceptação desta mensagem, não podemos correr riscos.

Apenas gostaria que soubesses de ocorrências de grande conta. Sergio e Solfieri ainda se encontram infiltrados em seus respectivos papéis. Nada pode atrapalhar seus disfarces. Quanto a Vitória e Isaías, estão igualmente engajados em suas ações, especialmente no que concerne a Beatriz. Tudo saindo como o planejado, poderemos dar início à segunda parte do estratégico esquema.

Simão Bacamarte, teu antigo desafeto, está agora preso e em estado catatônico. Dizem que não fala coisa com coisa, embora digam que isso vem de tempos. Do pouco que vi do sujeito, sou obrigado a concordar. Com a investigação do desaparecimento de Louison, os medonhos calabouços do alienista foram descobertos. Neles, encontraram experimentos terríveis e inumamos. Bacamarte utilizara em diversos pacientes drogas letais e maquinários eléctricos. Ainda mais, encontraram acorrentado e degolado o corpo da própria mulher do alienista, Evarista, que todos julgavam morta. O alienista cortara sua língua, para que a pobre não denunciasse seus crimes, ainda dos tempos da Casa Verde.

Ao menos esse terrível drama parece ter chegado ao fim.

O buraco fétido do São Pedro está interditado, e a transferência dos pacientes está sendo providenciada por diferentes equipes médicas da capital.

Quanto a Beatriz, nossa amada amiga, Isaías entregou a ela a mensagem que Louison me deu. Pelo visto, há um acerto de contas com o passado que é iminente, e supomos que não apenas Louison como também Britto Cândido terão um papel a desempenhar neste ato final.

Obviamente, amigo, esperamos sua chegada nos próximos dias. Não poderemos concluir o plano de libertação de Louison sem seu auxílio.

Sempre teu,
Bento Alves

27/08/1911

Gravação de Rita Baiana para Senhorinha

Essa gravação, minha flor, minha querida filhinha, talvez seja a última. Anos passaram desde que seu último disco de gravação chegou, e sinto uma tristeza grande, grande que nem a Baía de Guanabara... ai... que saudade daquela praia linda e gigante... que saudade do mar e de toda aquela vida.

Eu sei que agora você é mãe e esposa, dama chique e tudo mais. Eu sei, me falaram. E eu amo você, minha querida, e quero que você seja feliz, mais seu homem e suas crianças. Logo, logo terá netos também correndo pela casa.

[Suspiro]

Não fica triste, tá, a Rita não tá chorando... Tá só um pouco gripada. Cê sabe que a Rita Baiana não chora, não é? Por que ia chorar se tudo aqui tá tão bem... tenho até um amor agora.

Lembra do delegado que um dia veio aqui para perguntar do meu amigo médico? Pois é, ele escapou e agora a polícia do sul anda que nem barata tonta de um lado pro outro à procura dele. Acredita?

Sim... meu amigo médico é inteligente. Nunca vão encontrá-lo.

E aí o Cândido veio de novo, pra investigar, mas vou te contá que eu acho mesmo é que ele veio por minha causa.

Noite passada, chegou e foi ficando, até que nem eu nem ele nos controlamos. Eu cuidei dele como há tempos não cuidava de homem algum, e ele me amou como há tempos eu não era amada.

Ah... Senhorinha, perdoa a Rita por contá essas coisa. Mas tô triste porque esse é um adeus e quero me despedir de ocê rindo, como a Rita sempre faz.

O meu homem... ah... eu já chamo ele de meu homem. Ele chegou aqui tão amuado e cansado, o pobre. E ele veio a trabalho, disse, pra nos interrogar todas, pois não ia sossegar... disse... até prender o vilão que tinha matado tanta gente e escapado da justiça... suspirava de raiva.

Pomba e Léonie foram pouco a pouco sumindo... aquelas duas sabem entrar e sabem também sair... são bem espertas quando precisa.

Elas sabiam que ele me queria e mais, sabiam que eu tinha gostado daquele queixo barbudo e daqueles olhos pretos que nem noite.

Eu servi uma taça de vinho e pedi que ele me contasse o que tinha ocorrido, e sabe o que ele fez?

Ele começou a chorar, acredita? Um homenzarrão daqueles, chorando.

Eu sempre digo que eles são todos criança crescida.

A Rita fez o que faz de melhor, mas não sem antes deixar que ele falasse.

E ele falou tanta coisa, tanta coisa ruim.

Disse que tinha ido ao hospício onde prenderam o médico, e que ele e as tropas encontraram muita gente soffrendo, homens e mulheres, até crianças feito prisioneiros, no fundo do poço de pedra.

Coisa feia de cortá o coração da gente.

Os coitados não viam o sol há anos. Alguns, nem lembravam, ele me disse, como falar. Tavam em carne viva, presos com corrente e cadeado, acredita?

E mais, disse que até a mulher do diretor do hospício tava lá. E todos pensavam que ela tinha morrido...

Não é que o pulha prendeu ela lá? E mais, parece que também arrancou a língua da coitada para que ela não gritasse.

Por que os homens fazem isso com suas mulheres, Senhorinha?

Por que que os homens fazem isso com outros homens?

O Cândido disse que a única coisa boa é que a mulher já tinha morrido quando a encontraram.

Agora, o tal do Simão tá preso e parece que ele, que dirigia a casa de louco, era o maior dos loucos.

Quando é que a gente fez isso? Botar louco pra cuidar de louco?

E foi assim que o grandão foi contando e também chorando. Uma pena só.

Disse que quando chegou no jardim do hospício, os loucos tavam calminho, calminho, feliz da vida porque tavam perto das flores e longes dos remédios. Imagina só que tristeza, minha linda.

Enquanto ele contava tudinho, a Rita servia vinho do bom... e também fazia massagem... e frôxava a gravata e fazia uns agrado. No início, ele tava meio nervoso. Mas depois, se amoleceu.

Antes de ir imbora, ele se vestiu e ficou me olhando.

Eu quero que ele volte.

Eu queria também que você me enviasse nova gravação.

Mas a vida parece que faz isso com a Rita, não? Todos querem a Baiana, mas aquilo que a Baiana quer, a vida nunca dá.

Com amor, minha Senhorinha.

Da sua Rita de sempre, que não tá chorando, não, tá? Nunca...

Seja feliz, minha linda. É só o que a Rita quer procê.

[Suspiro]

Encerrar gravação.

27 DE AGOSTO DE 1911.

Carta de Beatriz de Almeida & Souza para Vitória Acauã

Querida Vitória,

Escrevo este recado antes de deixar o sobrado onde fui outrora feliz. Os móveis estão cobertos e listados; cada objeto está penhorado; os quadros, descritos; as aquarelas de Louison, devidamente photographadas e enumeradas.

Meu destino é incerto. Minha sina um ponto de interrogação.

Para onde irei? Onde passarei os meus dias, resignada, depois da conclusão deste drama cuja finalização é ainda uma incógnita?

Há dois dias, recebi um bilhete de Louison das mãos do jornalista carioca. Ele indica um endereço que desconheço. Ordena que eu esteja lá, disposta a contar todos os meus segredos. Será que eu estou pronta para isso? Será que conseguirei reviver os horrores do meu passado depois de tê-los vivido uma vez?

O que deseja Louison com isso? Ele suplica que lhe tenha confiança. Promete-me que somente assim poderemos partir para um futuro belo e luzidio, deixando para trás as sombras dos anos pregressos.

Como seria isso possível? Como poderia ele, condenado à execução e à execração pública, ter tamanha esperança?

Ele vive, e isso já me traz imensa alegria.

Todavia, não há esquina de Porto Alegre onde tropas humanas ou mechânicas não estejam à procura dele, com ordens de executá-lo sumariamente.

Meus objetos pessoais cabem numa pequena valise, que levarei comigo até esse estranho e incompreensível destino. Minha existência até aqui, na companhia do meu amigo e amante, preenche mansões infindas de memórias, reminiscências de um passado terrível e ao mesmo tempo brilhante.

Adeus, minha amiga, minha irmã de dramas e venturas.

Deixo agora o sobrado de Louison em direção ao meu fado.

Dirijo minhas passadas em direção às respostas e à resolução deste drama.

Sempre tua,
Beatriz

28 DE AGOSTO DE 1911.

Noitário de Vitória Acauã

Com meu volume de memórias dentro da bolsa a tiracolo, caminhei pelas ruas úmidas da cidade à madrugada. As tropas de polícia ainda estão à procura de Louison. O Parthenon também está à procura dele e de Beatriz.

Eu, por outro lado, estou à deriva, em busca de mim mesma.

Deixei Isaías na ilha, encantado com sua própria narrativa, apaixonado como está pelo exótico mundo no qual teve sua entrada permitida. Escuto o dedilhar violento da máquina tipográphica, como se meu querido tivesse mais ideias na mente do que tempo para registrá-las, como se o produzido na materialidade do mundo não fosse capaz de conter o engendrado no espírito.

Dirigi-me ao Palacete dos Prazeres em busca de um lugar discreto e pouco iluminado, onde, na companhia de uma taça de vinho, eu possa registrar minhas reflexões. Agora estou aqui, sentada, olhando o movimento dos amantes pagos e dos pagantes, o dedilhar dos instrumentos musicais tocados ao vivo, o preparo das bebidas no bar lateral. Nele, um jovem belíssimo prepara um coquetel estranho e atraente, do qual borbulham misturas tóxicas e doces aromas.

No salão principal, vejo Rita Baiana.

Até eu, pouco afeita a mulheres, sinto-me enfeitiçada por seu movimento. Ela é um assombro feminil que deixa todos e todas atônitos. Os homens, ao vê-la dançar, viram patetas tarados, babões abstratos... gaiatos noturnos ao redor da saia da baiana, buscando no seu sacolejo comida e abrigo, ronronando frases prontas, propostas soltas, investidas pífias, que aos ouvidos da dama soam como recitais.

Ela, sciente do feitiço que lhes impõe, se requebra manhosa, se remexe em sacolejadas de assombro, desejo e inveja, num molejo felino e ferino que leva uns à tontura, outros à loucura, todos à insânia pura. Seu olhar trigueiro são navalhas em desafio; o balançar de seus dedos, uma escaramuça de gatos no cio.

Mas naquela mixórdia toda de gestos, olhares, pulsares, fito-a nos olhos e leio neles tristeza, além de um nome que retorna aos seus pensamentos com reiterado desespero: Pedro Cândido. O investigador? Sorri por um momento das estranhezas da vida, visto não esperar união tão improvável como aquela.

Onde estaria ele? Teria tido o destino das vítimas de Louison? Teria se perdido no emaranhado daqueles meses terríveis que todos nós vivemos? Desconheço o recado que Louison enviou a Beatriz, bem como o paradeiro dos dois, e também evitei saber maiores detalhes sobre sua fuga do hospício. Os horrores encontrados lá, pelo que dizem, deixam-me ainda mais distante e amedrontada. Pelo que conheço — ou julguei conhecer — de Louison, tudo segue um arranjo prévio que findará num último ato, um ato dramático e trágico, no qual as peças do quebra-cabeça montado até aqui revelarão uma imagem nítida e una, numa perfeita resolução, digna dos folhetins de mistério.

Tantas perguntas foram feitas até este momento.

Conseguiremos um dia reunir todas as respostas?

Isaías, esperançoso como é, acredita que sim, e acredita que ele, com seu escrito, seja capaz de ordenar o caos de nossas existências.

Eu, sendo quem e como sou, desconheço qualquer otimismo.

O mundo é como o pântano que forma a Ilha do Desencanto. Do uno primordial surgimos e vivemos e morremos. Somos caos, e ao caos voltamos.

Entretanto, não penso mais nesse assunto. Hoje, penso apenas em mim e em tudo o que vejo nascer morto, fetos embrionários e falecidos plantados no ventre de minhas mágoas e angústias.

Como começa e termina o amor?

Há tempos, quando Solfieri e eu nos separamos, registrei em minha memória o fato de que eu o amava, ao passo que ele, quando muito, amava o amor que eu nutria por ele. Congelado no tempo, inalterado como um retrato amaldiçoado, era frio e indiferente a tudo, exceto aos olhares de fogo, olhares que ele tentava inutilmente reproduzir em sua face de pedra.

Como me tornei sua gêmea indiferente? Como permiti que tal frieza fosse extensível aos meus afetos? Hoje, vislumbro no olhar de Isaías todas as projeções que um dia perscrutei no reflexo da minha face. Noto seu imaginário sendo fertilizado por cada palavra minha, por cada gesto, por cada insinuação de algo a se concretizar. Em mim, porém, vejo apenas indiferença disfarçada de charme e afetação. Quando me tornei distante e alheia ao festim das insinuações amorosas, à cama e ao cortinado de todo o nosso desejo?

Foram as desgraças familiares ou as semanas de aprisionamento e desespero, sob o auspício dos demônios scientistas da Ordem Positivista? Foram os anos de investigação sobrenatural? Ou fora a imortalidade de Solfieri, como se tudo o que ele tivesse a me ensinar não passasse de inflexão e indiferença?

Como começa o amor? No olhar do amante, lançado sobre a totalidade de tudo o que julgamos ser? Como termina o amor? Da constatação de que ele não passa de uma ideia, plantada em nossos cérebros por poemas, livros, romances? Uma ficção de homens que o imaginaram fulgurante? Termina ele quando seres como eu recusam-no, exilam-no, ao abraçar o desejo e o intelecto?

Quando me olho no espelho, julgo ver um monstro no interior da mulher que se fita, buscando não a comprovação de sua beleza, mas a verdade de uma essência senão desconhecida, ainda enigmática, incompreensível.

Escuto os passos do atendente do bar se aproximarem. Visualizo Isaías no quarto da mansão, furioso, escrevendo e escrevendo.

Interrompo a escrita por um instante, para buscar nos olhos de fome e sede de um jovem a quem se paga, um carinho que ainda desejo recriar nos seios que fingem um suspiro inexistente.

Pago a bebida.

Pago por uma chave no andar superior do vil palacete.

Pago por outra bebida, a ser entregue na alcova alugada.

Ordeno que seja ele a me atender.

O jovem, de cabelos compridos e traços asiáticos, me sorri, dizendo que me atenderá em instantes.

Finalizo aqui este registro.

Daqui a pouco, subirei ao paraíso noturno ofertado num tal purgatório mundano. Em busca de prazer, esquecimento e carinho, fugirei de mim, de Isaías e, talvez, do amor que julgava estar nascendo.

Em algum lugar da cidade, tenho certeza, Louison está junto de Beatriz.

Quisera eu arder como eles: assassinar, anatomizar e pintar meus pesadelos, expondo-os ao mundo num fino papel e em belos rabiscos e traços.

Como findar com esta narrativa senão interrompendo-a aqui?

Que outras vozes tragam mais respostas do que a minha.

Seguindo a clientela devota, miro a escadaria.

PARTE IV

LIÇÃO DE ANATOMIA

Investigadores & Investigados

Na qual ouviremos dos lábios do investigador, o bravo Britto Cândido que não tem medo de horror, detalhes da investigação que condenou o medonho celerado. Prepara-te, pois tal entrevista levará a um clímax exaltado!

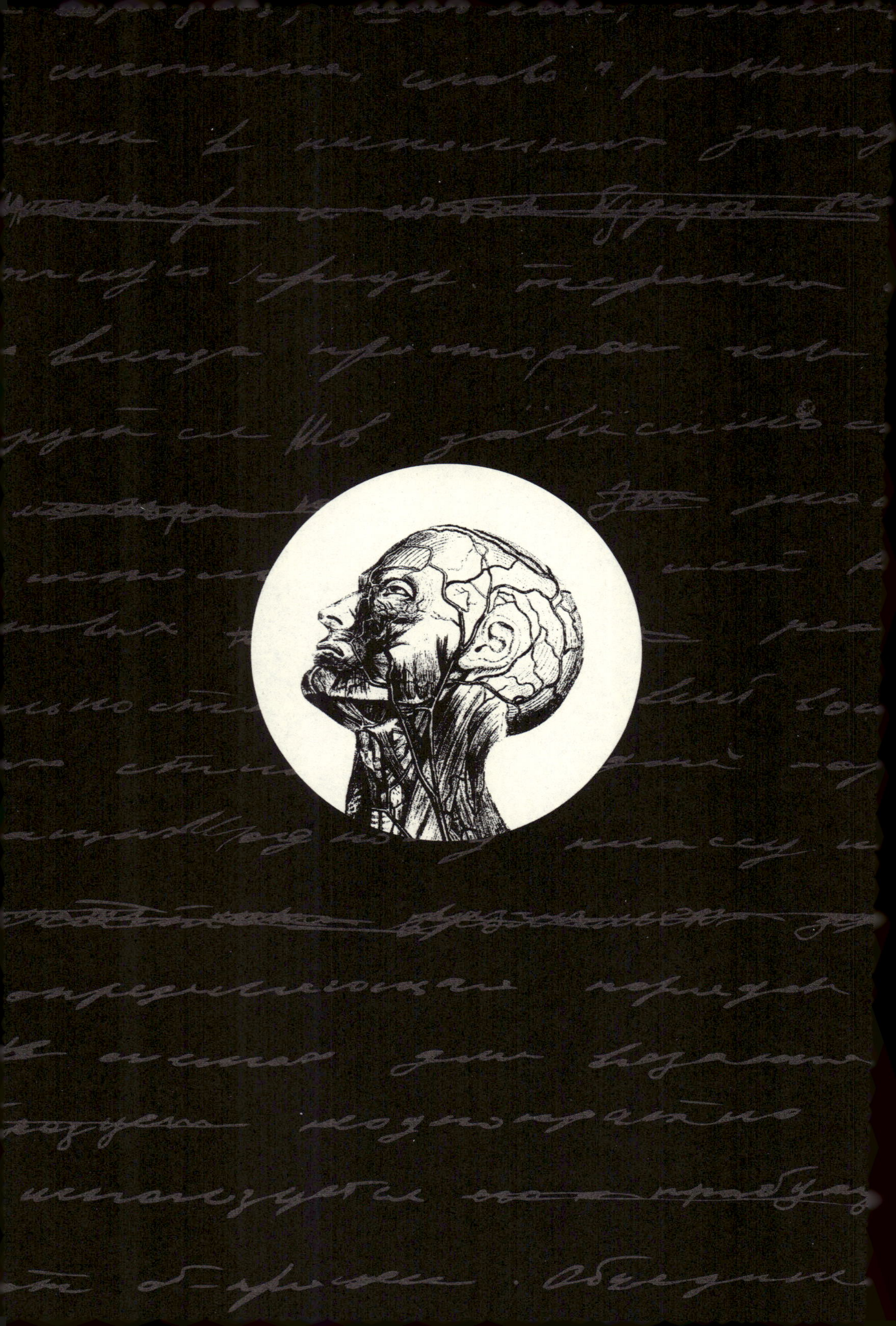

30/08/1911

Transcrição de entrevista noturna

[VOZ DO ENTREVISTADO]
Posso começar? Tens certeza de que está gravando?

Bom, meu nome é Pedro Britto Cândido e sou um investigador da Intendência do Estado. Tenho 47 anos e lutei na Guerra do Paraguai, numa ofensiva que me rendeu medalhas e honras de mérito. Nasci no Rio Grande, numa noite fria de agosto. Segundo minha mãe, muitos perderam a vida naquela madrugada. Indigentes que foram dormir não acordaram mais. Também paguei o preço, pois tive uma pneumonia que quase me liquidou.

Sobrevivendo àquilo, sobrevivi ao resto.

Eu e meus pais nos mudamos para Porto Alegre quando ainda era criança. Meu pai morreu na Revolução Maragata. Seu gosto pela disciplina da caserna e minha admiração por heroicas histórias de piratas criaram em mim a vontade de ser policial. Infelizmente, não encontrei entre as forças nem disciplina nem heroísmo, apenas o velho encosto da vida pública.

Só isso está bom? Estou em minha casa, nas cercanias do bairro Menino Diabo, e estou dando esta entrevista para esclarecer vários assuntos. Não sei bem por que decidi ou por que aceitei fazer isso, pois estou muito cansado. Há dias não durmo, em razão da busca pelo assassino Antoine Louison. Preso por mim há quase dois meses, o maníaco escapou do asilo São Pedro.

Vasculhamos a cidade, entramos nas casas, invadimos negócios escusos e entrevistamos toda e qualquer pessoa que poderia ter dado guarita ao criminoso. Depois de quase quarenta horas, estou dando minha tarefa por encerrada. Beatriz de Almeida & Souza, amante de Louison, também desapareceu, o que me leva a suspeitar de que estão bem longe da capital. A mim, resta apenas isto: dar uma última entrevista sobre o caso para tentar justificar meu fracasso.

Quanto à investigação, tudo começou numa fria tarde, no início de junho de 1909. Há dezoito meses, portanto. Eu fumava um palheiro uruguaio, à frente do Quartel da Brigada Federal. Fora convocado e estava ali para ofertar meus serviços.

O major em questão esperava-me, com cara de poucos colegas, na companhia de um homem que estava nas sombras e que não reconheci. Falou-me de dois desaparecimentos que estavam tomando a atenção do povaréu de Porto Alegre. Um deles era o do acadêmico Henriques Pontes, que desaparecera de sua casa e nunca mais fora visto. A família estava consternada e desesperada, sobretudo em razão da grande fama do sujeito nas universidades paulistas.

As buscas foram suspensas quando outro desaparecimento exigiu a nossa atenção. Tratava-se de Anita dos Anjos, dama solteirona que administrava os negócios da família, entre eles, a rede de matadouros de bois, aves e lebres, que fornecia carne aos principais restaurantes da cidade. Segundo alguns, possuía um dos paladares mais requintados das redondezas, tendo visitado dezenas de restaurantes mundo afora e provado as mais exóticas carnes disponíveis à clientela rica.

Ao falar de Anita, saiu das sombras o misterioso homem a quem reconheci de pronto como o governador do Estado. A desaparecida era sua sobrinha, e ele exigia todo cuidado e discrição ao investigar o caso. Prometi aos homens a excelência de meus serviços, embora não tenha escondido de mim a revolta diante de tanta urgência, uma vez que milhares de desaparecimentos diários, entre os pobres e as putas da cidade, eram ignorados pelas autoridades. Obviamente, ali a questão era outra, pois os sumidos tinham nome e renome, e eu, homem de milícia como sempre fui, não discuto ordens, apenas as obedeço.

Nos meses seguintes, os desaparecimentos continuaram, produzindo um verdadeiro fervor entre as cercanias da capital e do Estado. Uns falavam de um "assassino em série", outros, de um discípulo do estripador londrino, ainda outros, de um vampiro ousado, o que fez com que a produção e a venda de alho triplicasse em menos de dez meses. Ainda havia aqueles que torciam para que os sumiços continuassem, na medida em que apenas pessoas ricas e importantes estavam incluídas em tal mistério. Eu segui com meu trabalho, apesar dos pesares.

À medida que a investigação prosseguia, construí um intrincado mosaico no escritório do quartel-general, mural que se tornou ponto de parada obrigatório entre jornalistas, investigadores, escritores, estudiosos e outros curiosos abjetos. Nele, afixava, à proporção que os dias e as semanas iam passando, tudo o que conseguia reunir sobre os desaparecidos.

Descobri, por exemplo, que nenhuma das vítimas era santa, sendo que tanto Dos Anjos quanto Flores Bastos tiveram passagens pela polícia. Ele, Deus que me perdoe, fazia uso de garotos prostitutos, desses a quem se paga. Até aí, tudo bem, pois cada um sabe da sua vida, mas o fato é que ele havia machucado vários deles. E mais, numa das ocasiões, quem estava junto dele? Anita dos Anjos. A dupla havia encomendado serviços apenas para judiar do pixote.

Essa descoberta começou a avivar meu ímpeto, pois percebia ali a formação de um padrão que de forma alguma poderia ser ignorado. Logo depois, tivemos outros dois desaparecimentos, todos pertencentes ao mesmo círculo: o comerciante Antonino Fonseca Amaral e o deputado Herculâneo Torres. Novamente, eles tinham segredos sórdidos, que fiz questão de esconder dos jornalistas, tanto por ordens superiores, como também por um compromisso ético.

Anojava-me tudo. Era uma coletânea de gostos culinários, raridades gastronômicas, degustações de bebidas, espetáculos teatrais, bailes de salão, tudo o que os ricaços desocupados adoram fazer. Eu, que sempre fui feijão com arroz e carne, na companhia de um copo gelado de cerveja, achava aquilo tudo uma frescura, quando não um escândalo. Mas o que dava ânsias não era só isso. Eram as vidas privadas daquela gente. Os desaparecidos deixavam atrás de si um rastro medonho de merda. Amaral, por exemplo, quase sempre junto com Torres, que só assistia, pois era muito covarde para qualquer outra atividade, adorava praticar zoofilia. Zoofilia? Mas, insisto, o problema não é esse, pois cada um sabe o que faz e... ah! Nossa Senhora! Há um limite, ora bolas! Zoofilia? Como minha velha mãe sempre disse: um mundo perdido esse nosso, completamente perdido.

[SUSPIRO]

Continuando. Além do sexo em si, o porcaria torturava os pobres bichos depois. Vasculhando a casa do Herculâneo descobri photographias de todo o arranjo. E, por um breve instante, não fiquei triste pelo pulha ser vítima do elemento a quem eu perseguia. Foi então que pensei numa estratégia.

E se eu tentasse prever os crimes supondo possíveis vítimas? Como eram ricos, poderia vigiar os nomes importantes da cidade. Mas isso se mostrou, no final das contas, inútil, pois os ricaços que compunham o grupo não queriam ter suas vidas vigiadas ou comprometidas. Bem feito, morreram às pencas à medida que as semanas passavam. Humm... Corta isso da sua reportagem, tá?

Falo de Madame de Quental, uma dama rica e sempre presente nas grandes festas, do padre Arturo dos Santos, bispo da capital que tinha um gosto vil por crianças, do general Flores Bastos, e do jornalista Henriques Castro. Embora alguns suspeitassem que houvesse mais vítimas, eu conectei os pontos e as ligações entre eles. Meses depois, quando visitei o palacete de Rita Baiana — conheces? —, Léonie revelou-me que, certa noite, Quental, padre

Santos, Henriques Pontes e general Bastos fizeram uma festa particular naquela zona de luxo que terminou em tortura e morte. Esse era o prazer daquela gente? Era assim que se divertiam? Entende as razões de eu sentir enjoos?

Pra mim, o mundo é simples. Existem os bons e existem os maus, e aquela gentalha que tinha sumido não se incluía no primeiro grupo. Entendes?

[voz do entrevistador]
Certamente, inspetor.

[voz do entrevistado]
Digo, passei meses investigando os desaparecimentos dos grã-finos, todas elas pessoas de destaque da alta sociedade, uns afetados, empinados almofadinhas, uma gentalha que, não precisando ganhar a vida, perdia tempo com jogos de prazer e tortura. Para mim, não faziam falta. Pelo contrário. Se a lei não fosse tão clara e precisa quanto a certos pontos, Louison teria feito um favor aos trabalhadores honestos desta cidade. Tu não vais publicar isso, vais? Não quero me comprometer, mas que fico irritado e revoltado, isso fico.

[voz do entrevistador]
Não, não irei, inspetor. Fique tranquilo. São apenas anotações pessoais para meu uso privado. Por favor, continue.

[voz do entrevistado]
Mas sabes como é, eles eram importantes, tinham contatos no alto escalão, e seus parentes e conhecidos começaram a pressionar o prefeito e a publicar notas e mais notas nos jornais da cidade. Num belo dia de merda, o chefe de polícia, o delegado Souza Freitas, me chamou. Primeiro me xingou e depois me deu uma promoção dizendo que teria mais homens à minha disposição. Eu, promovido? Nunca poderia imaginar algo assim, não com o histórico que eu tinha.

[VOZ DO ENTREVISTADOR]
Histórico? O que quer dizer com isso, inspetor Pedro? Se é que posso chamá-lo assim.

[VOZ DO ENTREVISTADO]
Sim, sim, é claro que pode. Engraçado, sabe. Há anos ninguém me chama pelo primeiro nome. Já havia até esquecido. Posso ser franco contigo? O fato é que sempre desprezei os ricos e seus luxos. Uma vez peguei um riquinho... Qual era o nome dele? Um neto dos Câmara Tavares... Peguei o babaquinha batendo na namorada. Sabe o que fiz? Quebrei-lhe os dentes.

Antes de registrar a ocorrência, é claro. Ganhei três semanas de suspensão... Mas quer saber? Valeu a pena. Era isso que queria dizer com "meu histórico". Depois disso, os colegas da delegacia me apelidaram de o "bronco e justo xerife Cândido". Adorava o título. Ou seja, todos sabiam que comigo o porrete comia. Branco ou preto, homem ou mulher, pobre ou rico. Por isso minha surpresa quando o chefe me promoveu. Mas é claro que todo pacto com o capeta vem com um preço: ele queria força total na resolução dos crimes.

Para tanto, além de seis outros brigadistas rasos, me designou um segundo em comando, um jovem cadete chamado Francisco Alencar, outro que acabou sendo vítima do famigerado.

Alencar se mostrou fundamental a toda investigação. Como tinha nascido entre aqueles ricaços, ele que, pouco a pouco, foi indiretamente montando o caso: segundo as evidências, as oito vítimas formavam um grupo sórdido, tipo Seita ou Sociedade Secreta, com objetivos escusos. Ele descobriu uma carta de Quental para Fonseca Amaral na qual a desgraçada os nomeava de a "Camarilha da Dor". Acreditas nisso?

Certa noite, quando o jovem deixou a delegacia, notei que ele estava nervoso, cabisbaixo. Decidi dispensá-lo, dizendo que ele precisava de uma boa noite de sono. Mas notei que havia algo errado, algo que ele não tinha me contado. Quando vasculhei suas pastas particulares, entendi a razão.

Ele havia descoberto uma alcova subterrânea, abaixo da casa de Henriques Pontes, onde anualmente o grupo se reunia para um ritual satânico. Sabe o que faziam lá? Raptavam uma família inteira, pai, mãe e filhos, e os torturavam por dias. E o pior, escreviam sobre isso depois, uns para os outros. Castro chegou ao ponto de transformar uma de suas cartas num conto de horror, publicado num dos números da *Revista Mensal*, publicação da finada sociedade literária do Parthenon.

Entende minha revolta? No dia seguinte, fomos, eu mais Alencar, até o lugar e ficamos estarrecidos. Ao descermos por uma escada de pedra que parecia levar aos infernos, encontramos correntes, chicotes, facas e machados, tudo lambuzado de sangue, como um matadouro. O cheiro era uma mistura de fezes, porra, suor e podridão. Logo ao chegar, ele vomitou e desmaiou, e eu não o julguei mal por isso. Retirei-o dali e lhe dei uma despensa. Coitado. Tudo o que aquele guri passou para depois ser assassinado por Louison.

[voz do entrevistador]
Além dessa descoberta, quais foram os outros passos da sua investigação?

[voz do entrevistado]
Fui até as casas das vítimas, entrevistei familiares e alguns desafetos. No caso dos homens, visitei as putas que frequentavam, e também alguns sócios, clientes, parentes... Enfim, todo o trabalho enfadonho que faz parte da vida policial. Uma tarefa penosa, mas que cedo ou tarde te leva a alguma coisa.

[voz do entrevistador]
Notável, inspetor. Tenho a impressão de que, para os leigos, o processo investigativo deva ser resolvido com rapidez e ímpeto. Mas, em sua descrição, se bem o entendo, parece-me que o principal é a paciência e a atenção aos detalhes.

[voz do entrevistado]
Sim, isso mesmo. Os detalhes são fundamentais. Os detalhes são o mais importante. Dizem que Deus, nosso salvador, está nos detalhes.

[VOZ DO ENTREVISTADOR]
Sim, inspetor Cândido, concordo inteiramente contigo. "Os detalhes são o mais importante." Desculpe interrompê-lo. Poderias continuar? Qual foi o próximo passo depois dessa pesquisa inicial e das primeiras descobertas?

[VOZ DO ENTREVISTADO]
Bom, nos dias que Alencar estava de licença, fiquei trancado em minha sala, com todos os documentos pessoais das vítimas. Dormia e me lavava lá mesmo, na central, além de fazer todas as refeições. Disse a mim mesmo que não sairia dali até chegar a uma lista de suspeitos. Diante do meu mural, sobre as duas mesas de trabalho e no chão, espalhei todos os documentos concernentes ao caso. Pelo menos os documentos que consegui angariar dos familiares, quase todos uns cretinos que não queriam expor a vida e os segredos dos seus.
Esse é o trabalho mais difícil, sabes? Ficar trancado num quarto, só com aquela papelada. E o pior, quando são processos de gente pobre, pelo menos é divertido... Agora, papelada sem-fim de gente que gasta aquela quantia de réis em viagens, festas, banquetes, roupas... aquilo era um inferno. E o pior, nem te conto, eram as malditas cartas... e os noitários... e mais cartas.

[VOZ DO ENTREVISTADOR]
Cartas? Uma pergunta, inspetor. Por que as cartas eram tão difíceis?

[VOZ DO ENTREVISTADO]
Quem hoje em dia quer ler cartas? Ou melhor, quem hoje em dia quer saber de escrever noitários? E ainda mais em tempos como os nossos, tão modernos e cheios de tecnologias eléctricas e mechânicas, quem perde tempo com a escrita? Além disso, num trabalho como o meu, quem tem paciência de ficar lá, trancado, lendo gentilezas daqui, gentilezas dali, beijinhos e abraços, opiniões... e tu não fazes ideia do que eram as malditas opiniões. Todos cheios de ideias e pontos de vista e argumentos... tudo uma choldra! Uma lenga-lenga

interminável sobre quadros, livros, philosofias, toda aquela merda opinativa de gente carreirista e rica. Tu aguentarias isso? Ler toda aquela tralha? Gostarias de algo assim?

[voz do entrevistador]
Bem, nem sempre nosso trabalho envolve aquilo que gostamos, não é?

[voz do entrevistado]
Bom, continuando... do que eu estava falando?

[voz do entrevistador]
Passados os dias em que pesquisastes os documentos das vítimas...

[voz do entrevistado]
Sim, isso mesmo. Depois de uma primeira varredura de photos, cartas e listas de festas, cheguei a cinco nomes. Nada de mais, nada de suspeito, quero dizer. Apenas cinco nomes que se repetiam em todas as listas. Você precisa anotar isso. "No início de uma investigação, nunca procure por suspeitos, procure por padrões", meu supervisor sempre falava isso, quando eu era cadete ainda. Nunca esqueci. Anotou? "No início de uma investigação, nunca procure por suspeitos, procure por padrões." Bom homem, o supervisor Afonso Lima, bom homem...

[voz do entrevistador]
Descreva esses nomes para mim, por gentileza, inspetor.

[voz do entrevistado]
Cinco nomes comuns que, de uma forma ou de outra, conectavam os oito desaparecidos. Um era um velho numa cadeira de rodas. Sem chance. Dois eram mulheres, velhas e chiques demais pra esse tipo de coisa. Outro era um invertido afetado, um desses... qual é o nome, mesmo? Um dândi, sim, um dândi. E o quinto nome era Louison. Quando cheguei a ele, de saída, ficou um tanto óbvio: o cretino estava em todas as festas, era mencionado em todas as

cartas, em todas as listas, além de já conhecê-lo pela fama. O cara era quase uma estrela de filme americano em Porto Alegre. Depois, quando toda a sujeira fedida veio à tona, só daí se deram conta de que o médico que adoravam era um famigerado.

[VOZ DO ENTREVISTADOR]
Entendo. Diga-me, inspetor, como chegaste a ele? Como descobriste que se tratava do responsável pelos crimes?

[VOZ DO ENTREVISTADO]
Fui até a clínica do sujeito. Ele estava de folga por uma semana. Perguntei à atendente do lugar com que frequência Louison tirava folgas. Ela me disse que constantemente, por causa de seus muitos compromissos. Fiquei intrigado. Sabe que tipo de compromissos o sujeito tinha?

[VOZ DO ENTREVISTADOR]
Sim, faço ideia. Mas, por favor, conte-me, inspetor, estou aqui apenas para ouvi-lo e para aprender contigo. Depois disso, para escrever sua história.

[VOZ DO ENTREVISTADO]
Palestras e conferências, artigos para revistas médicas, ensaios para seletas sobre literatura e estética e coisas do tipo, viagens para ministrar cursos, prêmios de medicina internacional, blá blá blá. Foi o que me disse a secretária, uma dessas pessoas que olham pra gente de cima, sabes?

[VOZ DO ENTREVISTADOR]
De lá, o senhor se dirigiu para a casa do Doutor?

[VOZ DO ENTREVISTADO]
Não, ainda era cedo demais para ir atrás dele. Precisava de pelo menos um depoimento sobre o biltre. Do consultório de Louison, que ficava na Azenha, tomei uma carruagem mecânica até a Cidade

Baixa, onde ficava o Solar dos Fonseca Amaral. Fui visitar a esposa do desaparecido e, pra minha surpresa, a senhora parecia estar até aliviada de o traste ter desaparecido. Minha suspeita veio de uma carta que Louison escrevera a ela, uma carta cheia de floreios sobre vinhos, chocolates e perfumes exóticos. A suspeita óbvia era a de que a mulher estava tendo um caso com o bom Doutor. Caso fosse verdade, teria um motivo e um suspeito.

Quando comecei a lhe fazer perguntas sobre Louison, a mulher riu na minha cara. Disse-me que o médico era refinado demais para qualquer tipo de crime. E que, além disso, não teria motivo algum. "Ele era o homem mais rico do nosso círculo. Era o mais bem-sucedido. Poderia ter a mulher que quisesse", falou a viúva, com aquele sorrisinho de quem tem coisas a esconder. A madame disse que supunha tratar-se de uma gangue que atacava ricaços. Só estranhava que nada fora roubado quando o marido tinha desaparecido, ou que nem mesmo havia recebido carta pedindo resgate. Na hora, tive certeza de que ela tinha um caso com Louison.

[VOZ DO ENTREVISTADOR]
Inspetor, lamento a interrupção e a natureza não pertinente da pergunta, mas o senhor perguntou à senhora se ela sentia falta do marido?

[VOZ DO ENTREVISTADO]
Sim, sim, eu perguntei. E finalmente ela parou de rir. Primeiro, disse que só os meninos dele sentiam. Achei que ela falava de filhos, sei lá, filhos de outro casamento, afinal ela era vinte anos mais jovem que ele. Depois descobri que não. Sabe quem eram os meninos dele? Droga, esse mundo tá um fiasco! Depois de me esclarecer os tipos de meninos que ele "alugava", ela me olhou nos olhos e disse que não, não sentia falta do homem sórdido que chegava em casa bêbado, fedendo a urina e cachaça, e que batia nela para completar a diversão da noite. Percebendo que ela ia ficar chorosa com tudo aquilo, fui-me embora.

Saí daquele casarão fedendo a limpeza e dizendo pra mim mesmo que o ricaço depravado já tinha ido tarde. Deixei a mulher, felizarda pela condição de viúva. Por um instante pensei até que pudesse ser suspeita. Mas depois revi a ideia. Além de não estar na cidade na noite do desaparecimento, tinha mais a ganhar com ele vivo do que morto. Até nisso o pulha foi um larápio: parece que deixou mais dívidas do que bens, mais filhos bastardos do que investimentos rendosos e mais pesadelos passados do que boas lembranças.

Uma tristeza só tudo aquilo.

Depois daquela visita, fiz o que tinha que fazer e segui meu palpite. Embora a viúva garantisse que Louison não teria um motivo, nem capacidade, nem técnica, nem paciência, alguma coisa me dizia que havia algo podre por ali, e que eu precisava ver o homem. Antes de chegar à casa de Louison, fui à delegacia.

Sabes como é, sempre quando vamos à casa de um suspeito, precisamos deixar o departamento avisado. Uma regra estúpida, mas necessária, compreenda. De lá, tomei o bonde eléctrico até o Bosque da Perdição. Louison morava num casarão antigo, do século passado, herança familiar, eu acho. Conheces a região?

[VOZ DO ENTREVISTADOR]
Sim, conheço. Conheço-a bem demais. No século passado, os escravos fugitivos buscavam guarita nas cercanias do bosque. Lá, soffriam emboscada de um grupo de alcaides conhecidos como "Os Caçadores". Está tudo documentado, não? O parque que deveria ser refúgio e salvação findava na perdição dos fugitivos.

[VOZ DO ENTREVISTADO]
Sim, exatamente isso. Tu conheces bastante de História, não? Isso é raro hoje em dia. Ainda mais para um jornalista. Mas, voltando à narrativa, tratava-se de uma casa imensa, pé-direito alto, heras crescendo numa das paredes externas, jardim muito bem cuidado. No portão de entrada, duas estátuas de leão com asas e faces femininas. Depois, fiquei sabendo que o homem tinha empregados que cuidavam do pátio, mas que o jardim frontal, com aquelas flores

feias e raras, era o próprio Louison que cuidava. Imaginas isso? Plantar rosas e lírios pela manhã, curar pessoas à tarde e matar e dissecar vítimas à noite?

Entrando na casa, fiquei esperando, enquanto a empregada chamava o patrão Antoine, depois de perguntar minha alcunha. Era assim que a velha o chamava, "patrão Antoine". A sala do homem era um acúmulo de tralha. Tralha sem-fim. Livros nas paredes. Em quase todas. E nos espaços em que não havia prateleiras de livros, estavam pendurados pequenos quadros de mulheres nuas e coisas do tipo. Ah, também muita coisa de arte abstrata. Numa outra parede, photos de parentes. Esse tipo de photograma de gente que já morreu. Tudo muito mórbido. No meio da sala grande, soffás chiques, daqueles que você fica até com medo de sentar e sujar. Ah, e também tinha umas máscaras africanas que ficam olhando a gente. Coisa de péssimo gosto. Qual é a palavra para esse tipo de porcaria...?

[VOZ DO ENTREVISTADOR]
"Grotesco", inspetor.

[VOZ DO ENTREVISTADO]
Sim, sim, tudo aquilo era muito grotesco. Quando me dei conta, o bom Doutor estava atrás de mim.

"Gostas de arte africana, inspetor Cândido?", perguntou. Respondi que não. Pelo contrário, achava tudo que era artístico uma inutilidade. Pra que gastar dinheiro com algo que não serve para nada? Ele riu, e rapidamente respondeu: "Sim, essa é a essência da arte, não? Sua completa e fascinante inutilidade." Ele apontou para um dos estofados e me convidou a sentar. O sujeito vestia terno, colete e gravata. Dentro de casa, acreditas?

Como sempre, nesse tipo de visita, gosto de ir direto ao ponto. Sem meios termos. Perguntei a ele onde estava nas noites dos desaparecimentos e quais relações tinha com as vítimas. Ele respondia a tudo com uma precisão fria, cirúrgica, como se tivesse treinado as respostas na frente do espelho, com uma voz melodiosa, pausada, que me deixou muito irritado. Ninguém fica tão calmo assim na presença de um agente da lei. Não havia medo ou nervosismo, mesmo aquele nervosismo que as pessoas inocentes têm quando investigadas. Nada. O homem era um gelo só. Embora, claro, fosse extremamente cordial, educado e gentil. Dava até nojo de tanta gentileza. O Fonseca Amaral devia ser igual a ele, pensei.

Por fim, perguntei ao homem sobre as vítimas. Uma por uma. Quando cheguei na quarta, Madame de Quental, vi uma pequena alteração no olhar do sujeito. Nada demais. Quase imperceptível, mas uma pequena onda de prazer e satisfação que percorreu a face do cretino como uma minúscula corrente eléctrica, apesar do corpo continuar impassível, perfeitamente ereto. É um talento natural que eu tenho, sabe? Perceber a mudança física nas pessoas... mesmo as mais sutis.

Depois de um café, Louison me ofereceu um licor. Diferente do café, que havia sido trazido pela velha, o licor foi servido por ele mesmo. Quando toquei na pequena taça, soube que ali estava o celerado. Soube no exato momento que ele me lançou mais um dos seus sorrisos de cinema. E também percebi, ali mesmo, segurando a bebida, o que ele pretendia. Disse a ele que me esperavam na delegacia, e que todos sabiam que eu tinha ido visitá-lo.

Ele pediu licença para fazer um rápido telefonema e disse que já voltava.

Mal o canalha deu as costas, coloquei o licor sobre a mesinha de centro, saquei minhas duas pistolas e ordenei que ficasse parado.

Foi um momento tenso pra diabo!

Se tentasse me atacar, eu usaria a arma tradicional e metia uma bala na cara dele, daquelas antigas e sempre perfeitas. Nunca errei um tiro com ela, sabias?

Se por outro lado tentasse fugir, a pistola electrostática já estava ajustada para paralisar o sujeito com uma descarga de mil tesla que o faria estrebuchar.

Pra minha tristeza, nem uma coisa nem outra foi necessária.

Quando ele se virou, ordenei que bebesse o licor que havia me servido.

Logicamente, recusou. E depois de recusar, ficou de joelhos e se entregou.

[VOZ DO ENTREVISTADOR]
Realmente, muito perspicaz de sua parte, inspetor. Entretanto, eu me pergunto, como supôs que Louison o envenenaria?

[VOZ DO ENTREVISTADO]
Não sei. De fato, não sei. Apenas pressenti. Às vezes, há uma comunicação silenciosa entre duas pessoas, sabes? Eu não sou educado. Leio pouco e não vi nada do mundo. Mas vejo as pessoas, trabalho com pessoas, eu as escuto. Há uma energia que passa de corpo para corpo que não se pode negar. Quando toquei o cálice, sabia que ele era o culpado e que pretendia me matar.

[VOZ DO ENTREVISTADOR]
Inspetor, tenho apenas mais três perguntas para o senhor, pelo menos para fecharmos essa primeira parte de nossa entrevista. Primeiramente, o que exatamente vocês encontraram naquele dia na casa de Louison?

[VOZ DO ENTREVISTADO]
O casarão estava completamente limpo. Do sótão ao porão, estava tudo no mais perfeito estado. Nada de corpos. Nada de objetos pessoais de qualquer uma das vítimas. Nada, absolutamente nada. Apenas diários. E foi nos diários que começamos a perceber o tipo de monstro com o qual estávamos lidando.

Louison romanceava os assassinatos, como você já deve saber. Na mesma semana que impedimos a velha governanta de queimar os manuscritos do Doutor, segundo as instruções dele mesmo, chegou o resultado do exame toxicológico do licor. O abutre havia colocado menos de dez gramas de tetratoxina, um desses diluídos naturais de um peixe de nome feio...

[VOZ DO ENTREVISTADOR]
O baiacu.

[VOZ DO ENTREVISTADO]
Sim, esse mesmo. O relatório foi apenas uma confirmação das minhas suspeitas. Ele queria me matar, sem dúvida.

[VOZ DO ENTREVISTADOR]
Uma dose tão pequena dessa toxina mata? Pensei que apenas amortecesse o corpo e avivasse a consciência?

[VOZ DO ENTREVISTADO]
Bem, aí eu não sei, pois eu não sou nenhum scientista. Mas vamos e venhamos, pra que mais o elemento iria me intoxicar? Se fosse isso, pior, pois suponho que ele desejaria me guardar para depois, para fazer comigo o que fizera com as outras vítimas. Deus me livre! A única conclusão lógica é essa.

[VOZ DO ENTREVISTADOR]
Sim, inspetor, tens razão. Falavas dos diários.

[VOZ DO ENTREVISTADO]
Pois então, quando começamos a ler os diários, aí sim a coisa começou a ficar medonha. Estava tudo lá. As datas, os nomes das vítimas, a metodologia toda, o rapto, o assassinato, enfim, tudo, absolutamente tudo.

[VOZ DO ENTREVISTADOR]
Entendo. Gostaria agora, inspetor, de pedir que resumisses o processo e o julgamento do criminoso. Para minhas anotações, seria fundamental um olhar externo e neutro sobre aqueles dias.

[VOZ DO ENTREVISTADO]
Olha, não tenho muito a falar. Prendemos o maldito. Foi um escândalo como nunca se viu na capital. Os jornais não falavam de outra coisa. O julgamento foi um alvoroço. Metade da população queria linchar o homem. Por mim, não seria má ideia. Mas enfim, justiça

é justiça. Levaram para o tribunal os diários e, quando começaram a ler, metade dos presentes se retirou. Alguns passaram mal. E o elemento escutava tudo aquilo impassível. Não falava nada. Só os advogados se pronunciavam. É claro que não conseguiram convencer o júri. No fim, o homem teria sido condenado a oito perpétuas, até que o juiz, pressionado pelo governador, concordou em executar o biltre, em praça pública. Como nunca vi isso, discordei, mas não pude fazer nada. Antes da execução, que teria acontecido dias atrás, o homem seria internado no São Pedro. Nem suspeitávamos de que aquilo era apenas o início de mais pavores. Às vezes, pensava estar num romance de horror, sabes? Desses em que pilhas e pilhas de corpos vão se avolumando.

[VOZ DO ENTREVISTADOR]
Inspetor, poderias sumarizar para nós os acontecimentos sucedidos nessas semanas que antecederam a fuga de Louison?

[VOZ DO ENTREVISTADO]
Eu queria descobrir se havia mais vítimas. Os diários deixavam claro que não havia restos a serem buscados, pois Louison havia descartado todos eles. Foi então que acampamos na casa do homem e descobrimos que ele vivia amasiado com uma escritora da capital, uma tal de Beatriz de Almeida & Souza. A negra dizia nada saber dos crimes. Ainda mais, ele havia deixado em testamento todos os bens para ela. Assim, lá ficamos nós, devassando o casarão de cima a baixo e seguindo as ordens dela e de outra senhora que cuidava da limpeza.

Quanto ao Louison, estava sob os cuidados de um mentecapto que colocaram na direção do asilo São Pedro. Hoje, todos entendem por que nunca gostei do sujeito. Quando o vi pela primeira vez, farejei que aquele velhaco não prestava. Como profissional, era um escândalo: ele preparou um perfil criminal do assassino que apontava para negros, pobres e marginais, e até para sambistas, acredita? Eu ri daquele verme quando li o ridículo documento.

Ao menos um aspecto da fuga de Louison foi positivo: ele nos permitiu entrar naquele antro fétido que chamavam de hospital e trazer à luz as infrações lá perpetradas. Na minha vida, tive alguns momentos de pavor e surpresa, alguns momentos em que questionei a existência de Deus, Nosso Senhor Crucificado, alguns momentos em que duvidei da raça humana. Mas nunca tinha visto uma coletânea tão medonha de disparates quanto nos calabouços daquele manicômio. Há coisas que quero esquecer. Que não quero levar para a vida, que não quero que me assombrem de noite. Mas aquilo... tu acreditas que o demônio velhaco do Bacamarte enlouqueceu a mulher? Não só isso. Aprisionou a coitada e cortou sua língua. E antes de ele próprio enlouquecer de vez, ele a degolou como um bicho.

O cara era um pirado, isso sim. No final, falava de um robô que estava grávido de um homem, acreditas? Isso diante de um espelho em que dizia fitar uma das mentes mais poderosas do mundo. Acho que o alienista enlouquecer também é obra de Louison, embora eu nunca tenha achado que ele batesse muito certo.

O que aconteceu com Alencar, por exemplo, permanece sem explicação. Como aquele jovem oficial chega lá para entrevistar Louison e depois de minutos crava três vezes uma caneta no pescoço? Como isso é possível? Sempre o achei um tanto melancólico... mas se matar daquele jeito?

Além disso, teve a escapada do homem: cela de segurança máxima, com três dispositivos de fechamento da grade e uma coleira explosiva. Como aquilo foi possível? Parece que as merdas não param de circundar esse caso dos diabos.

[VOZ DO ENTREVISTADOR]
Sim, concordo contigo. Os mistérios se sobrepõem uns aos outros. Mas tenho certeza de que logo poderemos esclarecer esse e outros enigmas no que concerne à fuga de Louison. Além disso, inspetor, chegou ao meu conhecimento que tens visitado o Palacete dos Prazeres, casa sob a supervisão de três grandes damas cariocas. Poderias me elucidar sobre a participação delas nesse caso?

[voz do entrevistado]
Bem, eu não sei... Eu não gostaria de falar sobre isso. Acho que devo preservar as testemunhas do caso... e...

[voz do entrevistador]
Eu fechei meu caderno de notas, inspetor. Não revelarei nada do que o senhor comentar aqui. Mas preciso saber exatamente qual é o envolvimento das damas na sua investigação e se há algum tipo de envolvimento pessoal de sua parte com alguma delas.

[voz do entrevistado]
Todo mundo frequenta o Palacete dos Prazeres: políticos, artistas, sacerdotes, homens e mulheres, ricos e pobres, enfim, todos. Suspeitei que Louison também era um cliente, e não estava errado. Não apenas ele: a "Camarilha da Dor", como já disse, frequentava a casa. Léonie narrou para mim em detalhes tudo o que quatro de seus integrantes fizeram lá com duas das moças.

Mas não só isso... Louison e Beatriz, sua amante, eram... amigos... pelo que sei, de uma das donas da casa, Rita Baiana. Sobre ela... eu... eu não sei como explicar... mas eu tenho um envolvimento com a dama em questão. Não sei por que estou contando essas coisas... eu não deveria... Deus... estou tão cansado.

[voz do entrevistador]
Agradeço por sua paciência até aqui, inspetor. Realmente agradeço. Já estamos terminando. Para finalizar, uma última pergunta pessoal. Em sua opinião, por que Louison fez tudo isso? Por que ele matou todas essas pessoas?

[voz do entrevistado]
Ora, por que seria? O homem era louco. Completamente louco. Não houve razão ou motivo para os oito assassinatos. Ele era um monstro, um sádico, um maníaco. Ele desenhava os órgãos dos mortos e depois exibia os desenhos. Após sua identidade ser revelada, fizemos alguns parentes cotejar os desenhos de Louison, e haviam

traços pessoais dos corpos, tatuagens, marcas de nascença, pintas, que o sádico fez questão de recriar em suas obras. Eu... eu... eu sei, as vítimas, como eu mesmo disse, não eram santas... O fato é que nunca saberemos ao certo o que aconteceu. Especialmente se nunca mais encontrarmos Louison.

[VOZ DO ENTREVISTADOR]
Entendo sua frustração, inspetor. Eu mesmo, executando meu papel de entrevistador e cronista, desejo buscar a verdade até o fim. Agradeço muito por tua disposição em conversar comigo. Foi realmente instrutivo, cada detalhe de tudo o que dissestes. Todavia, acho que nunca poderemos desistir de buscar a verdade, não concordas? E, se porventura questionarmos a existência dela, ao menos devemos buscar outros pontos de vista para as nossas reflexões. Tendo em vista que o próprio criminoso está foragido, eu gostaria de chamar uma pessoa que poderá responder a muitas das perguntas ou dúvidas levantadas por seu depoimento. Tenho certeza de que poderemos, a partir do seu testemunho, obter novas perspectivas para tudo o que discutimos nesta última hora. Posso pedir que essa pessoa entre, inspetor?

[VOZ DO ENTREVISTADO]
Olha... eu não sei... pode ser. Eu realmente estou muito cansado e um pouco sonolento. Será que ela vai demorar muito?

[VOZ DO ENTREVISTADOR]
Não mais do que o tempo necessário, inspetor.

[VOZ DO ENTREVISTADO]
Pode ser, então. Queres que eu abra a porta?

[VOZ DO ENTREVISTADOR]
De forma alguma, inspetor Pedro. Podes ficar onde está. Como costumam dizer, "sinta-te em casa". Se me permitires, posso deixar essa pessoa entrar? Ela está aqui na frente, pois é sempre bem pontual. Posso chamá-la?

[VOZ DO ENTREVISTADO]
Sim, pode, sim.

[SOM DE PASSOS E DE UMA PORTA SENDO ABERTA.]

[VOZ DO ENTREVISTADOR]
Por favor, entre. Sim, o inspetor concordou em ouvir o teu depoimento. Tenho certeza de que todos nós vamos aprender muito com o que tens a revelar.

[SOM DE UMA CADEIRA SENDO ARRASTADA.]

Aqui, por favor. Senta-te perto da luz, para que o inspetor possa ver tua face e não perder nenhum detalhe da tua narrativa.

[VOZ DO ENTREVISTADO]
Eu não consigo ver com quem falas...
    Mas isso é impossível!
    O que fazes aqui?!

INTERLÚDIO DRAMÁTICO

LIÇÃO DE ANATOMIA

Sinfonias & Assassinatos

Preocupados com o nervosismo produzido por nosso relato, decidimos acalmar o leitor e seu assoberbado retrato, com um excerto dos autos do processo retirado: nele, detalhes dos crimes em estilo romanceado.

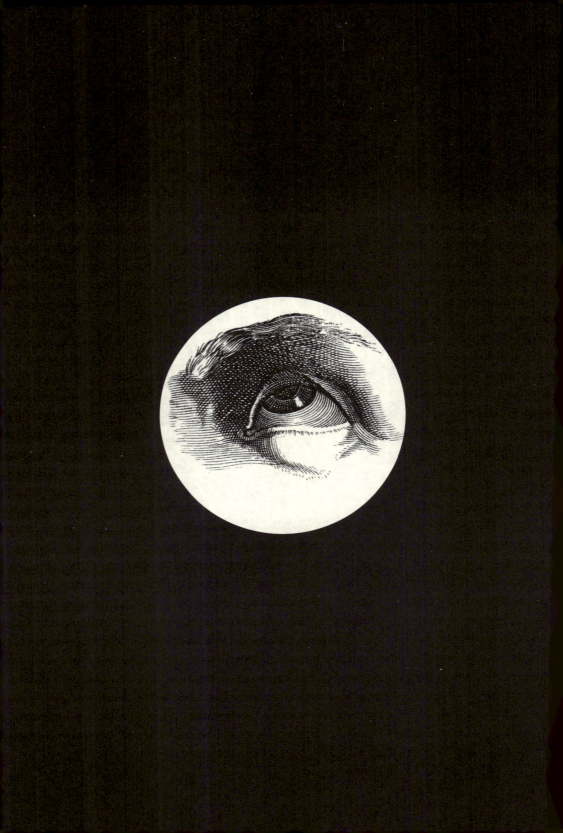

NOTA DO
EDITOR

Devido à menção ao diário do famigerado assassino na transcrição precedente, decidimos anexar um desses exemplares nas páginas que seguem, uma vez que não desejamos deixar ao leitor dessa escabrosa narrativa qualquer dúvida sobre a natureza dos crimes de Louison. Todavia, advertimos que a leitura destas laudas é contraindicada a pessoas sensíveis, cardíacas ou que soffrem de distúrbios psíquicos. Para esses, ou aos incapazes de superar a curiosidade diante do impressionante desfecho da Quarta Parte desta novela, esclarecemos: a linearidade narrativa não será prejudicada se pularem para a Quinta Seção, na qual finalmente descobrirão quem é a misteriosa pessoa que acaba de chegar à casa de Cândido para revelar terríveis segredos de seu passado.

*Porto Alegre,
3o de junho de 1911.*

Processo 48845 — 44598
TUE — 45592

NOTA DOS AUTOS DO PROCESSO ENDEREÇADO AO JÚRI

NOTA I

As páginas atrozes que tens em mãos compõem um dos volumes do noitário do doutor Antoine Frederico Louison, manifesto assassino e ilustrador de figuras anatômicas soberbas que havia, segundo as investigações em andamento, levado à morte, até onde se sabe, oito pessoas, todas elas pertencentes ao seu círculo íntimo de conhecidos. Nestes registros, que já somam até a presente data 43 tomos, o réu ficcionalizava seus atos narrando a si próprio em terceira pessoa. Anexamos este exemplar aos autos do processo a fim de ilustrar a completa psicopatia do réu e sua total insensibilidade em face dos crimes cometidos. Em vista do grande interesse que o caso Louison, popularmente chamado agora de "Estripador da Perdição", despertou no jornalismo não ético de nosso Estado, reafirmamos que é de inteira responsabilidade do leitor caso o anexo do processo 48845 — 44598 venha a cair em mãos civis.

Apontamento 2152.
Madame Antônia de Quental

Há um modo como a carne perde sua rigidez quando é delicadamente penetrada pela lâmina. Não é apenas pelo sangue vertido ou pelo olhar compassivo do paciente, devidamente não sedado, ao perceber que passará dos últimos momentos de vida a um fim previsível, mas também pelo modo como as últimas centelhas de vida deixam o corpo. Para o doutor Louison, hábil e respeitado cirurgião do hospital Santa Clara, além de dedicado estudante da miséria dos seres face à morte, dedicar horas aos cortes e desenhos de anatomia é um indescritível prazer. Mesmo assim, ele se esforça para obter uma narrativa em que possa concatenar os passos necessários ao seu trabalho estético. Os desenhos de Louison para a musculatura humana foram publicados originalmente no Semanário de Medicina de São Paulo, ainda em 1891. Hoje, com um pouco mais de 44 anos, Louison busca periodicamente candidatos que possam oferecer seu corpo para novos e instigantes estudos. Logicamente, tais candidatos não são voluntários.

Eis o relato de como Louison os conquista para si.

No início de sua artesania, o Doutor precisa escolher um candidato que possa reunir as qualidades físicas necessárias para seu novo estudo. Por exemplo, se um tema específico de ilustração anatômica necessita de um sistema digestivo exemplar, ele procura por um paciente em bom estado físico, altura mediana e peso equilibrado. De preferência, seres que possuam um requinte alimentar de inegável palato, visão que muito agrada à lógica harmônica do médico. Não queremos dizer com isso que ele nunca buscou homens ou mulheres de hábitos alimentares simplórios, pois vários dessa cepa já quedaram em suas mãos. Antes, desejamos reforçar que sua predileção pela visão elegante é um dos elementos que torna seu trabalho tão apurado.

A escolha do paciente, que muitas vezes leva semanas, deve dar primazia ao caráter sedutor do processo de interrupção de sua existência. Escolher pessoas ricas e educadas, de preferência imorais ou sádicas, com uma pompa aristocrática ultrapassada, é sempre melhor. A esses objetivos — sejam eles relacionados com o prazer psicológico da conversa que antecede o estudo, o prazer visual em fitar a bela forma física antes do ataque, o deleite anatômico de constatar, como Nero com sua mãe, que a beleza física interna faz jus à externa, e o encanto intelectual de findar mais um estudo anatômico com uma série de ilustrações que podem depois ser expostas aos pares da sociedade médica gaúcha —, Louison não poderia pensar numa mulher mais adequada do que sua antiga amante, a depravada Madame Antônia de Quental.

Para sua próxima atividade, um conjunto de ilustrações que demonstraria a simetria do sistema circulatório, Louison escolheu essa bela mulher, filha do barão do café Antonio José de Quental, solteira nos seus 47 anos e permissiva e homicida em seus hábitos noturnos, todos lascivos e extremados. Para um trabalho desta natureza, o artista precisava de um paciente que lhe agradasse em todos os sentidos, pois o processo inteiro, além da composição das complexas e sutis ilustrações, poderia durar mais de duas semanas.

Após essa rápida escolha pragmática do objeto de seu estudo, que resultou na supracitada paciente, Louison passa para a primeira fase de sua tarefa: a sedução do seu *corpus* de análise, tomando as devidas precauções para este desaparecer do universo físico após o término de suas atividades. Para Louison, a respeitável senhora não daria muito trabalho, visto que há meses Antônia havia lhe dado indícios de que novamente estaria disposta a recebê-lo em seu leito.

Quando conheceu Antônia, Louison havia comparado a estrutura do rosto esguio da mulher com um velho poema perdido de Virgílio sobre uma matrona romana conhecidíssima, Julia dos Pompeu. No poema antigo, o rosto da mulher era tenazmente cotejado com os raios de luz que agraciavam Pompeia no inverno, por entre os cedros causticados pelo vento. Usando uma metáfora perdida aos nossos ouvidos românticos e óbvios, Louison havia recuperado o poder da comparação ao afirmar que Antônia carregava em seu rosto a leveza da luz solar e a dureza do cedro esculpido, lisonja embalada na musicada voz do Doutor em ocasiões deste tipo, quando a sedução é seu principal desígnio.

A dama, acostumada aos elogios masculinos, dado o conhecimento público de seu estilo de vida liberal, havia lhe informado seu renovado interesse. Para ela, Louison era como um vinho, que melhorava com o passar dos invernos. Foi isso que ela lhe disse quando dançaram juntos no Palácio do Governo. Para ele, porém, Quental era como uma rosa sangrenta, cuja podridão mesclava-se ao perfume. Obviamente, ele nunca lhe disse isso, embora tal opinião tenha ficado clara no derradeiro momento. Louison, a partir dali, evitara os encontros sociais em que a dama estaria, preservando um relativo ar de mistério e de incomum interesse, qualidades necessárias para manter sua presença valorizada.

Moralmente falando, o Doutor não possuía em seu íntimo qualquer resquício de pendor espiritual ou de consciência humana. "Somos carne pensante, nada mais que isso", refletia ele. "Carne pensante envolta em belo e perfumado invólucro." Mesmo assim, ele evitava escolher entre seus objetos de estudo seres que transpirassem ingenuidade existencial ou sinceridade esperançosa. Ignorava os puros, embora os admirasse secretamente. Entretanto, não devemos, e nem podemos, fazer qualquer tipo de previsão superficial sobre a real natureza dos sentimentos ou desejos de um homem como Louison, um ser que transcende qualquer definição humana e que invalida qualquer análise psicológica mais apurada, seja ela de autoria de gênios ou loucos.

Em vista de um tal desapego moral, buscava como presas os cínicos, os metódicos e, sobretudo, os mesquinhos. Tais seres eram, na opinião do bom médico, agradáveis, por duas razões: primeiramente, porque compreendiam seus atos, embora tal compreensão nunca fosse visível através das lágrimas, tão acostumados como estavam a fazer o mesmo aos espíritos de seus iguais. Em segundo lugar, despertar esses seres em meio ao seu trabalho também funcionava como um interessante e estimulante exercício sociocultural. Como os dominadores reagem quando dominados? Eis a rara oportunidade de saber isso.

Passada a enumeração intelectiva das relevâncias de sua atividade, Louison acreditava pura e absolutamente que seus afazeres eram a sublime expressão da reflexão artística. Isso num universo, pensava, em que tempestades faziam orfanatos desmoronar, e tigres rasgavam a carne de animais menores.

Nesse sentido, ele não diria a si próprio que o sangue escorrendo, a precisão do corte ou o modo como um determinado órgão era retirado, significaria em essência arte. Longe disso. Realista como era, detestava os seres que insistiam em embelezar a feiura de seus feitos. Essa fase do trabalho era apenas um serviço inicial, como preparar tintas ou construir os pincéis adequados a diferentes tipos de retrato, tarefa comum aos artífices da Renascença.

A arte, de fato, vinha depois, quando poderia, finalmente, vislumbrar o quadro todo. A sala bem iluminada. Os utensílios limpos e sujos, cuidadosa e obstinadamente organizados na tábua de instrumentos. As roupas do paciente dobradas e ajustadas na cadeira perto da porta. As folhas e os carvões que seriam usadas para as ilustrações futuras. E, no centro desse cenário, o ser que havia sido a reunião de uma perfeição física e de um medonho comportamento social permaneceria ali, inerte e nu. Tal objeto de investigação existencial e artística, antes ou depois de o coração parar, sempre era o artigo mais caro à sua obra, seu absoluto toque de genialidade e beleza. Infelizmente, e Louison constantemente sentia isso, tal visão completa do quadro, do que havia sido e do que era de fato a vida humana, possuía apenas um espectador, ele, autor e leitor de um drama montado e encenado para o seu próprio prazer.

Para Antônia, Louison havia preparado um pequeno banquete na casa da dama, certificando-se de que todos os empregados haviam sido dispensados. "Em encontros dessa natureza, a discrição se faz mais do que necessária para manter um estimulante ar de *finesse*", disse o Doutor, que adorou a organização meticulosa do encontro, acostumada com conluios secretos e perversões coletivas grosseiras. Do ponto de vista de Quental, a noite seria um agradável embate intelectivo entre seres requintados, passando por uma deliciosa e excitante refeição, com acompanhamento de um vinho apropriado, talvez um Muscat de Beaumes de Venise, safra 1780 — uhmm... saboroso —, culminando com a total exemplificação dos saberes fisiológicos do Doutor no que tange ao corpo feminino. De certo modo, a dama não errou em sua expectativa.

Para a experiência culinária, Louison ocupou a cozinha da residência Quental ainda no fim do dia, num horário previamente acordado. Para a entrada, iria ofertar um *Liqueur Muscat* australiano adequado à intensificação do paladar. Ele seria a antessala do banquete, uma variedade de carnes vermelhas finas imersas em molho madeira, com um toque de *brandade* e *kedgeree* e uma pitada de queijo *chaource*. Para findar, uma tábua de chocolates raros embaixo de uma camada muito fina de creme de *vanilla* especial, batido em ovos e granulados de frutas. Tal refeição agradaria duplamente ao próprio Doutor: primeiro, pela delicada e intensa degustação, embora o simples preparo já encerrasse em si boa parte do prazer, e, segundo, pela doce fragrância que tal cardápio ocasionaria quando misturado com as essências e líquidos corporais da bela senhora.

No jantar, Antônia ficou ainda mais interessada na composição riquíssima que lhe havia sido preparada. Surpresa com os cuidados de Louison, julgava estar na presença de um homem de contumaz sensibilidade e de inteiro afinamento nos hábitos. A conversa transcorreu bem, tratando da utilização de ingredientes gastronômicos à intensificação do prazer erótico. Quental gargalhou deliciada quando

Louison detalhou as agradáveis sensações decorrentes do uso de tais componentes no confinamento da alcova. Falaram também dos efeitos da música erudita sob o corpo deflorado e extasiado, entre outros temas de igual interesse. Tal discussão, longe de desinteressar o Doutor, preparou-o um tanto mais para a sequência do que viria. Após o jantar, Louison serviu a sobremesa.

Dispôs a iguaria apenas à dama, uma vez que não cabia a ele soffrer os efeitos do loquaz elemento químico presente nos pequenos pedaços de chocolate. Imperceptível ao paladar, iria deixá-la completamente inerte para sua atividade, exceto pela desperta capacidade de reflexão. Enquanto provava de tal especiaria, Antônia sentiu os membros do corpo se desprenderem de suas vontades. Momentos depois, ela estava, como era de se esperar de uma mulher de sua educação e estirpe, eretamente sentada à mesa, porém incapaz de movimentar qualquer parte do corpo, exceto os profundos olhos azuis-turquesa.

Entretanto, não se engane, por trás da rigidez aparente, que transformara a figura de Antônia numa estátua de carne, a consciência tentava compreender a real natureza do que estava lhe acontecendo. Enquanto isso, Louison conversava.

"O importante sobre o efeito do *deslytiyus prommys*", dizia o Doutor, "nome impessoal para uma maravilha natural retirada da pele da centopeia canadense, é que ele imobiliza não apenas os músculos, como também a capacidade do paciente de perceber qualquer sensação abaixo do pescoço. Sim, eu sei, inoportunamente um universo de sensações táteis se perde como efeito colateral. Todavia, um cosmos de outras sensações aprazíveis é intensificado pelo composto. O paladar, por exemplo, perde completamente sua característica de resposta aos alimentos, e começa a responder intensamente às essências hormonais, resultantes da necessidade do corpo de preparar-se para a morte vindoura. Além disso, o olfato renasce, prestando atenção à miscelânea de odores, perfumes e essências que o corpo humano, depois de uma refeição como essa, passa a produzir. Assim, minha adorável Senhora de Quental, Antônia querida, asseguro-lhe de que a experiência que vivenciarás nesta noite, mesmo longe de causar o prazer que eu experimento, não será nem um pouco ruim. Farei de seu corpo um relicário no qual a arte que executo vai torná-la bela para sempre."

Levou a marquesa para o seu estúdio, apartamento particular próximo à Rua da Ladeira, onde costumava se enclausurar quando trabalhava em qualquer projeto. Para tanto, Louison, sempre elegante em seu traje de corte perfeito, repousara o corpo de Quental em sua carruagem particular. Dispensando o cocheiro robótico, ele mesmo guiou a maquinaria até seu estúdio. Sua passageira, lúcida no cabriolé do carro, apreciou o passeio noturno.

Quase ninguém sabia da existência de seu refúgio central, e isso era mais do que providencial. Teria sido mais prático tê-la levado diretamente para lá, antes mesmo da refeição, embora evitasse tal medida desde o incidente com o coche do coronel Flores Bastos. Ademais, toda a preparação inicial teria sido deixada de lado, o que seria um verdadeiro desperdício gastronômico e discursivo.

O ambiente de trabalho de Louison, como se deve esperar, era suntuosamente iluminado por velas e por uma série de pequenos mechanismos a gás, próximos dos pontos em que a luz se faria necessária. Além disso, todo o material adequado à sua próxima composição estava pronto e organizado, o que contentava o Doutor. "No meio da floresta mais selvagem, há simetria, mesmo que a desconheçamos", refletia ele. Após trazer o corpo de Antônia para seu ambiente, tirar-lhe as roupas e deitá-la na mesa de dissecação, Louison voltou a conversar com ela. Para ele, nada superava o milagre da capacidade linguística em reorganizar o desespero da vida diante da morte.

"É aqui", discursava o Doutor enquanto preparava as ferramentas, tanto as cirúrgicas quanto as artísticas, "que a vida, em seu complexo amálgama de sons, sabores e adores, encontra o seu propósito. Neste estúdio, minha querida, nos tornaremos um em nossa dança noturna. Sem dúvida, eu a trouxe aqui para tirar a sua vida, embora guarde, antes do ato conclusivo, o doce consolo de que não a tirei de forma gratuita. Não executarei meu ofício como você e seus amigos fizeram tantas vezes, por mera lascívia e curiosidade mesquinha. Fique tranquila, não a julgo por isso, saiba que não há espaço para julgamentos morais nesta sala ou neste mundo".

"Como dizia, minha meta é alcançar aprofundamento artístico, senão existencial. Em que sentido? Você saberá, pois narrarei, enquanto trabalho, as fases desse requintado processo. Em primeiro lugar, é necessário compreender a espessura do fino tecido que recobre o corpo. Um corte muito profundo pode causar um sangramento terrível, ao passo que uma incisão muito superficial pode estragar completamente a espessura e a delicadeza da pele. Assim, falo de um primeiro corte que exige, acima de tudo, sutileza extrema. Após essa primeira incisão, nos dedicaremos ao que eu chamo de revelação corporal da alma. Nessa fase, interessa-me sobremaneira perceber como seu corpo se organizou para comportar nele — e, honestamente, o seu é mais do que belíssimo — todos os órgãos, músculos, artérias, veias, enfim, a totalidade dos sistemas que são responsáveis pelo funcionamento de toda a existência física..."

E assim Louison seguiu por toda a noite, conversando atenciosamente com Antônia, algo que ninguém havia feito até então, pelo menos não sinceramente, enquanto executava sua tarefa, assistindo com raro interesse e total devoção à vida da mulher se esvair. *Infelizmente*, pensou o Doutor, *não posso dissecar os pensamentos de um ser*, embora supusesse que os pensamentos de Antônia fossem de um pavor e, ao mesmo tempo, de um prazer requintados. Entretanto, o ato de conversar aproximava duas almas, mesmo que uma estivesse completamente dedicada à penetração, à pesquisa, à dissecação, à ilustração e à finalização da outra. Ora, Louison também era um especialista na arte do diálogo.

Após a primeira incisão, é necessário tomar o cuidado de suturar adequadamente o corte, cuidado que permitirá a continuidade do trabalho ao retirar os órgãos do sistema digestivo, atentando ao fato de que tais preciosismos não

277

278.

.279

Porto Alegre,
30 de junho de 1911.

Processo 48845 — 44598
TUE — 45592

NOTA II DOS AUTOS DO PROCESSO ENDEREÇADO AO JÚRI

Neste ponto da narrativa, omitimos catorze páginas das anotações do réu por acreditarmos que a detalhada e maníaca descrição da atividade criminosa do médico poderia chocar alguns componentes do júri. Além disso, a minuciosa disposição narrativa das partes do corpo da dama em questão resulta num texto denso e ilegível para pessoas não acostumadas à terminologia médica. Também acompanham este documento as ilustrações fisiológicas, baseadas na estrutura física da vítima. Quando Louison foi preso, as respectivas ilustrações estavam sendo preparadas pelo curador do Museu Municipal para uma segunda série de exposições, que levaria o seguinte título: "Entendendo a vida na morte". Tal título foi denominado "apelativo" pelo próprio Louison, visto "não fazer jus à complexidade e à relevância de meu trabalho", conforme entrevista concedida ao jornal *Hora Zero*, de 12 de agosto de 1910.

Finalizam este anexo os parágrafos finais do Apontamento 2152, por serem, na opinião da promotoria, importantes à compreensão do método do criminoso, apesar de também alertarem o leitor do quanto devemos ou não acreditar no que o vilão supostamente aqui revelou.

Apontamento 2152
Madame Antônia de Quental
(Continuação)

    Louison ficou na companhia de Antônia por três dias. Findado o trabalho de dissecação, ilustração e separação das partes da dama em embalagens devidamente fechadas, era necessário desaparecer com os vestígios físicos da senhora. Após anos de diferentes experimentações metodológicas, o Doutor optou pela incineração dos vestígios. Assim, guardados por semanas num ambiente refrigerado, poderia dia após dia despedir as várias partes da bela e inesquecível dama. Tais partes, mais de 32, seriam descartadas por Louison à medida que finalizava suas correspondentes versões ilustradas.

Passados quatro dias, desde que havia deixado seu lar e garantido sua dispensa do hospital para dedicar-se a esta série de ilustrações, Louison retornou ao seu ambiente privado e aconchegante. Gostava de escutar na vitrola phonográphica — que mágico e fantástico aparelho! — especialmente Mozart, ou talvez Purcell, este mais adequado ao seu estado de espírito após a conclusão de mais uma tarefa. Sentiu-se tranquilo e doce, entregue ao torpor que advém da certeza de uma pertinência real num mundo inexplicável em sua vastidão e selvageria. Louison, como acontece depois da conclusão de uma obra de arte, sentiu-se completo.

A composição de Purcell acompanha, na parte predileta de Louison, a agonia em chamas de Dido, quando vê o barco troiano singrar em direção à Itália. Diante dessa visão, ao som da ópera, o Doutor imaginou o momento em que Dido deixa a tocha cair aos seus pés, incendiando a pira funerária que findará com sua vida. Naquele movimento da ópera, assim como Dido, Louison também tinha a alma em chamas. Confortadoramente em chamas.

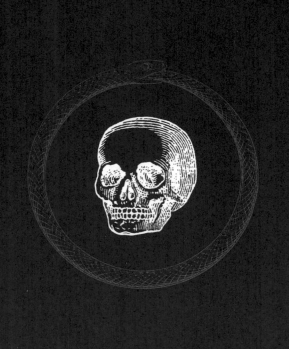

PARTE V

LIÇÃO DE ANATOMIA

Homens Escravizados & Mulheres Livres

Na qual uma misteriosa pessoa traz seu depoimento. Seu passado soturno e seu pessoal tormento nos apresentará as últimas décadas de um Brasil de escravos e robóticos, todos sob a mira do fuzil.

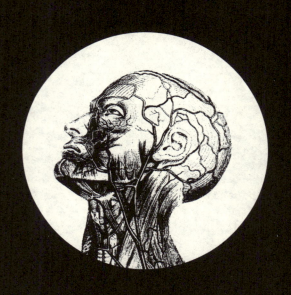

30/08/1911

Transcrição de entrevista noturna

[VOZ FEMININA]
Meu nome é Beatriz de Almeida & Souza e sou filha de escravos.

Nasci em 1871, ano em que os infantes negros saíam dos ventres de suas mães com a promessa de liberdade. Entretanto, todos os nascidos a partir daquele ano, sob a égide do Estatuto do Ventre Liberto, cresciam em casarões, fazendas e dormitórios, quando não em imundas senzalas, testemunhando outro tipo de escravidão, tão pior quanto a primeira. Era um cativeiro de almas, de ideias, de vidas.

Como libertar crianças que nascem e crescem vendo seus pais presos a correntes e grilhões, trabalhando de sol a sol por um pão amargo e por um vinho avinagrado? Como poderíamos crescer como seres humanos em tal ambiente, sob a pena do açoite, senão para nós, então para os nossos?

Meu pai se chamava Antonino. Era um homem alto e de poucas palavras. Trabalhava na lavoura e pouco revelava de si ou de seu passado. Minha mãe, Regina Maria, o mesmo, apesar de ser mais delicada comigo e com meus irmãos, fazendo o máximo para ensinar a mim e aos meninos, Josué e Daniel, que poderíamos crescer como seres livres e educados.

Era um Brasil diferente, tinha recém-abandonado o império e aquela frouxa monarquia incestuosa e deficiente que caíra depois do levante republicano de 1860. Na época, nosso grande território não servia para mais nada a não ser para exportar às várias nações do mundo produtos naturais, frutos da terra.

E nós, ou nosso serviço, éramos um desses produtos.

Eu e minha família vivíamos na fazenda Velhos Tempos, casarão colonial sob a égide do coronel Aristeu, um dos maiores plantadores de café e cacau das Minas Gerais, que criara, ao sul de Betim, um pequeno império de pretos grãos e pretas gentes.

Morávamos num pequeno casebre perto da instância geral, espremidos entre infindas plantações e matas nativas, onde passávamos o dia e, às vezes, parte das noites. Eu, como nascera livre, era usada mais nos serviços da grande casa dos senhores, onde vivia o coronel Aristeu, sua mulher, Matilde, e sua filha doente e acamada, Marieta. Todas as manhãs, eu era a encarregada de levar o café da manhã à pobre adolescente, que nunca iria casar, segundo diziam.

O quarto da senhorinha era escuro e tinha cheiro de doença, pois sua mãe temia que ventos ou ares frios pudessem piorar a condição de sua filha, não suspeitando de que talvez o que faltasse a ela fosse justamente isso: ventos frescos e ares novos, talvez citadinos. Ao redor da cama de doente, pilhas e pilhas de livros que faziam a rotina da moça, que não escrevia nem conversava, só lia.

Quando completei 5 anos, sendo esperta e curiosa como era, e já acostumada a uma vida não de brincadeiras de infância, e sim de trabalho doméstico, perguntei a Marieta o que ela lia nos livros.

"Eu leio tantas coisas", disse-me ela, primeiro cansada, depois sorridente, como se minha pergunta fizesse nascer no interior de sua mente uma vontade de conversar ou de se relacionar, algo que nunca tivera. Segundo sua mãe, carola devota do Crucificado, "falar muito é coisa do Diabo e põe a gente doente".

A partir daquela resposta de Matilde, sempre lhe pedia, quando ia entregar o café forte, o leite, o suco e os pães com geleia, um banquete do qual só podia vigiar nunca provar, que me contasse sobre seus livros. Ela me narrava tudo, com a alegria de quem não apenas conta novidades, mas tutela os interessados.

Naqueles encontros matinais, ela me falava dos livros e das estórias, dos heróis monárquicos que defendiam a honra, das damas que às vezes soffriam de amor e às vezes salvavam seu amado em perigo, das aventuras de piratas, das caçadas de homens brancos África adentro, dos requintes dos palácios europeus, dos castelos mal-assombrados da Itália, e de tantas outras proezas.

Cativada, deitava-lhe o café e ficava lá, escutando e sonhando com tudo aquilo, criando dentro de mim uma disposição nova, num ímpeto de descobertas curiosas e de novos mapas imaginários, aprendendo um mundo muito maior, mais belo, mais intenso do que minha mente livre poderia vislumbrar. Tudo dali, daquele canto aprisionado de mundo, marcado pelo tempo do plantio e da colheita.

Quando completei meus 6 anos, em 1877, Matilde propôs me ensinar a ler e a escrever, para que eu fosse capaz de acessar por mim mesma todas aquelas invenções. Feliz, fui perguntar a minha mãe se tinha a sua permissão, e tudo que tive foi seu abraço afetuoso: "Certas coisas, minha filha, não são pra gente. Isso de ler é coisa de gente rica e branca. Pra gente que nem nós, essas coisas só nos deixam mais tristes, só nos lembram de tudo o que não temos."

Mal pude imaginar na época, criança que era, o quanto minha mãe estava certa. Tal verdade, entretanto, sobre criarem os livros espaços gigantescos e abismos de fome e desejo, marcaria toda a minha vida adulta.

Ignorando seu conselho e curiosa como era, em poucas semanas aprendi as consoantes e as vogais, as sílabas e as pequenas palavras, depois palavras maiores, de grandes significados. Dentro de dois meses, lia frases simples, algumas escritas pela própria Matilde em folhas de papel de carta. Ela mostrou-se uma grande mestre: paciente, atenciosa e apaixonada. Tinha em mim uma filha e uma amizade que nunca teria, entre as grossas paredes do quarto soturno.

Em menos de um ano, eu lia em silêncio e em voz alta qualquer tipo de texto, desde poemas simples até narrativas mais complexas e elaboradas. Depois de um tempo, tornou-se nossa rotina que eu não apenas levasse o café de Matilde como também lesse para minha amiga e professora seus autores prediletos. Às vezes, simplesmente continuava a leitura do romance que ela estava lendo, adentrando em vários mundos pela porta do meio, sem entender tudo o que estava acontecendo ou tudo o que acontecera até ali. Quando isso ocorria, ela atenciosamente me atualizava no enredo e seus heróis e heroínas.

Mesmo com apenas 6 anos, eu interpretava os papéis, as vozes masculinas e as vozes femininas, como um pequeno assombro infantil. Matilde divertia-se, percebendo o quanto aquelas almas gigantes, mesmo que ficcionais, agigantavam a minha, pobre como era, escrava das circunstâncias.

Foi no ano seguinte, em 13 de maio de 1878, que tudo mudou. Naquele dia histórico para os brasileiros, a Lei Dourada foi assinada pela impetuosa Princesa Isabel, libertando todos os escravos. Os fazendeiros ficaram furiosos, pois perderiam sua força de trabalho e boa parte dos seus bens. Quanto aos favorecidos, também não ficaram satisfeitos, pois tudo o que tinham à frente era incerteza. E a princesa, que achava ter feito um bem público, foi assassinada no ano seguinte.

Todos sabiam o que estava em jogo em tal mudança, não apenas em nosso país como também em todas as regiões do mundo. Estávamos, ao menos nos continentes civilizados, vivendo a Segunda Revolução Mechânica, com os servos robóticos mostrando-se cada vez mais eficientes e populares.

Eles eram mais baratos do que os escravos; trabalhavam de sol a sol sem precisar de comida, roupa ou abrigo; não tinham ímpetos de revolta ou luta, e nunca, nunca fugiam; por fim, eram mais fortes no trabalho braçal.

Nas capitais, antes mesmo da extinção da escravidão, os homens ricos acharam por bem substituir serviçais escravos por robóticos. "Custam o mínimo, são mais bonitos aos olhos e fedem menos", é o que escutei certa vez de um grande comerciante que viera de Salvador visitar o coronel Aristeu.

Ademais, os robóticos, por serem frios e insensíveis, é o que pensávamos, afagavam as consciências pesadas das grandes famílias, pois o livro sagrado do Crucificado falava de escravos libertos, vitórias milagrosas, humildes que seriam recompensados, e toda uma sorte de esperança sórdida que se, por um lado, envergonhava patrões e matronas na missa, por outro enchia os corações ignorantes dos negros da mentira malsã chamada "salvação".

Era toda uma revolução que se apresentava diante dos nossos olhos: pouco a pouco, domésticas, cocheiros, alcaides, agricultores e tantas outras profissões foram sendo substituídas por modelos mechânicos de grande potência, inteligência limitada e programação definida.

Era carne negra e indígena dando lugar à lata cinza.

Todavia, o contraponto de tal aporia tecnológica, logo se fez evidenciar. Todos os robóticos poderiam executar tarefas simples de limpeza, de plantio ou colheita, de segurança e até mesmo o transporte de cargas.

Por outro lado, os servos mechânicos da cozinha erravam os temperos, os costureiros espetavam os clientes e os atendentes invertiam produtos, quando não erravam nos preços ou davam errado o troco, irritando ou felicitando a clientela, além de serem indiferentes a qualquer critério estético.

Os pais de Matilde compraram para a filha uma dessas secretárias para fazer a leitura e escrever as cartas que ela trocava com as primas. Certa vez, triste, fui levar o café e assisti à lataria monstruosa que havia me substituído. Matilde também soffrera com a troca, ficando mais e mais doente uma vez que até mesmo a atividade da escrita fora-lhe vetada. Quando adentrei o quarto, o robô estava parado no canto do cômodo, efetuando a leitura que tinha diante de si com voz entediante e fria. Como leitora, a criatura de estanho mais parecia remédio para insônia, tamanha era a apatia resultante do seu diapasão mechânico.

No meio da narrativa, a lata robótica virou a página, sem dar-se conta de que havia pulado um conjunto de folhas. Assim, o enredo pulou do leito de morte de uma velha matriarca, para o casamento do seu, supomos eu e Matilde, viúvo. Ao perceber o equívoco, rimos da geringonça, enquanto esta, claro, não entendera nada, destituída como era de qualquer senso de humor.

Por mais que os robóticos fossem fortes e práticos, seguissem uma programação inteligente e fossem capazes de tarefas que nem humanos seriam, faltava-lhes algo fundamental, algo que ficava evidente em ocasiões como aquela. Eles não entendiam aquilo que nos definia como seres humanos inteligentes: a linearidade da vida e da memória. Para eles, havia tarefas individuais que precisavam seguir uma predeterminada ordem: iniciar, executar, concluir.

Nós, diferentemente, vemos a vida como um *continuum* de vivências, experiências e também de equívocos.

Do ponto de vista dos escravizados, "Os Felizes Beneficiários da Nova Tecnologia", como proclamavam os Neocrucificados, a situação era deveras ruim, quando não incerta e desalentadora. Nós ao menos tínhamos casa e alimento, segundo as ideias dos meus pais.

Mas todos sabiam, brancos e negros, que aquela nova disposição de classes, disfarçada de vil liberdade, ainda não tinha condições de ser testada, quanto mais praticada.

Na fazenda onde morávamos, o coronel ainda tentou contratar seus antigos escravos. O projeto foi frustrado por duas razões: o homem não conseguia lidar com os negros como iguais, por mais que tentasse, e esses, contaminados pela ideia de liberdade, não mais se ajustavam às leis da rotina e do horário, necessárias a toda e qualquer empresa. "Não somos mais escravos", diziam quando lhes cobravam a realização de qualquer tarefa, o que tornava a situação impraticável.

E assim, os problemas culturais e sociais, além dos econômicos, iam agravando-se na grande fazenda, que minguava sua opulência anterior a olhos vistos. Notei isso no café da manhã de Matilde, que não mais tinha geleia.

Quanto às famílias de antigos escravos, foram pouco a pouco indo embora, em busca de outras oportunidades, outras cidades, outras esperanças.

Ficamos, minha família e eu, pois tínhamos afeto pelos donos da casa. Minha mãe, em especial, era grata pela amizade que Matilde tinha por mim e por ter-me ensinado a ler. Tornei-me, aos meus pais e meus dois irmãos menores, a leitora oficial, sempre lendo o jornal do dia anterior, que os patrões tinham jogado fora, na mesa do jantar improvisada no pequeno barraco.

Foi em junho de 1879 que meu pai recebeu uma proposta que alteraria o curso da minha vida e da deles. Eu me lembro da data, pois nunca mais esqueci os horrores que a procederam. Por que não nascemos, penso hoje, com a capacidade de vislumbrar nas encruzilhadas da vida os monstros à espreita?

Fonseca Amaral, um comerciante de Porto Alegre, tinha ido a Velhos Tempos para visitar o coronel Aristeu e negociar novos preços de seus carregamentos de café e outras especiarias produzidas na região. Tratava-se de um homem alto e imponente, que tratava a todos com superioridade, com um duro e ríspido jeito sulino que contrastava com a feição mais calma das gentes de Minas Gerais.

Nos dias em que lá ficou, estudou a alteração soffrida naquelas paragens: via com assombro as máquinas mechânicas, que pouco a pouco substituíam as máquinas humanas. Segundo ele, os robóticos ainda eram raros em Porto Alegre dos Amantes, uma vez que no sul, todas as modernidades demoravam a chegar, e quando chegavam, demoravam ainda mais a serem aceitas.

Aristeu, numa noite em que obrigara Matilde a descer de seu quarto para receber o visitante gaúcho, decidiu mostrar à visita uma das "curiosidades" da casa: a pequena negrinha que, além de prendada nos tratos domésticos, sabia ler e escrever. Pediu à minha mãe que me banhasse e me vestisse com vestido de missa. Além disso, pediu que Matilde escolhesse belos poemas românticos que deveriam ser lidos para a visita. Interpretei meu papel com afinco, uma vez que queria agradar a meus pais e ainda mais aos patrões.

Fonseca Amaral deitou seus olhos em mim e senti uma estranha vertigem percorrer meu corpo. Os dedos do homem grande afinavam seu queixo barbudo à medida que eu lia os versos sentimentais e funestos, como era caro à literatura daqueles dias. Depois do jantar, perguntou a meu pai se desejava tentar a vida no sul, sob seus cuidados. Disse que ele precisa de homens e mulheres como nós, uma família inteira. Disse a meu pai que ele ajudaria nos seus diversos armazéns, e que minha mãe seria a responsável pela cozinha da casa urbana, um velho sobrado, no qual viviam. Quanto a mim e aos meus irmãos, prometeu que iríamos estudar junto com seus próprios filhos.

Era uma proposta em tudo rendosa, senão impensável. Como não crer na antevisão de uma vida de riquezas, belezas, doçuras que nos eram estranhas e divinas naquela velha fazenda, uma vez que tais ideias preenchiam um vácuo em nossos corações, carentes de liberdade e de oportunidades? Meu pai conversou com coronel Aristeu, que lhe garantiu a honestidade do comerciante e a sorte nossa de ter atraído o seu interesse. Ademais, garantiu-lhe que expulsaria toda a nossa família caso não aceitássemos tal proposta. "Uma oportunidade de ouro", disse-nos o velho homem, na frente de Amaral e sua família.

Eu, sem compreender o que acontecia fora de mim e desconhecendo a precisão dos instintos antecipatórios como os conheço hoje, chorei por horas. Algo alertava-me de que não deveríamos deixar Velhos Tempos e seguir aquele homem até o sul. Ainda mais, entristecia-me o afastamento de Matilde, que se tornara, além de tutora, amiga. Pressenti nos olhos dela a mesma tristeza, sabendo que sua solidão seria intensificada pela minha partida.

Naquela noite, sonhei que corria sozinha e desesperada, fugindo de lobos, cães e outras feras que me perseguiam, meus pés sangrando nas pedras e farpas do terreno acidentado. Tal sonho, hoje o sei premonitório, foi a dura antevisão do que nos aguardava naquela úmida e verdejante capital, construída ao redor de um baía d'água que recebia há séculos imigrantes, escravizados, estancieiros, indígenas e amantes, que iam formar não apenas aquela cidade, como todo o estado do Rio Grande do Sul. Quanto aos gaúchos argentinos, já estavam por lá e eram o terror criminoso daquelas e outras redondezas.

E foi assim que, após nos despedirmos, partimos de trem para o sul, numa viagem longuíssima e interminável.

Na estação, Fonseca nos esperava.

Quando chegamos ao sobrado que levava seu nome, nas imediações da parte baixa da cidade e próximo ao então Campo das Emboscadas, achei a casa pequena, sobretudo se comparada à da fazenda. Ela fora construída pelo avô do atual proprietário, um velho comerciante "de carnes animais e humanas", bravejou o dono da casa, rindo sozinho da própria piada. Diante da construção, uma imensa árvore ao pé da qual um velho canteiro ainda ostentava belas e raras magnólias.

A propriedade, soube depois, era conhecida como o Solar das Magnólias.

Para nossa surpresa, não havia mulher ou filhos. Fonseca nos disse que estavam viajando e que chegariam em breve. Estranhamos, mas não poderíamos de forma alguma fazer nada, dadas as circunstâncias, senão assentir diante da óbvia mentira e de tudo o que nos era ofertado. Fomos alocados no quarto dos serviçais, que ficava no fundo da propriedade.

No dia seguinte, enquanto o homem levava meu pai para conhecer o trabalho, saímos todos, minha mãe, meus irmãos menores e eu, para conhecer as cercanias. A cidade era movimentada e alegre, apesar de um pouco agreste. Para nós, moradores do campo, tudo era novidade: o bonde puxado por cavalos, o centro e seu calçadão, pelo qual famílias inteiras caminhavam e passeavam. Havia também os cafés e as confeitarias, que ofertavam aos nossos olhos infantis uma infinidade de promessas saborosas e multicoloridas.

Mamãe, vendo nosso desejo, cometeu a extravagância de comprar dois bombons. Um para mim e outro que foi dividido pelos dois menores. Eu dei a ela uma prova, devolvendo o agrado.

Fora uma tarde bela e doce, na qual nós quatro, por um breve instante, presenciamos uma promessa de felicidade, sugerida em todas as novidades que se ofertavam esplêndidas aos nossos olhos sedentos.

Quando retornamos ao sobrado, felizes e querendo contar tudo ao meu pai, apenas o velho Fonseca, sentado à sala, nos esperava, com uma "boa notícia".

"Seu pai tem uma surpresa para vocês", disse o homem. "Ele está na casa de uma grande amiga minha, na companhia de outros amigos, e ele espera que todos nós estejamos lá também, para jantarmos." Com nossas roupas de domingo, ainda felizes e nem um pouco assustados, fomos todos de charrete, para a casa de uma matrona muito conhecida na cidade, uma tal de Madame de Quental.

O nome, apesar da beleza de sua sonoridade e do prestígio da alcunha que o precedia, tocou notas fundas em meu pequeno coração sufocado. Segurei com força a mão de meus irmãos, enquanto minha mãe conversava, humilde como era, sobre o tempo e a chuva, sobre a cidade na qual, dizia, seríamos todos felizes.

Quando chegamos ao palacete de Quental, no alto da colina de onde se via o rio e os barcos, fiquei encantada com a abundância de lustres e móveis, objetos de inegável requinte. Fomos recebidos no grande salão de jantar, onde a mesa estava posta e todos apenas aguardavam a nossa chegada. Meu pai estava sentado à mesa, sujo e suado, como se lá estivesse contra a sua vontade. Amaral nos apresentou como a família do convidado, e todos sentamos à mesa. Foi apenas lá que as apresentações foram feitas, todas por Amaral.

Madame de Quental era uma mulher de uns 30 anos, imperiosa e educada, com longos cabelos escuros e pele pálida. Havia um militar, um jovem capitão chamado Flores Bastos. Um padre, Arturo dos Santos, em roupas sacerdotais escuras e puídas. Havia um scientista que acabara de voltar de um doutorado no exterior, Henriques Pontes. Um jornalista chamado Alexandre Castro e um vereador chamado Herculâneo Torres, que bebia e arrotava. Completavam o grupo dois adolescentes. Francisco Alencar, jovem cadete, e Anita dos Anjos, moça belíssima que acabara de debutar na alta sociedade, sendo a promessa de seus pais comerciantes.

"Esta é uma noite muito especial", disse Quental, "pois pela primeira vez estamos recebendo nossos jovens promissores, Anita e Francisco, interessados que estão em integrar nossa camarilha". Eu, sendo criança e pouco entendendo o que estava acontecendo, perguntei-me sobre o significado da última palavra.

Iria perguntar para minha mãe quando percebi que ela, aflita, olhava para meu pai, que mais e mais não escondia seu pavor.

Quental tocou uma pequena sineta e os serviçais entraram para servir o jantar, todos negros, todos ainda escravos. Estranhamos, pois éramos os únicos a serem servidos. "Fiquem tranquilos, meus convidados", disse Quental, "nós, jantaremos mais tarde". Meus pais não fizeram sinal de tocar na comida, até que Fonseca Amaral retirou da bota uma faca de montaria e ordenou que fizéssemos o que "bons negros sempre fazem: obedecer".

E nós, livres aprisionados, comemos o alimento amaldiçoado e bebemos o vinho envenenado, como nos havia sido ordenado.

"Como sabem, Ana e Chico, é costume de grêmios como os nossos ter uma noite de iniciação e aprendizado", disse Pontes, tomando agora o discurso e se dirigindo aos jovens brancos. "Pensem que esta família de antigos escravos, dádiva do nosso grã-ancião Fonseca Amaral, servirá adequadamente a esse propósito", disse o homem, tomando com gosto sua água ardente.

"Nesta noite, a Camarilha da Dor festejará a chegada de vocês", concluiu Quental, numa menção que recebeu o aplauso de todos, menos o nosso.

Depois disso, os senhores da casa brindaram.

Meu pai e minha mãe, enquanto comiam daquela última ceia, começaram a chorar, derramando lágrimas que depois sorviam misturadas ao amargo alimento.

Meus irmãos menores também choravam.

Eu não, pois mesmo criança e menina, quase nada vivida, tinha esperança de que alguém nos salvasse daquele grupo perverso e daquela mulher demoníaca.

Os manos foram os primeiros a adormecer. Logo depois minha mãe. Eu gradativamente senti meus membros pesarem, como se, a cada garfada, menos força tivesse. A última coisa que vi foi meu pai, também começando a decair, enquanto pedia-me "desculpas".

Ao redor da mesa de jantar, velas e cheiros de incenso, e música tocando alto, enquanto os outros integrantes da mesa continuavam a brindar e a rir.

A memória me falha quando tento reconstruir o que aconteceu. Lá se vão trinta anos e o que hoje sei dos horrores daquela noite? Como podemos encontrar palavras para denominar o inominável, para narrar aquilo que toda e qualquer narrativa é incapaz de reproduzir? Como recontar o que nossa capacidade intelectiva não consegue nem mesmo aceitar? Há um limite para aquilo que a narrativa pode alcançar, descrever, detalhar, e eu não sei se estou pronta para ultrapassá-lo. Por outro lado, é preciso fazer-me entender, e ao fazê-lo, forçar a minha própria consciência a compreender e a esquecer.

Em resumo, eles nos guardaram e nos utilizaram por dias.

Quando nos acordaram, visto que parte do que pretendiam baseava-se não apenas em infligir dor e soffrimento como também em sorver gota a gota o sumo da agonia de suas vítimas, estávamos todos acorrentados.

Livres, viajamos àquela terra distante para nela novamente sermos submetidos a cordas, algemas e grilhões.

Era um grande salão de pedra que cheirava a podridão e decadência. Havia marcas de sangue e outros fluidos manchando as paredes. No centro do calabouço fétido, subterrâneo, havia uma mesa circular de madeira, na qual meu pai encontrava-se, nu e acorrentado. Nenhum de nós estava amordaçado, visto que daquele lugar nunca seríamos ouvidos, por mais que gritássemos.

Unidos ou separados.

Ao redor da mesa, os nove demônios, dois deles jovens mas não menos sádicos, foram cortando e rasgando e despedaçando a pele de meu pai, numa execução lenta e calma, desapressada.

Anos depois, li os decadentistas franceses falarem de um deleitoso prolongamento do prazer. O objetivo daquele grupo, como o próprio título indicava, era o prolongamento de outra sorte de sensação.

Horas passaram e eu, ao lado de minha mãe e de meus irmãos, chorávamos estarrecidos, sem entender o porquê de tudo aquilo.

E até hoje não entendo.

Em alguns momentos daquela primeira noite, Quental foi deflorada por três dos homens. Quanto aos neófitos, Ana e Francisco, deveriam assumir ambos posições sexuais passivas e ativas, por sobre os resquícios da despedaçada máquina humana que jazia na mesa central. Naquela hedionda cama orgiástica, sangue misturava-se a vísceras, entranhas mesclavam-se a cuspes e gozos, armas se transformavam em instrumentos de prazer.

Depois de horas, esgotados e nus, meio que desanimados, foram pouco a pouco deixando o local. Quando saíram, corajosamente olhei para o que estava sobre a mesa e o que vislumbrei foi apenas uma massa disforme, restolho de ossos, músculos e entranhas: os vestígios do que um dia havia sido meu pai.

Eu fechava meus olhinhos assustados e ressequidos, incapazes de produzir mais lágrimas, e voltava a abri-los, na vã esperança de que tal pesadelo findasse. Ao lado, minha mãe desmaiara e meus pequeninos irmãos silenciaram, também esgotados. Por fim, eu também adormeci, pendurada pelos braços.

Na noite seguinte, eles voltaram e nos alimentaram.

Horas depois, escolheram um de meus irmãos.

Na noite posterior, o outro.

E na quarta noite, minha mãe.

Eu ficara por último.

Mas já não me importava, pois havia perdido, diante dos restos dos meus queridos que jaziam diante de mim, qualquer noção de consciência ou lembrança.

Em um determinado momento, aceitei meu fado, desistindo de gritar, chorar ou suplicar.

Já estava morta por dentro.

E a morte do meu corpo chegaria em breve.

E ela chegou.

Depois de horas em que eu fui torturada e estuprada, machucada no corpo e no espírito por aqueles homens e mulheres, desmaiei.

Era a dor excruciante, mas também a fraqueza, visto que eu recusara a comida nos dias anteriores. Essa foi uma das últimas instruções de minha mãe.

"Não coma nada", disse-me ela, entre lágrimas, "e queira nosso Senhor Crucificado que você morra antes do fim".

E eu morri, depois de ter meu corpo ferido e humilhado e minha virgindade de criança de 10 anos conspurcada.

No sonho de morte, vi meus pais trabalhando na velha fazenda de café, e me vi correndo atrás de meus pequeninos irmãos.

Nunca mais sonhei com eles.

Quando acordei, estava sendo levada, enrolada num cobertor, por Francisco Alencar, que de sórdido efebo daquele clube demoníaco fora gradativamente, à medida que os horrores daquelas noites aumentavam, se transformando em vítima covarde da culpa.

Chorando, tirou-me da casa, que não era a de Quental, e sim um outro mausoléu que não pude reconhecer.

Fiquei inconsciente por dias, semanas talvez.

Até que finalmente acordei.

Eu não conseguia falar, apenas chorar e gritar.

Minha mente não lembrava nada.

Meu corpo, entretanto, guardava em suas células tudo.

Estava num pequeno convento de freiras, fora de Porto Alegre.

Nos meses seguintes, depois que minhas feridas foram curadas pelas mulheres solitárias e silenciosas daquela religião abjeta, não recuperei a memória; não sabia quem era nem o que acontecera.

Eu era apenas a "negrinha muda", como me chamavam as freiras, uma pobre filha da vida e do mundo.

Meses passaram até que consegui novamente andar.

Pouco a pouco fui recobrando a saúde, não a consciência.

No fundo da minha mente, como no fundo daquele buraco em que fomos jogados, sepultados estavam meu pai, minha mãe e meus irmãozinhos e lá ficariam por muitos anos.

Se tudo corresse como corria naqueles meses de silêncio e solidão, eu faria votos e então dedicaria minha vida ao claustro religioso.

Isso até encontrar a pequena biblioteca do convento. Quando lá adentrei, para fazer a limpeza como fazia de outros cômodos, não notei a princípio os estranhos objetos alocados próximos à parede. Até que um vento fez a porta entreabrir, revelando os prohibidos volumes. Num ímpeto, soltei o pano com o qual esfregava de joelhos o chão, e me coloquei de pé, diante dos tomos enfileirados.

Quando abri o primeiro deles, meus olhos começaram a correr pelas linhas, da esquerda para a direita, de cima para baixo, sorvendo as palavras como se fossem pedaços de pão, e as letras, gotas de chuva. Eu lia e, ao ler silenciosamente, comecei a ler em voz alta, até bradar e gritar a leitura do texto tão alto que as freiras vieram ver o que estava ocorrendo.

Quando adentraram a pequena cela, eu, extasiada e desesperada, febril e em lágrimas, pronunciava cada frase com ódio e pavor, chorando os mistérios dos quais, felizmente, não conseguia lembrar. Como uma Santa Teresa louca em êxtase, no alto dos meus 12 anos de virgem despedaçada, desmaiei.

As freiras cuidaram de mim até que novamente eu fiquei bem.

A partir dali, voltei a falar, mas não somente isso.

Tornei-me para aquelas velhas mulheres, a ledora oficial do convento, como uma sibila abençoada, virando as páginas da Bíblia, pois os romances continuavam trancados, prohibidos como eram. Lia *Isaías, Ezequiel, Deuteronômio*.

Lia também as aventuras do rei Davi, aquele grande aventureiro matador de gigantes e assassino de maridos. Ou as do grande Sansão, amigo de prostitutas guerreiro que enfrentava miríades e leões, mas que fracassou diante dos absurdos e misteriosos encantos de Dalila, a filisteia.

E, às vezes, lia também *O cântico dos cânticos*, deixando as mulheres virgens ou desgraçadas que formavam aquela comunidade sacra vermelhas e febris. Aos meus lábios, a fala voltou como voltou à minha mente a capacidade de ler histórias, não ainda memórias.

Escondida, no meio da noite, consegui roubar a chave da alcova de livros da madre superiora, manuscritos prohibidos e nocivos à mente religiosa. E foi lá, em um dos belos volumes encadernados, que eu me reencontrei.

Senão em lembranças de infância, ao menos em meu nome.

Era a *Divina comédia*, e nela, um peregrino poeta viajava ao Inferno e ao Purgatório em busca da sua amada falecida. O nome um sino, o som um zunido, a atingir meu peito e meu coração: se chamava Beatriz, e aquele era o meu nome.

Não contei às senhoras do convento qual era a minha alcunha. Aquele era um segredo só meu, que cresceria naqueles anos como uma resolução, como uma definição, como minha única certeza.

Eu não faria mais os meus votos e dedicaria minha vida à tarefa de um dia tornar-me uma escritora, apesar da condição do meu sexo e da minha cor.

E foi isso o que eu fiz.

Deixando o meu passado enclausurado nos calabouços da mente e a gratidão que sentia pelas velhas freiras, fui para Porto Alegre ao completar 18 anos.

Era o ano de 1889, e a capital do estado era agora uma cidade moderna e mechânica, robótica e enérgica, na qual homens e mulheres faziam poucas tarefas, deixando às máquinas o principal de suas atividades.

Nos céus, grandes balões de gás hélio faziam viagens turísticas e comerciais. Falava-se até de um grande invento, uma aeronave gigantesca que poderia viajar rapidamente de Porto Alegre a São Paulo e levar passageiros até o Rio de Janeiro. Em terra, outras invenções surgiam: carruagens mechânicas, guiadas não por cavalos, mas com motores acoplados; bondes eléctricos, lentos e charmosos, que conectavam pontos distantes da cidade; e também as Casas de Variedades, que agora apresentavam aquele portento, maravilha das maravilhas, um tipo de cinematógrapho acoplado a um phonógrapho que produzia photogramas em movimento unidos à voz e à música.

Agora podíamos escrever nas paredes, novos deuses que éramos, projeções de homens e mulheres que falavam.

Eu acompanhava essas inovações com fascinação. Morava num quarto pequeno de pensão, nas proximidades do bairro Matagal, perto da antiga Cervejaria Trama. Quanto ao meu sustento, ali estava o desafio, pois não queria viver de faxinas, em casa ou nas ruas.

Infelizmente, qualquer outra atividade digna ainda estava negada às mulheres naquela cidade. Todavia, eu estava decidida a fazer minha sorte, e isso sem recorrer à sina das mulheres de minha classe.

Para tanto, cortei meu cabelo crespo bem curto e comprei roupas masculinas, treinando diante do espelho uma voz mais grave que a minha.

Dentro de duas semanas, tornei-me um homem, que se apresentava nas lojas e no comércio como Dante D'Augustine. O nome, claro, homenageava meu poeta predileto e ao mesmo tempo remetia à minha própria alcunha prohibida.

Metade do problema estava resolvido ao disfarçar meu sexo.

Quanto à outra metade, a solução teria de ser diferente e esta veio na forma de textos, resenhas e contos que escrevia com fervor e paixão, no meio da solidão noturna, e que depois apresentava aos jornais da cidade.

Com o passar das semanas, fiz nome entre os jornalecos de plantão, que me encomendavam sobretudo contos e historietas de horror e suspense, narrativas que dialogavam ficcionalmente com os crimes das páginas policiais. Passei a ser reconhecido como um grande escritor. "Pena que é negro. Poderia crescer na vida", escutei uma vez, de passagem, numa das redações para as quais escrevia.

Minha rotina era uma só, de domingo a domingo, sabendo-me decidida a não esmorecer meu ritmo. Eu levantava todas as manhãs, banhava-me, escondia meus seios com faixas e fazia minha toalete masculina. Com o passar do tempo, acostumei-me ao ritual e também aos gestos e ao linguajar masculinos.

Mas acima de tudo, adorava a liberdade dos homens, que podiam ir e vir, sem precisar dar explicações a ninguém, com suas vidas inteiras ao seu dispor. Eu tinha 22 anos e era dona de todo o meu destino.

Recebi meu primeiro prêmio literário em 1891, após a publicação da primeira coletânea de contos policiais, que denominei de *Crimes crassos*. O título era péssimo, eu sei, mas continha toda a minha poética. Eu havia optado por aquele gênero, primeiro, pela sua popularidade comercial. Com histórias daquela sorte, publicadas em jornais diários e semanários, eu podia pagar minhas contas e ainda investir um pouco de dinheiro numa futura propriedade, talvez um dia conquistando um teto que fosse só meu.

Mas não escolhi esse tipo de ficção barata apenas por essas razões.

As estórias de crime e investigação, de vilões e heróis, possuíam uma moralidade dúbia, nunca às claras, nunca facilmente reconhecível. Não sabíamos se o investigador não era o criminoso, ou se a pobre dama indefesa não se viraria contra o herói, ou ainda se o monstro não se revelaria o paladino de uma justiça perfeita, por mais que ambígua. Tais contos, quase sempre de vingança, traziam ao mundo caótico uma reordenação aprazível, confortadora.

Neles, ao menos no fim, tínhamos uma ilusão de compensação, senão divina, humana. Por razões que desconhecia na época, uma parte de mim ansiava por isso: por um cosmos no qual a justiça era possível, por um universo no qual pudéssemos dormir à noite tendo a certeza de que, ao menos em algum momento, haveria punição aos culpados. Odiando a desigualdade e qualquer noção de divindade, construí tal mundo nas minhas histórias, e, nelas, os culpados nunca ficavam impunes. Em minhas fábulas folhetinescas, os heróis sempre venciam.

Crimes crassos ganhou alguns prêmios e granjeou-me certa notoriedade. Mas, acima de tudo, permitiu que eu conhecesse o homem que alteraria o curso da minha sina, que seria meu grande amigo e a maior paixão da minha vida.

Conversamos pela primeira vez no Café da praça Quinze, quando eu bebia um cálice de vinho com Pereira Albuquerque, meu editor à época. Fumando, percebi através da névoa de nicotina um atraente sujeito que me encarava, sentado duas mesas à frente, na companhia de duas coquetes que o entediavam.

Questionei Albuquerque sobre o indivíduo e ele riu do meu interesse, achando ter ali a comprovação da minha inversão, afinal, eu era "delicado em demasia para um escritor de histórias de horror". Eu, disfarçada de homem elegante, forçando uma voz que não era minha, sorri, e lhe perguntei se ele já havia lido qualquer comédia de Shakespeare.

O cavalheiro misterioso, vestido de preto como um príncipe dos Alpes, deixou as damas e veio em nossa direção. Apresentou-se de modo formal, desculpando-se pela interrupção e dizendo-se admirador dos escritos de Dante D'Augustine. Tratava-se de um médico, um pouco mais velho que eu, e seu nome era Antoine Louison. Ele mesmo tinha, confessou-me, escrito poesia e publicado-a em dois volumes, que homenageavam Apolo e Dionísio, as divindades da razão e da emoção, do intelecto e do instinto, da vida solar e da morte lunar.

Adorei-o, e ele, adorou-me, sobretudo por vislumbrar naquele delicado e atraente escritor que estava diante dele mais do que a aparência das roupas poderia revelar. Quando nossas mãos se tocaram, num primeiro cumprimento de respeitáveis senhores, senti que ele sabia que eu não era quem todos conheciam. Minha voz tremeu, o tom grave tão ensaiado fraquejou e todo o meu disfarce esteve prestes a decair.

Albuquerque despediu-se às pressas dizendo estar atrasado, escondendo seu constrangimento pelos olhares que nós dois dedicávamos um ao outro.

Ficamos ali por horas, bebendo e fumando, e falando sobre nossas divindades sagradas: Homero, Ovídio, Shakespeare e Goethe, e claro, o poeta de quem eu havia roubado o nome.

Constatamos por fim, sem nenhuma dúvida ou hesitação, que nunca mais conseguiríamos interromper a torrente contínua daquela conversa.

Deixamos o café e convidei-o ao quarto alugado onde eu morava, ainda temendo que eu estivesse enganada e que a verdade pudesse afastá-lo. Na carruagem que tomamos, ele delicadamente tocou minha mão e disse-me que eu deveria aprender a disfarçar melhor meus lábios delicados. Envergonhando o cocheiro e os passantes, eu o beijei apaixonadamente, sabendo-o meu e sabendo-me dele. O mundo passava e nós nos fundíamos no ardor dos nossos afetos.

No deslizar dos lábios sedentos, podíamos ser irmãos em roupas monocromáticas, embora fôssemos irmão e irmã nas almas.

Ao adentrarmos a pequena alcova que era meu único domínio, nos livramos das calças e meu sexo excitado encostou-se ao dele.

Incendiamo-nos no contato um com o outro.

Eu era virgem, pois não tinha lembrança do que ocorrera em minha infância e nunca estivera com ninguém desde que deixara o convento.

Ambos estávamos deliciados com um tal fervor mútuo, comunicando agora com nossos corpos o que as palavras eram incapazes de expressar.

Louison tirou minha camisa e desvendou os meus seios, seus lábios famintos sugando meus mamilos e logo depois os beijando, num ritmo vertiginoso de paixão e carinho que seria uma constante; ele ensinando-me o que sabia, e eu ensinando-o todos os meus secretos desconhecimentos.

Nos seus braços, tornei-me ele, e ele se esvaziou em mim, gêmeos siameses que éramos na escuridão da noite.

Nus, depois de nos amarmos e antes de mais uma vez nos reencontrarmos, confessou-me que há tempos desejava conversar comigo. Ele me vira em duas ocasiões diversas, num evento beneficente e numa das premiações de meu livro. Disse que quando pousou os olhos em mim, soube de pronto que eu era ela.

Quando lhe disse meu nome, perguntou-me se ele próprio poderia, a partir daquela noite, assumir minha alcunha masculina.

"Eu iria ao Inferno e ao Purgatório por você, minha doce querida", sussurrou ele, antes de novamente beijar-me com fome, fervor e desejo.

Eu nunca mais me esqueceria daquela frase. Ela se tornaria o nosso mote, tudo aquilo que nos uniria e nos conectaria pela vida afora.

Nos anos seguintes, aprendemos um do outro tudo o que podíamos e aprendíamos do mundo, da vida e das pessoas ao nosso redor tudo aquilo que alimentava nossos corpos e espíritos. Eu, pouco a pouco, fui abandonando o pseudônimo masculino e os trajes retos e duros dos homens, apesar de nunca ter subtraído da minha voz, do meu porte e dos meus gestos a firmeza aprendida naqueles anos. Por outro lado, descobria os vestidos, as rendas, as luvas e todos os adereços da toalete feminina. Meus cabelos fartos e grossos pouco a pouco cresceram, e fui arrumando-os de diferentes modos. Tornei-me aos olhares dos homens um sobressalto, negro e enigmático, e aos olhos de Louison mais e mais sua Beatriz real, sua consorte ideal, a mulher por quem ele arderia nas chamas, a parceira por quem ele purgaria todas as sinas, reais ou fictícias.

Viajamos por diferentes terras, reais e imaginárias, no decorrer de vários períodos de tempo. Ele me mostrando bulevares e praças, casarões abandonados e castelos mal-assombrados. E pouco a pouco fomos criando no seio do nosso afeto um singular interesse pelo desconhecido, pelos mistérios arcanos, por tudo aquilo que não poderíamos encontrar explicação nos simples e racionais discursos de ciência. Era um tempo de máquinas e sombras, de luzes eléctricas e velas místicas, de palestras acadêmicas e encontros noturnos e esotéricos.

E como todos naqueles dias, decidimos que nada nos impediria de criar uma sociedade secreta, com o simples propósito de nos divertir. Mas não apenas isso. Entre nossos assuntos afins, estava o desejo de modificar o mundo à nossa volta e todas as suas injustiças, devolvendo aos páreas, aos injustiçados, aos marginalizados um pouco daquilo que a sociedade havia tirado deles.

Foi em 1893 que o Parthenon Místico foi criado por nós e por nossos singulares amigos, heróis que havíamos por sorte encontrado em nossas andanças. Entre eles, havia o singular Benignus, scientista e inventor que nunca deixou de nos surpreender com suas ideias. Giovanni, um mágico músico amaldiçoado de origem florentina que vagava pelas ruas da capital gaúcha, encantando a todos com o seu violino enfeitiçado. Havia também o imortal Solfieri, amigo de Louison já de longa data. Um homem de quase 80 anos encerrado no corpo de um adolescente de 16.

Mais tarde, chegaram Vitória, a médium do grupo, resgatada da demoníaca Ordem Positivista quando ainda era uma criança. Quando vi seu corpo machucado e despedaçado, senti vertigens inexplicáveis. Era a lembrança antiga, arrastando-se perversa abaixo da superfície da minha memória.

Por fim, Bento Alves e Sergio Pompeu, uma dupla apaixonada e aventureira que encontrou entre nós não apenas a aceitação de que precisavam, como também o jardim no qual viria a florescer a semente da sua paixão e do seu amor.

Nosso quartel-general, nossa sede mágica, ficava num lugar que até hoje me é inacreditável. A Ilha do Desencanto, no entremeio das ilhotas úmidas e perigosas do Guayba. Em seu interior, fora construída há várias décadas, ainda pela família Magalhães, uma irreal e surreal Mansão dos Encantos. Na época, Revocato Porto Alegre, o herdeiro da mansão, cedeu-a ao Parthenon. Até hoje lhe somos gratos. Ele e Giovanni não estão mais entre nós, apesar de suas memórias e histórias estarem registradas nos diários e tomos de nossa biblioteca.

O Parthenon deu-nos um propósito: abaixo do seu verniz de práticas místicas e rituais de chamamento e invocação, objetivamos causas libertárias, direitos femininos, reformas sociais e projetos humanitários. Eu havia me tornado não apenas uma escritora de sucesso, finalmente assumindo meu sexo e meu nome, mas uma parceira de Louison na reforma de várias regiões pobres de Porto Alegre. Nossos projetos no Menino Diabo e na Vila da Queda até hoje comprovam que podemos mudar a face do mundo em que vivemos e a face das pessoas que estão ao nosso redor. Em vez de salvação espiritual, como os adoradores do Crucificado pregam, agíamos em prol de uma benefício mais tangível e real.

Bem-sucedida como era, nunca cogitei mudar-me ao sobrado de Louison, apesar de adorar o lugar e de passar lá dias, quando não semanas. Eu precisava de um lugar que fosse meu, onde poderia fugir e silenciar meus ímpetos, meus desejos e também algumas das minhas frustrações. Da parte dele, que sempre adorou igualmente sua privacidade, tudo estava perfeitamente arranjado e decidido, "todas as engrenagens em seu devido lugar".

Não éramos namorados e nunca seriamos cônjuges, palavra maldita aos nossos ouvidos decadentistas. Éramos amantes um do outro, e amantes queríamos e iríamos permanecer.

Foi assim, até que na aurora do novo século, um século que prometia ainda mais inventos e encantos, tivemos um encontro que selou definitivamente nossa sorte.

Num baile no Palácio do Governo vi Louison dançando com uma mulher mais velha que despertou dentro do meu espírito demônios que considerava não mortos mas inexistentes. Tive pesadelos com tal mulher, vestida sempre de preto, com um pesado e vil leque metálico que lançava pequeninas lanças presas por correntes retráteis. Elas se cravavam em minha pele e sugavam meu sangue.

Ao narrar a Louison, em meu apartamento, o sonho, disse-me ele que precisávamos descobrir o fundo daquela aflição. Eu temia por isso e lhe revelei as razões: julgava que certos demônios deveriam permanecer onde estavam, no inferno de suas inexistências.

Meses passaram até que, numa noite de ritual xamânico na Ilha do Desencanto, Vitória conseguiu invocar forças profanas que nos revelaram um nome: "Camarilha da Dor". Tal expressão feriu-me como uma lança afiada e poderosa. Senti meu coração parar e, por um breve instante, eu não era mais a mulher que amava o destino que havia criado para mim.

Eu era uma criança de 10 anos que assistia por noites inteiras à destruição de seus entes queridos. Eu desmaiei e, em sonhos, revi aquele pérfido pesadelo.

E não apenas isso: eu estava revivendo como a vítima que havia sido, acorrentada e aprisionada, à mercê de todas aquelas bestas e feras humanas.

Acordei noites depois, num dos quartos da mansão.

Louison pediu que todos saíssem e então retirou seu delicado relógio de bolso, um relógio de bronze que eu lhe dera numa de nossas viagens à Itália.

Diante do meu rosto, dos meus olhos feridos e assustados, ele transmutou o dispositivo num pêndulo, e, no balanço daquele símbolo mechânico do tempo humano que passa, eu retornei, hipnotizada, ao atroz território dos pesadelos.

E eu os vi, agora com nitidez.

Vi a Madame. Vi o militar. Vi o scientista. Vi o padre. Vi o comerciante. Vi o político. E vi o casal de aprendizes, ainda virgens à artesania da dor.

Em detalhes que hoje não conseguiria reproduzir, respondi a cada pergunta de Louison, enfeitiçada pelo movimento do objeto e pelo compasso de sua voz.

Naquele transe, eu lembrei; e, ao lembrar, chorei ao detalhar o rosto de dor de meu pai, o corpo despedaçado de minha mãe, os pequenos membros dos meus dois irmãos espalhados e liquidados no chão do calabouço de pedra.

Quando Louison trouxe-me de volta, olhei para ele e sua face horrorizada assustou-me; as lágrimas escuras que vertiam dos seus olhos, a raiva silenciosa que se anunciava na compressão de seus lábios.

Louison beijou-me e então me fez adormecer com uma droga potente que paralisou não apenas meu corpo, como também, felizmente, minha consciência.

Acordei no dia seguinte e tudo veio à tona. Eu havia retornado dos sonhos e trazido de lá as imagens nítidas do que havia me acontecido.

Para meu horror, Louison, disseram-me, havia desaparecido.

Eu chorei abraçada em Vitória e ordenei à minha mente que dissesse à dele o quanto precisava que voltasse, temendo pelo pior.

A chuva chegou calma e então foi embora, naquele fim de tarde porto-alegrense. Era julho e tudo estava frio, dentro e fora de nós.

Quando o relógio bateu meia-noite, soube que Louison havia chegado. Trazia a roupa manchada de sangue e um embrulho úmido sobre o lenço fino que sempre carregava no interior da sobrecasaca escura.

Era a sombra ferida do homem que eu conhecia, um soldado saído de um medonho campo de batalha, a carnificina espelhada nos olhos escuros e tristes.

Ele se ajoelhou perto da cama onde eu estava.

Apenas nós dois estávamos no quarto.

Nenhum dos amigos tinha a coragem de adentrar a alcova.

Ninguém ousava perscrutar os caminhos terríveis que nosso amado havia percorrido, do Inferno até o interior daquele quarto.

Diante de mim, com o rosto mal iluminado pela vela que queimava, Louison estendeu-me o pequeno embrulho e disse-me, com pesar, ódio e afeto: "Eis o primeiro deles."

Antes de desvelar seu conteúdo maldito, eu antevira em minha imaginação de poeta e escritora do que se tratava.

Era uma vida, e ela fora destruída por vingança.

Era um órgão humano, e ele fora tirado por justiça.

Era um coração, e ele fora arrancado por amor.

Quanto ao restante da narrativa, acho que não cabe a mim dar-lhe o fechamento devido.

Nessa última hora, revelei muito do que vivi e do que senti, até o momento em que o passado voltara a assombrar minha consciência.

Hoje, questiono, na indefinição da minha sina, a certeza de que Louison e eu nos amamos como poucos amantes o fizeram abaixo deste céu amaldiçoado.

Agora, nesta derradeira hora, terminaremos esta história, torcendo para que o teu julgamento, inspetor Cândido, seja o mais acertado.

Estás pronto, meu querido Louison?

Estás pronto, meu amor, para contares a tua versão dos fatos?

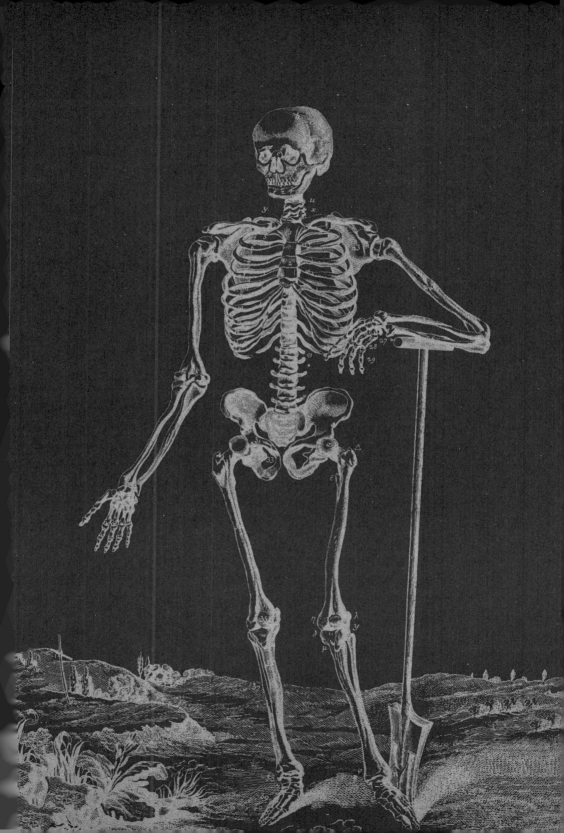

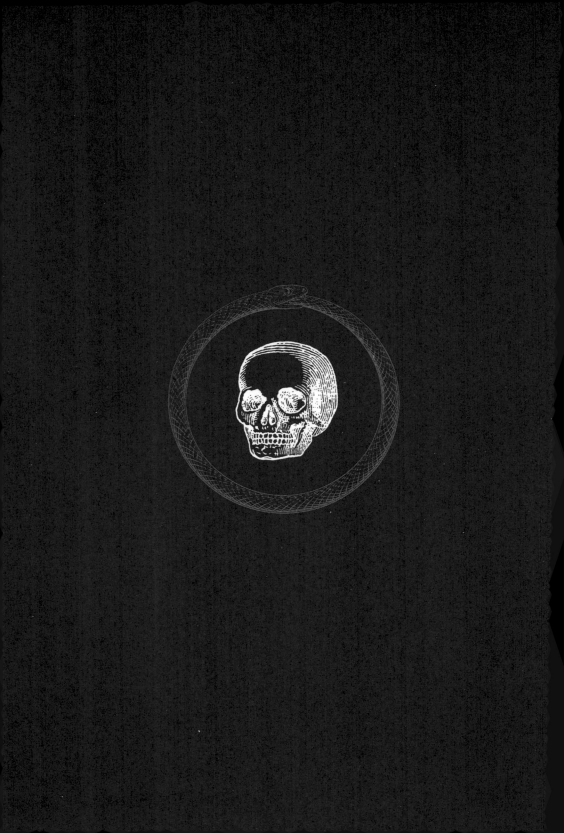

Assassinos Sórdidos &

PARTE VI

LIÇÃO DE ANATOMIA

Heróis Improváveis

*Na qual a impressionante conclusão deste romance
se apresentará ao corajoso leitor num rápido lance.
Nela, este audaz que mostrou-se sem dúvida merecedor,
terá suas inquirições resolvidas. Palmas com louvor!*

31/08/1911

Transcrição de entrevista noturna

[VOZ DO ENTREVISTADOR]
Muito obrigado, minha querida. Gostaria por certo de agradecer teu esforço em concatenar tal narrativa. Nunca deixo de admirar tua coragem, sobretudo em tempos perigosos e adversos como estes.
 Agora, devemos nos encaminhar à conclusão desta saga.
 Para tanto, acho que precisamos acender luzes e deixar que a electricidade ilumine não apenas os assuntos dos quais trataremos, como também nossas faces, revelando afinal nossas verdadeiras identidades.

[VOZ DO ENTREVISTADO]
Louison... na minha própria casa... Eu vasculhei a cidade atrás de você... depois da sua fuga... E você estava aqui... em minha casa! Me esperando...

[VOZ DO ENTREVISTADOR]
E não podes negar que foi um bom plano.
 Simples, porém eficaz.

De todos os lugares, este seria o menos provável. Mas não apenas por isso. A verdade é que... estás bem, inspetor? Beatriz, podes trazer um pouco de água?

[SOM DE PASSOS E ÁGUA CORRENDO.]

Aqui, inspetor, beba e respire fundo. Não desejo que o senhor desmaie ou tenha uma parada cardíaca. Na tua faixa etária e nesta situação de nítido nervosismo, isso seria um risco. Tome, é apenas água.
    A essa altura, sabes que não o envenenaríamos. Isso, beba com calma e tente ficar tranquilo. Tudo será devidamente explicado a partir deste momento.
    Pronto?

[VOZ DO ENTREVISTADO]
Essa conversa que tivemos... O que aconteceu aqui... Como não percebi que isso não passava de uma armadilha? O que fizestes comigo? Como pude responder às tuas perguntas tão passivamente?
    Eu vou... eu vou... não adianta nada gritar, não é?
    Nem mesmo vou tentar...
    Não compreendo como tal insânia foi possível.
    O que DIABOS vocês querem?!

[SOM DE TOSSES]

[VOZ DO ENTREVISTADOR]
Como já o adverti, inspetor, a melhor coisa no momento é tentar preservar a calma. Respire fundo, por favor.
    Isso mesmo.
    Quanto à tua pergunta: não, meu caro Cândido, não adianta gritar. Primeiramente, porque irias despender ainda mais forças, já bem desgastadas. Mas a principal razão, tu bem a sabes. Ninguém iria escutar. Lembra-te das razões pelas quais compraste esta casa, antiga e sorumbática? Praticamente condenada?

Posso supor que foi pelo fato de não ter vizinhos próximos, sendo tu mesmo uma alma solitária, como também somos Beatriz e eu.

E de qualquer modo, são quase quatro horas da madrugada.

Ninguém, perto ou longe, escutaria qualquer som vindo desta sala.

Por fim, e espero que prestes muita atenção, espero bem mais de tua postura. Não estamos aqui para gritar ou brigar, e sim para conversar, para jogar luzes nos obscurecidos episódios que todos vivenciamos.

Assim, podemos continuar? Posso contar com tua civilidade?

[voz do entrevistado]
Sim, podes.

[voz do entrevistador]
Não esperava menos, inspetor.

Quanto à tua pergunta, o nome é Felipressina e trata-se de um poderoso calmante. Ele é usado por médicos que precisam interrogar pacientes em estados maníaco-depressivos. No teu caso, a substância apenas acalmou seus batimentos cardíacos, tornando-o mais... receptivo a uma série de sugestões psíquicas. A primeira delas foi a de que não estavas preso, com os braços e as pernas amarradas à cadeira, mas simplesmente sentado, diante da mesa, na sala mal iluminada, dando uma entrevista sobre os últimos eventos. O gravador, que neste momento registra cada uma dessas palavras, contribuiu sobremaneira para tal impressão. A meia-luz fez o resto, escondendo meu rosto. Além da alteração do meu tom de voz durante a conversa, é claro. Foi um colóquio interessante, deveras. Pensastes que se tratava de um repórter, não? Ou melhor, de um admirador de teu valioso trabalho enquanto agente da lei.

[voz do entrevistado]
Na verdade, não tenho ilusões quanto a isso. Ninguém admira o que eu faço. Ninguém admira policiais, investigadores, chefes de comando ou representantes da lei. Somos notados apenas quando falhamos, como acaba de acontecer.

[VOZ DO ENTREVISTADOR]
Lamento, inspetor, mas neste caso sou obrigado a discordar de ti. Eu tenho tua pessoa na mais alta conta e admiro muitíssimo o teu trabalho. Para um homem na atual condição, tua calma e tua coragem são exemplares. Nesses tempos soturnos, o juízo moral está em extinção, e a tênue linha que separa a bondade da maldade, a justa retribuição do crime hediondo, nunca esteve tão a perigo. Em tais tempos opacos, aprecio sobremaneira a tua retidão. Há coisas em ti que não são negociáveis. Tu não aceitas propina. Não ignoras a injustiça. Não tens medo de desapontar os poderosos e ricos. Em resumo: és um herói simples em tempos de vilões complexos e crimes inexplicáveis.

[VOZ DO ENTREVISTADO]
Vindo de um celerado assassino que eu mesmo prendi, isso é um elogio.

[VOZ DO ENTREVISTADOR]
Sim, trata-se de um elogio. Mas acho que agora, inspetor Pedro, podemos deixar de lado os jargões e as palavras esvaziadas de sentido. Tenho grandes expectativas quanto à tua pessoa e penso que tua consciência já acessou diversas informações que poderão te fazer repensar opiniões e preceitos. Depois dos horrores que presenciaste no São Pedro e daquilo que Beatriz revelou-nos sobre as pretensas "vítimas" do Estripador, adentremos um novo território, no qual os lugares comuns, as classificações superficiais e as simplificações tolas não têm mais espaço. Concordas comigo, inspetor?

[SILÊNCIO]

Sabes do que precisamos para essa conversa? Acredito que um pouco de música nos propiciará grande prazer neste derradeiro ato. Não concordas? Vasculhando tua casa, encontrei uma gravação phonográphica que muito aprecio. Estás vendo? Temos mais em comum do que tu mesmo poderias supor.

[SOM DE PASSOS]

Aqui está, "Quarteto de cordas e piano em lá menor", de Gustav Mahler. Tu te incomodas? Penso que não.
    Fiquei feliz quando encontrei essa gravação, pois supunha que, com o teu tempo tão devotado à manutenção da lei e à perseguição dos infratores, não haveria muito espaço para música em tua existência. Fique calmo, não precisas te envergonhar disso. De todas as pessoas que conheci, apenas três de fato conheciam boa música. Infelizmente, uma delas eu matei. Continuemos...

[MÚSICA DE CÂMARA COMEÇA A TOCAR]

Hummm... adoro esse ruído inicial, sabia? Também gostas, não, Beatriz? Falo do som das ranhuras que a agulha provoca quando em contato com o vinil. E então, a música começa... Os toques sutis do piano, seguidos do acompanhamento melancólico do violino. E mais um violino... perdoe-me, inspetor. Sou um homem de sentimentos intensos e facilmente me distraio.
    Ainda mais com uma composição de tal excelência.
    Mahler compôs essa peça em 1864. Ele tinha 15 anos, talvez 16. Consegues imaginar isso? Que uma criança, que crescera numa família judaica tradicional sob a opressão paterna e o desprezo da mãe, tão jovem soubesse seu lugar no mundo a ponto de escrever algo assim? Oh... preste atenção no violoncelo agora. Majestoso, não é mesmo? Mas onde estávamos?

[VOZ DO ENTREVISTADO]
Por que não me matas de uma vez, seu porco?! Que tipo de jogo sádico é esse?! O que diabos desejas com tudo isso?! Pretendes te vingar de mim? Por tê-lo prendido? Por mais que existam monstros lá fora, ainda és, aos meus olhos, o maior deles!

[VOZ DO ENTREVISTADOR]
Respeito tua seriedade e tua paciência face a este infortúnio, inspetor. Todavia, tal expressão de ódio e palavras indelicadas não contribuem em nada para que nossa conversa continue num nível educado e polido. Achei que já havíamos ultrapassado esse ponto. Vingança? É isso o que pensas?
Não se trata de vingança. De forma alguma.
Estou aqui porque, como acabei de relatar, é conveniente e oportuno. Mas, principalmente, porque gostaria de ter uma última conversa com o homem que me levou à luz da justiça humana. Quero me fazer entender a ti, Cândido. Quero esclarecer absolutamente todas as dúvidas sobre o que aconteceu e, ao fim, deixar em tuas mãos a decisão referente à minha fuga e à minha liberdade.
Tenho tua atenção, inspetor?

[VOZ DO ENTREVISTADO]
Sim, tens.

[VOZ DO ENTREVISTADOR]
Então, comecemos.
Entretanto, por onde começar?
Pelo início? Pelo nascimento? Pela infância? Pela escolha por medicina e pelo amor aos livros e à arte? Ou devo detalhar a vida dos meus notórios amigos e sua relação com o Parthenon Místico?
São tantas as possibilidades para essa narrativa que quase me perco em suas infindas variantes. Como na vida, a concatenação de uma história nem sempre segue uma lógica precisa e predeterminada. Às vezes, como no dia a dia, precisamos, narradores que somos de nosso próprio drama, improvisar.
Nesse caso, meu caro, penso que o apropriado, levando em conta o horário e o fato de você estar comigo há várias horas, seja seguirmos as regras da narrativa contemporânea e irmos direto ao ponto.
Talvez um dia eu divida com o mundo o relato de minha juventude ou a narrativa do meu amor por Beatriz e tudo o que vivemos.

Mas não temos espaço para isso aqui, não no limite desta conversa e tendo em vista a urgência da hora e a premência das respostas.

Assim, continuarei do exato ponto em que Beatriz interrompeu seu relato, naquela noite terrível em que a verdade veio à tona, logo depois de hipnotizá-la e de obter dela o detalhamento dos crimes perpetrados contra ela e sua família.

Logo depois de sedá-la e de vigiar os primeiros minutos do seu sono, eu deixei a Mansão dos Encantos, ignorando os amigos que me dirigiam perguntas de dúvida e palavras de advertência. A noite chuvosa envolveu-me e, por um breve instante, senti-me purificado e livre, como se os horrores contados na última hora pudessem ser purgados, talvez esquecidos.

Mas tratava-se de uma cruel ilusão, produzida por minha mente a fim de acalmar meus ímpetos e minha revolta.

Em instantes, o conteúdo do meu estômago foi expelido, misturando-se ao barro abaixo dos meus pés e aos pingos pesados de chuva que despencavam sobre a minha cabeça.

Tudo o que soubera até então empalidecia diante do que ouvira naquele quarto, tudo abaixo da expansão dos céus transmutava-se em horror.

Ao imaginar Beatriz criança vendo seus pais e seus irmãos serem devastados, seus sonhos, destroçados, suas pequenas ilusões, destituídas, revoltei-me contra a própria humanidade, não contra Deus.

Pois sabia que Deus, como outras tantas maravilhas e assombros, não passava de uma vil criação humana.

Abaixo de um céu vazio e mudo, surdo aos clamores dos homens e das crianças, limpei meu estômago e minha alma. Eu sabia o que precisaria fazer, pois cabia a mim levar justiça àqueles criminosos malditos.

Incapaz como era e como somos de fazer o tempo retroceder, poderia ao menos equilibrar a balança da existência, ignorando de pronto a lei dos homens, impotente e incapaz diante de tais crimes e diante de tais nomes.

Antes, levaria a eles a vingança como pagamento por seus crimes cruéis, cometidos por esporte, por diversão.

Eu deixei a Ilha do Desencanto e singrei as águas obscuras e noturnas do Guayba em direção a Porto dos Amantes.

Lá chegando, iria à casa de Quental, certo de que arrancaria dela os nomes de todos os integrantes da medonha camarilha demoníaca.

Entretanto, a lembrança de Beatriz acalmou meus ímpetos. Não poderia destruir aquele grupo se destruísse nós dois no processo. Eu precisava de um plano e de discrição. Fui ao sobrado e troquei de roupas, pensando e estudando como deveria agir. Servi uma taça de vinho e a sorvi em silêncio, com calma, estudando o caso e estudando a mim mesmo. Depois de três horas, com meu batimento cardíaco devidamente acalmado, adormeci na poltrona da sala.

Acordei com o sol que vinha invadir a casa e os meus sonhos sombrios. Depois de uma dia inteiro de ruminações e planejamentos, rumei para a casa de minha antiga amante.

Invadi o casarão pela porta de serviço, como um gatuno em busca de caros objetos. A excitação da invasão assomou-me tanto quanto o desejo de vingança, dois sentimentos que descobri vertiginosos e intensos. Pesquisei nos cômodos da minha consciência se iria tornar-me amante de tais sensações.

A senhora da casa dormia, entorpecida de drogas ou álcool. Tanto melhor, pois a minha vingança não poderia tocá-la primeiro, não sem descobrir quem eram os outros responsáveis. Desci aos cômodos inferiores, buscando seu gabinete particular. Nele, trancado à chave num baú antigo, encontrei seus noitários, organizados por anos.

Ao buscar o tomo de 1879, encontrei a descrição atroz em pérfidas construções frasais que até hoje me gelam o espírito taciturno.

Naquelas páginas, estavam dispostos todos os rituais, todos os estágios da prática assassina, todas as técnicas usadas para entorpecer a família, transferi-la da casa de Quental ao calabouço fétido de Henriques Pontes, e o tratamento que lá receberam por noites inteiras. Não só isso: lá estavam, listados e detalhados, como numa galeria sombria e desprezível, os nomes que eu procurava.

Dos saraus literários que eu frequentava, Madame de Quental eu já conhecia, sempre com gracejos e insinuações grosseiras e maçantes. Anos antes, havia, na busca por prazer e companhia, visitado seu leito. Odiava agora a mera lembrança do gosto acre de seus lábios.

Quanto ao general Flores Bastos, na época capitão, havia se tornado uma das figuras centrais da segurança militar da cidade. Arturo dos Santos era o Pontífice Mestre da Matriz Central, figura de grande fé que, segundo alguns, em breve seria transferido ao Vaticano.

Quanto aos jovens Francisco Alencar e Anita dos Anjos, seguiram vidas menos ilustres. Anita ainda era o grande partido da cidade, apesar de não ser mais nenhuma mocinha, posição apenas mantida por ser parente do governador. O primeiro, por sua vez, tornara-se policial, decepcionando a todos que esperavam daquele promissor jovem posição mais singular. De todos, pelo que li dos volumes seguintes, era o único que havia se afastado do grupo, talvez por pendores morais que o acossaram por anos. Por isso e por ser ele o responsável pela sobrevivência de Beatriz, listei-o por último.

Henriques Pontes eu conhecia de longe e de perto. Como acadêmico, havia se tornado referência nos estudos electrostáticos recentes, sendo um dos responsáveis pela nova tecnologia mechatrônica que permitira aos robóticos autonomia de escolha. Nós, do Parthenon Místico, havíamos vigiado, de longe, ele e outros dos seus iguais, quando destruímos o templo da Ordem Positivista em 1902, como vingança pelo que fizeram a Vitória e a tantas outras vítimas.

Quanto a Antonino Fonseca Amaral, seria um dos primeiros que minha lâmina levaria à justiça, tendo sido ele o responsável por trazer a família de Beatriz àquela execução infernal. Por outro lado, pensava, não teria eu também o dever de agradecê-lo? Sem sua perfídia, nunca a teria conhecido, nunca teria amado a mulher que desde o início me desafiava com sua inteligência, com sua beleza, com todos os seus mistérios. Como saber se os caminhos da existência são benéficos ou malditos? Desprezando a questão, impossível de ser testada ou checada, segui com o apontamento de meus alvos criminosos futuros.

Alexandre Castro eu conhecia apenas de nome, e quanto a Herculâneo Torres, seria um prazer findar com sua vida, pois já o conhecia de outras paragens. Entre os vários projetos sociais que iniciara em regiões pobres de Porto Alegre, todos eles apodreciam na mesa do político. Aos ricos, diziam, sua resposta era sempre sim. Aos pobres ou àqueles que desejavam sua defesa ou o melhoramento mínimo de suas condições de vida, a negativa era a regra certa. Além disso, o último escândalo envolvendo estagiários que foram subornados para ter relações com Torres e outros de sua cúpula ainda era lembrado. Como em tantos outros casos, nada acontecera.

Isso, entretanto, começaria a mudar naquela noite.

Parti da casa de Quental sedento de justiça e de sangue, pouco me importando com questões que depois seriam centrais ao meu método.

Marchei para a casa de Henriques Pontes, odiando-o e temendo visitar sua galeria de horrores.

O homem estava sozinho, bebendo e atualizando-se das últimas publicações scientíficas das quais era assinante. Era loiro e possuía uma pele clara e límpida, comum a homens de ciência e dignidade. Entretanto, o que eu estava prestes a vislumbrar era a aparência de sua alma.

Saindo das sombras da ampla sala de leitura na qual estava, eu me apresentei. Ameaçando-o com uma faca e com a revelação de seus crimes, exigi que me levasse ao calabouço onde Beatriz havia soffrido e onde tantos perderam a vida. Conseguia imaginar tal cenário, mas precisava cheirar sua história, presenciar sua disposição geográfica, testemunhar suas entranhas de pavorosas perfídias.

Quando lá chegamos, o homem facilitou meu trabalho, atacando-me com uma lâmina que trazia escondida na lateral interna de sua bota. Avançou sobre mim dizendo que aquele era um terreno sagrado, dedicado ao soberano demônio da discórdia e da dor: Pamu, o Venerável.

Disse-me mais, enquanto nos espreitávamos, enquanto nos farejávamos, estudando os movimentos um do outro como bestas famintas prontas para o ataque.

Urrou que eu seria sacrificado à sua assembleia de ratos e aranhas, como pagamento expiatório por ter adentrado sem permissão seus sacros domínios. Eu gargalhei do discurso, perguntando-me onde fora parar o homem de ciência que eu supunha conhecer. Ele riscou meu rosto com sua adaga, misturando o meu sangue ao sangue dos milhares que foram ali torturados e condenados, sangue ressequido e fedorento que jazia incrustado entre as pedras do lugar, testemunha do silêncio dos tempos e das eras, dos deuses e dos anjos.

Eu avancei sobre ele, e ambos nos desarmamos.

Nossos punhos encontravam no corpo um do outro suas fraquezas e fragilidades, numa batalha que lembrava a intimidade de amantes famintos. Ele era mais forte que eu e tinha um treinamento em lutas corporais que me deixava em desvantagem. Entretanto, a fome que movia meu corpo naquela noite maldita incendiava minhas entranhas de energia vulcânica e terrível. Abraçados como dois lutadores romanos, nos digladiamos, até o momento em que fiz de meus dentes armas e arranquei-lhe um pedaço do rosto.

O homem, desesperado, levou as mãos à carne despedaçada. Era o tempo de que eu precisava para me recompor. Apliquei-lhe um golpe no joelho direito, estraçalhando-lhe o menisco.

Com a fratura exposta e o sangue correndo, eu me aproximei dele e usei meus dois polegares para lhe penetrar o crânio, adentrando os canais oculares.

Imobilizado e cego, com o rosto dilacerado, o homem começou a urrar, pedindo a Pamu que me matasse, e depois a Cristo que o salvasse.

Eu me afastei dele, confesso, deliciando-me com a cena. Busquei a minha lâmina, repousada no chão do grande salão de pedra, um templo satânico cravado no útero da terra dos homens, e lhe disse: "Não há Pamu nem Cristo escutando tuas frases absurdas. Há apenas eu, e tudo estará encerrado dentro de poucos segundos".

Cravei-lhe a lâmina ao lado do coração, num ponto que lhe atrasaria o momento da morte. Queria que o biltre respirasse seu sangue e morresse afogado em sua abjeta podridão. E foi isso o que aconteceu.

Com o confronto findado, eu soube o que fazer.

Retirei do meu casaco, todo manchado de sangue, meu lenço favorito, um lenço que me havia sido dado por Beatriz e que tinha na lateral inferior esquerda as iniciais do meu nome, bordadas em letras douradas.

Segurei minha adaga, abrindo com habilidade cirúrgica o peito do homem.

Rompendo veias e artérias, retirei seu coração e o depositei sobre o lenço.

Ali, diante dos meus olhos estarrecidos, órgão rubro e líquido escarlate manchavam o fino tecido, vingando para Beatriz o assassinato de sua família e a conspurcação de sua inocência.

Quanto ao corpo do homem, joguei-o na vala escura ao lado da cripta, para apodrecer ali, como tantos outros antes dele.

Enrolei o pequeno órgão falecido e levei-o, como precioso relicário, como se fosse meu único tesouro na vida. Não me separei dele até ofertá-lo a Beatriz, mórbido agrado que finalmente a retirou de sua inconsciência.

Ela beijou-me e eu senti o gosto de lágrimas na maciez de seus lábios. Prometi-lhe vingança e comecei a cumpri-la naquela noite.

Quanto aos outros nomes presentes na lista, preocupei-me a seguir com a metodologia da minha vingança.

Primeiro, iria fazer-lhes uma visita, usando meu nome e posição para abrirem suas portas à minha pessoa. Depois, deixaria a casa, garantindo meu álibi, e esperaria alguns dias. Sabendo os segredos de suas casas, poderia adentrar determinados cômodos, esperar as chegadas e permitir as partidas, até que no momento adequado eu pudesse atacá-los, surpreendê-los. Eu os sedaria, para melhor acomodá-los em minha carruagem, levando-os ao meu estúdio, na parte central da cidade às escuras.

Lá teria início a minha arte, a única forma que encontrei para não quedar diante da insânia do que estava fazendo.

Não descreverei aqui o que aconteceu com todas as vítimas, afinal, inspetor, lestes meus diários e sabes dos detalhes.

Apenas um esclarecimento sobre eles. Tais narrativas também faziam parte de meu plano. Caso fosse capturado, eu suportaria sozinho o peso da acusação e da execução, desviando toda a atenção de Beatriz. Minhas histórias, apesar de basear sua escrita no próprio estilo literário de minha querida, criaram uma máscara de insânia e perfídia que substituía o amante vingativo que eu era pelo esteta maníaco que neles interpretava.

Quanto aos vilões, posso apenas dizer que cada um deles recebeu a retribuição para o que tinham feito. Num cosmos sem Deus nem justiça, às vezes, precisamos tomar a responsabilidade em nossas mãos e executar a retribuição, mesmo que espúria.

Foi o que eu fiz, e o que fiz, teve um preço.

Um desses foi o distanciamento dos nossos amigos do Parthenon Místico. Nenhum de seus integrantes era ingênuo, e todos, ao nos conhecerem bem, sabiam ou suspeitavam do que eu estava empreendendo. Entretanto, estávamos tão imersos naquele contínuo e fluido derramamento de sangue que não poderíamos colocar a vida de mais ninguém em perigo. Para Beatriz, era fundamental que seu passado fosse vingado. Para mim, era fundamental tornar-me um tal anjo sombrio, sendo incapaz de aceitar que as ações daquela camarilha ficassem impunes.

Mas quanto a Vitória, nossa querida enteada, como lançá-la naquele caudal abjeto quando ela própria já tanto soffrera e soffria em razão do passado?

Solfieri, meu amado e imortal amigo, amante que sempre fora de estórias terríveis, teria me seguido até os infernos e então voltado ao meu lado, como tantas vezes fizemos em venturas que permanecem ainda seladas ao restante do mundo. Não seria justo intensificar ainda mais suas autocondenações, melancólico e soturno como era e sempre será.

Por fim, nenhum dos outros integrantes do Parthenon poderia ser envolvido numa tal perigosa vendeta, que exigia não apenas o assassinato de pessoas, como a disposição dos corpos em estudos anatômicos e elaborados noitários narrativos. Sempre fomos heróis aos olhos uns dos outros e não tenho dúvidas de que eles tentariam, corajosos e bravos, aconselhar-me da necessidade de entregar tais homens e mulheres às mãos da justiça.

Em vista disso, Beatriz e eu nos afastamos deles, pensando em nossos momentos de culpa e desalento que nunca nos perdoariam por empreendermos tal via tortuosa e criminosa.

Certa noite, quase aliviado, disse a Vitória que havia quase findado. Naquela ocasião, faltava apenas Francisco Alencar para concluir minha vingança.

Mas tu, meu caro, chegastes à minha porta antes de tal encerramento e o restante é do teu conhecimento.

Apenas uma correção: não era veneno o que te servi naquela pequena taça, mas um forte calmante que me daria tempo de resolver alguns dos meus assuntos. Na época, conhecíamos-te de vista, de uma visita à paisana que fizestes ao Palacete dos Prazeres. Como tornamo-nos nesses anos amigos de Rita Baiana, ficamos sabendo também da impressão que ela teve de ti. Para ela, eras um homem que fazia, ao menos na aparência, jus à insígnia das forças de segurança. Penso que agora teu envolvimento com ela ficou mais íntimo.

O restante de minha narrativa, conheces em partes.

Fui feito prisioneiro por ti e aprisionado no quartel das forças militares. Amarrado e amordaçado como um vilão de histórias policiais baratas e quadrinhos dominicais, fui exposto enjaulado no banco dos réus, diante de repórteres, advogados e curiosos, como um animal de circo, como uma disforme atração de um theatro de horrores.

Considerado culpado de crimes aterradores, meu nome foi jogado na lama e minha fama de médico e esteta foi substituída por aquele conjunto nada honroso de calões. "Assassino psicopata", "celerado insano", "criminoso vampiresco", "monstro lupino", entre tantas outras alcunhas, algumas divertidas, outras nem tanto. E paguei por meus crimes, como deves saber.

Meu veredicto foi a asfixia pública, sedentos como estavam em fazer com o monstro o que monstro fizera às suas vítimas. Entretanto, a execução e a execração pública nada significam se comparados ao que me aconteceu no asilo.

Caso não tivesse sido capturado, meu plano estava definido.

Depois de findar minha vingança, pretendia voltar minha atenção ao hospício infernal e ao seu diretor. O Parthenon Místico já pensava em atentar contra Bacamarte como certa feita atacáramos os experimentos da Ordem Positivista. Em vez disso, cheguei ao sanatório amarrado e acorrentado, para a glória de Bacamarte, que desde sempre quisera granjear minha atenção.

No primeiro mês, o infame alienista testou meu corpo e minha mente com as tecnologias hediondas que costumava usar em seus vitimados pacientes. Drogas potentes tentaram burlar minhas defesas mentais. Algumas quase conseguiram.

Acorrentado e imóvel, meu pescoço revestido por uma coleira explosiva, tentei fugir dali, senão em corpo, ao menos em imaginação. Recorri aos meus espaços mentais e aos amplos saguões que construí no interior do meu intelecto com o passar dos anos. Foram eles que fortaleceram meu corpo a suportar os horrores aos quais fui submetido.

Curiosamente, foi também ali, naquele terrível complexo psiquiátrico, reformado de acordo com os círculos infernais dantescos, quando eu estava encerrado e acorrentado, que eu terminei de concretizar minha promessa.

Francisco Alencar veio entrevistar-me, e tão logo ficamos sozinhos perguntou-me se eu "os havia matado por vingança".

Respondi-lhe que sim e que o deixara por último em razão de ele ter poupado a vida de uma menina duas décadas antes.

Disse-me que não vivia mais e que fora naqueles anos terríveis devorado pela culpa de tais crimes bárbaros. Seus pesadelos não o deixavam dormir e, em sua vida desperta, eram os espíritos e as faces dilaceradas de suas vítimas que via projetados nos rostos dos homens com quem convivia.

O pobre então revelou-me, pegando a caneta que trouxera consigo para anotar os pronunciamentos do condenado, que minha vingança já havia chegado a ele, e que sua alma jazia morta, sepultada dentro do seu coração há muito tempo.

Olhamo-nos por mais alguns momentos e então falei que a menina havia sobrevivido e que eu a amava, e que era por ela que eu havia assassinado todos os que haviam destruído sua família.

"Não todos", disse-me ele.

E, mal findando a frase, cravou a caneta em seu próprio pescoço, tendo a dignidade de executar-se, assumindo diante de mim a responsabilidade pelo que havia feito. O homem apunhalou-se três vezes e caiu agonizante.

Seu sangue manchando a frieza das pedras prisionais.

Aquela última morte encerrara um ciclo.

Minha vingança por Beatriz estava encerrada.

Findada dentro de mim aquela jornada, passei a objetivar a libertação e a fuga, mas não apenas isso: a punição de Simão e a finalização de todos os horrores que ele perpetrava ali. Mas tratava-se de mera imaginação, visto que não tinha nenhuma condição ou ocasião de escapar do hospício, não sozinho.

E os dias e as noites passavam num desalento terrível, a solidão atingindo-me como uma descarga eléctrica. Eu, que passara minha vida na companhia dos falecidos autores, dos heróis imortais, dos meus amigos e da minha amada Beatriz, agora me encontrava só, entregue à sorte espúria dos alienados.

Minha companhia eram os gritos dos apenados, que chegavam aos meus ouvidos como súplicas de animais que desejavam ser abatidos, silenciados, exterminados daquele lugar de soffrimento, apatia e loucura. Em nenhum momento fragilizei minhas certezas, mas ali, no fétido fosso ao qual fui submetido, minha alma pela primeira vez almejou a libertação da morte.

E naquele momento, como em tantas outras vezes, os amigos vieram em meu auxílio. O Parthenon, mesmo que Beatriz e eu tivéssemos desistido dele, não havia desistido de me auxiliar e de me libertar.

Ignorantes de tudo o que eu havia feito e de todas as minhas razões, Vitória, Benignus, Sergio e Bento, e mesmo Solfieri, amigo amado a quem eu havia estupidamente destratado e afastado, todos eles estavam empenhados em garantir minha fuga, e foi isso que fizeram.

A primeira mensagem chegou à superfície da mente de um jornalista carioca chamado Isaías Caminha, escritor que já conhecia de suas memórias e que viera me entrevistar. Ela simplesmente afirmava que iriam me libertar. Conhecendo-os, sabia que não descansariam até cumprir a promessa.

Foi estratégico de Benignus fazer Isaías vir a Porto Alegre e dos outros integrantes do Parthenon torná-lo associado à nossa nobre agremiação na Ilha do Desencanto. Previ em sua chegada a possibilidade de uma investigação que jogasse luz não apenas sobre os aterradores crimes da Camarilha da Dor, como também sobre os abomináveis tratamentos empreendidos por Simão, tratamentos que ele de forma ignóbil chamava de psiquiátricos e curativos.

Para além disso, notei em Isaías a fascinação por Vitória e o quanto as palavras dela, mesmo frágeis e simples, sem um plano totalmente articulado, indicavam o carinho que todos eles nutriam por mim.

A comprovação de tal afeto, visível em tudo o que Isaías havia recolhido de impressões naqueles dias, impressões que vibravam de sua mente como ondas eléctricas, deu-me forças como também me inspirou a paciência para ver o assombroso plano tomar forma.

A estratégia começou quando Solfieri infiltrou-se na guarda do hospício. Ele descobria horários, anotava medidas de seguranças, atentava às fragilidades da vigilância e às falhas dos soldados, humanos ou não.

Primeiro, precisávamos conceber uma mascarada, um ardil de fumaça e espelhos. O Manuscrito Cabalístico teria esse efeito, bem como a aura de assombros arcanos que envolveriam o meu desaparecimento no meio da noite.

A luneta, que está aos seus cuidados, inspetor, também fortaleceu esse efeito. Voltaremos a conversar sobre ela em breve.

Tais objetos, pela sua estranheza, iriam somar-se ao meu desaparecimento, criando uma névoa de assombro que encobriria a verdade. Como todo passe de mágica, esse mistério é um tanto lógico e sem graça quando revelado.

Solfieri e o soldado robótico, que chegara ao asilo dias antes, formariam a guarda da noite anterior à minha fuga. Tal designação fora propiciada pela troca da escala de soldados. Essa alteração fora feita por Vitória e Sergio.

Enquanto ele seduzia o cadete responsável, Vitória substituiu o documento original por outro, de sua própria autoria.

Na noite da fuga, depois da conversa que tive com Simão, a porta da cela fora aberta de forma precisa: Solfieri desligou a primeira tranca, do saguão de controle. Como guarda da noite, ele mesmo possuía a chave da segunda tranca. A terceira foi tomada do estúdio de Simão, enquanto este dormia. Com minha cela aberta, meu jovem amigo livrou-me da camisa de força e colocou sobre a cama não apenas as minhas roupas, como também o manuscrito cabalístico e a luneta.

Sobre a luneta, posicionou uma pequena bugiganga, invenção de Benignus, que criava a ilusão de minha presença. O aparelho tirara uma photo minha, quando ainda estava preso e confinado à camisa e às calças de força, e então projetava a imagem de modo a dar a ilusão de que eu estava ali. As sombras da cela imunda reforçaram a ilusão e o engodo.

Nas checagens de hora em hora, os guardas passariam e veriam minha imagem. No meio da noite, a bateria do invento morrendo, a imagem sumiria, revelando minha fuga e os estranhos objetos dispostos sobre o leito.

Solfieri, antes de correr em desespero para noticiar a fuga, puxou com o cano da arma o pequeno projetor, escondendo-o no bolso da farda, apagando assim qualquer vestígio de sua existência.

Quando os outros guardas chegaram, eu havia desaparecido, como um "misterioso e assustador espírito de folhetim".

Todavia, aquele era apenas o primeiro de vários outros truques.

Como fugir e garantir minha sobrevivência, com aquela coleira explosiva? Foi aí que entrou a genialidade de Benignus, associada ao ímpeto de Bento Alves. O soldado robótico que havia sido enviado da capital era na verdade um suporte de vida, preparado para receber em seu interior um homem adulto.

Em outros termos, aquele robótico de segurança atuou como uma veste metálica que pôde não só receber meu corpo, como também permitir a minha livre locomoção pelos diferentes cômodos do hospício. Estive o tempo todo ali, inspetor, ao teu lado, bem como Solfieri, disfarçado de cabo Antunes Vieira.

Enquanto víamos o movimento das tropas e de toda a revista, conseguimos agir em prol do nosso plano, indo até o gabinete de Simão e tomando dele não apenas o código de segurança que me livraria da forca explosiva como também uma série de documentos que serão em breve publicados, como advertência pública para que os horrores do hospício não se repitam.

Quando Simão descreveu-te mais tarde, num de seus surtos, que havia um homem no "bucho de um robô", estava dizendo a mais pura verdade.

Como punição a ele, não lhe devolvi a coleira.

Antes, coloquei diante do homem um simples espelho, para que no reflexo de sua insanidade, uma loucura presente em cada ponto vermelho de seus olhos, vítreos de cocaína e outras drogas, pudesse ele vislumbrar sua própria imagem.

Fechando o compartimento metálico que revelava minha face, eu o deixei lá, para ser encontrado por ti e outros policiais.

Uma última tarefa, porém, esperava-me antes da derradeira libertação daquela mansão maldita.

Desci as escadas de pedra, fingindo que estava executando uma ronda costumeira, entre os pequenos grupos de soldados que devassavam o asilo. Seguindo as instruções que encontrei no diário de Simão, descendi ao ínfero averno do São Pedro, como um Orfeu amaldiçoado e mechânico.

Diante do longo corredor que encontrei ao fim da escadaria subterrânea, nada poderia preparar meu espírito para o horror da imagem daquela infeliz mulher acorrentada, lobotomizada e muda. Conforme Solfieri me instruíra, acionei o dispositivo que me libertava do maquinário robótico.

Primeiro, mangueiras de fumaça indicaram o esvaziamento dos gases de pressão. Depois, a cabeça do gigantesco robô tombou para o lado, movimento que foi seguido da abertura completa do seu dorso. Nu, fui vomitado do seu interior, como um bebê, filho maldito de um moderno robô.

Logo, o cheiro de óleo e fumaça foi substituído pelo de urina e vômito, de vísceras e excrementos espalhados por cada centímetro do lugar.

Estivestes lá, Cândido. Vistes o que Simão fez com a pobre, além do tratamento dado aos outros prisioneiros, encerrados como ratos de laboratório.

No interior do robô, Solfieri e Bento colocaram duas adagas, armas que eu poderia usar caso fosse descoberto, tanto para me proteger como para findar com minha existência, em caso de nova captura.

Diante da terrível figura morta viva, enclausurada pelo punho de seu marido maníaco, soube qual era a minha obrigação.

Peguei uma das lâminas e caminhei em direção ao farrapo humano que gemia e babava, suplicando pelo silêncio da morte.

Abracei Evarista carinhosamente, tentando esquentar seu corpo frágil e idoso no meu. Nus, éramos irmãos na dor e no soffrimento. Sentindo meu afeto, ela começou a chorar, como se meu gesto reavivasse uma perdida lembrança de afeto.

Sussurrei em seu ouvido que logo estaria acabado e pedi que ela se lembrasse da infância e dos dias de sol, dos perfumes das flores que a primavera trazia no vozerio dos ventos selvagens.

E assim, enquanto assomava sua mente com cenas de doces encantos, tirei sua vida, silenciei sua voz, acalmei suas dores.

Depois de fechar a cortina dos seus olhos, voltei ao interior do meu consorte mechânico e conclui minha missão naquele palácio ignóbil.

Em cada um dos nove blocos enfileirados do hospício, espalhei bombas explosivas nas paredes que davam para o jardim. Ao explodi-las, libertei muitos dos doentes, ao menos os que não estavam amarrados, drogados ou paralisados, quando não inutilizados para sempre.

Em direção ao luar, os alienados deixaram o confinamento das grossas paredes do asilo para reencontrarem as flores e o verde noturno. Fora um dos mais belos espetáculos que meus olhos já haviam visto.

Na balburdia que se seguiu, deixei o São Pedro de uma vez por todas, torcendo para que suas vítimas fossem vingadas e transferidas a um lugar que fizesse mais jus à alcunha hospitalar.

Na parte externa do sétimo pavilhão, Sergio, infiltrado nas forças militares, estava à minha espera, fazendo as vezes de motorista de um camburão de alimentos. No seu interior, Bento Alves.

O plano estava quase concluído.

Com as tropas espalhadas pela cidade, e as saídas, bloqueadas, não seria inteligente tentarmos qualquer tipo de fuga para além dos limites urbanos. Em vista disso, depositamos nossa confiança na simplicidade.

Assim como eu ficara escondido no interior daquele robô por horas, ficaria escondido no interior da cidade, num de seus lugares mais improváveis.

Em outras palavras, hospedado em tua casa, inspetor.

E aqui fiquei, esperando-te, até que chegasse.

Isaías entregou a Beatriz o recado de que ela deveria me encontrar aqui, nesta noite, num horário preciso. Mesmo sem entender a razão, ela confiou em minhas instruções.

E aqui estamos nós, meu caro Pedro, prestes a encerrar o caso.

Agora que as perguntas estão respondidas, agora que fechamos muitas das janelas que abrimos e praticamente todas as portas que escancaramos, podemos nos encaminhar à reta final, à discussão de um último tema.

[VOZ DO ENTREVISTADO, DEPOIS DE UM LONGO SUSPIRO]
Que tema? Do que estás falando?

[VOZ DO ENTREVISTADOR]
De uma velha questão philosófica e, sobretudo, artística. Uma questão que diz respeito à relação entre estética e moralidade. Em outros termos, a suposição de que o belo é bom, a afirmação de que há uma completa relação entre a justiça dos homens e aquilo que compreendemos como beleza. A discussão é antiga, remetendo à própria dialética platônica ou socrática.

[VOZ DO ENTREVISTADO]
Eu não entendo. Afinal, vais me libertar ou não?

[VOZ DO ENTREVISTADOR]
Inspetor, a questão não é essa. Tu estarás livre dentro de alguns minutos. Não pretendo ameaçá-lo. Não tenho a menor intenção de feri-lo ou matá-lo, ou ainda de deixá-lo aqui, prisioneiro em sua própria casa. Nossa discussão levará ao extremo oposto: não se trata de saber se vou libertá-lo, e sim de saber se tu permitirás que eu e Beatriz deixemos esta casa, se deixarás que eu, sendo o criminoso que sou, tenha minha liberdade assegurada depois dessa noite.

[VOZ DO ENTREVISTADO]
É claro que não! Deves estar louco de pensar que eu, um agente da lei, permitiria tua fuga ou tua liberdade. Terias de me matar!

[VOZ DO ENTREVISTADOR]
Veremos, inspetor. Acho que nossa conversa até aqui ajudou a suspender algumas das certezas que tinhas, não? Não podes mais falar de minhas vítimas, assim como também não podes questionar o fato de que as oito pessoas que matei, pelas suas posições sociais, nunca seriam julgadas ou condenadas.

[VOZ DO ENTREVISTADO]
Não importa! Eles mereceram morrer, e eu sei disso. Mas o que tu fizestes é errado e criminoso. Ninguém tem o direito de tomar a justiça nas mãos. Tu descumpriste a lei, e é necessário levar-te à justiça. Isso é o correto.

[VOZ DO ENTREVISTADOR]
Será? É precisamente isso que discutiremos. Do quanto, às vezes, não há relação entre o que é justo e o que é correto. Do quanto, às vezes, leis aceitas devem ser quebradas em busca de um bem que transcenda a justiça humana, em busca de uma beleza que nem sempre está ao lado da bondade. Tenho tua atenção, inspetor? Posso confiar aos teus ouvidos o cerne da minha philosofia?

[VOZ DO ENTREVISTADO]
Tente. Não há promessas entre homens como nós, resolutos como somos. Mas tente. Dei-te horas e posso dar-te mais alguns minutos.

[VOZ DO ENTREVISTADOR]
Eu não esperaria absolutamente nada diferente de ti, meu caro Pedro.

[SOM DE PASSOS. VITROLA COMEÇA NOVAMENTE A TOCAR A PEÇA DE MAHLER]

Estou aqui para provar, meu caro inspetor, como um estudante apresentando um trabalho para seus mestres, que minha hipótese está correta. De que não existe relação alguma entre justiça e moralidade. Segundo a boa lei moral, uma herança hipócrita do judaísmo tardio, há uma bondade inerente no homem. Se o homem é um ser natural, fato inegável, do mesmo modo a natureza igualmente seria boa. Primeira inverdade. Por consequência, se a natureza, mãe do homem, é boa, e o homem também o é, segundo essa linha de raciocínio o que há de mais soffisticado e precioso no homem, suas ideias e suas criações, também deveria ser bom. Segunda inverdade. Nesse sentido, e agora cito, muito fielmente, o próprio Platão: "Não há no homem nada que seja tão eficaz quanto uma arte que ensine como ele deve portar-se, falar, agir. O belo é intrinsecamente bom". Terceira inverdade. É um problema de lógica, compreende? Vou fracionar agora esse equívoco intelectivo em postulados práticos que poderão te ajudar a compreender o que está em jogo aqui. Segundo a moralidade do Crucificado ou mesmo a platônica, eu sou mau e, portanto, sou feio. Se o oposto for verdadeiro, logicamente, tu, inspetor, és bom e, portanto, belo. A moralidade exige que eu seja preso, e que tu, o investigador de polícia, o homem que persegue monstros como eu, devas ganhar os louros do dia. Não é assim, teoricamente? Todavia, o mundo não aplaude teus esforços. O mundo ignora tuas boas ações. Ou seja, a bondade, aos olhos do mundo e da história, não é necessariamente bela. Primeira verdade. De forma mais pontual, posso dizer que, no caso da arte, deixando de lado nossas desavenças e todos os códigos religiosos, morais e jurídicos que me nomeiam um monstro e que classificam-te como protetor das vítimas, se exige precisamente o oposto da lógica que associa o bom ao belo. Para a arte, um homem íntegro não é bom assunto. Pelo contrário, a arte tem vez após vez demonstrado que o facínora, quando não os heróis egoístas ou problemáticos, é o "grande material dos sonhos". Assim, chegamos à segunda verdade, que se opõe diretamente à segunda inverdade: a arte, como a própria natureza, despreza a lógica moralista que promete falsamente aos bons bênçãos e aos maus punições. A natureza devora lobos e cordeiros, sem nenhuma diferenciação. Da mesma forma, não há finais moralmente felizes, ou conselhos edificantes na gênese ou na realização de qualquer obra de arte. Não deve haver. Não na verdadeira arte. Por fim, para fechar nossas duas oposições, devo, com toda a humildade que me é possível, contradizer Platão com minha terceira verdade: não há nada mais corrompedor ao homem do que a dominação de seus instintos pelo moralismo disfarçado de arte. Espero que esteja me acompanhando. Vou provar isso com um exemplo simples, que tu, como todo homem ou mulher nesses tempos atrozes, deverias saber. Entre aqueles que a sociedade abjeta nomeou de minhas vítimas, temos os grandes bastiões do poder, da justiça, do intelecto e da religião. Todavia, nenhum deles mostrou-se mais corrompido, odiento e hediondo do que quando faziam o que faziam com suas vítimas à noite e ao dia defendiam seus moralistas ideais públicos. Entretanto, para a nossa surpresa, nos gabinetes, quartos ou estúdios particulares desses epítomes de bondade pública e feiúra moral, encontramos o que havia de mais requintado e assombroso da arte ocidental. Esses homens e mulheres, que ordenaram, organizaram e executaram sistematicamente a tortura e o assassinato de famílias inteiras durante anos, esses mesmos seres abjetos e maus, apreciavam a arte, eram amantes do belo. Quando falaram de mim, após a minha condenação, a surpresa foi a mesma: "O lobo assassino apreciava arte". Foi essa a manchete de um dos grandes jornais da capital no advento da minha prisão. Nesse momento, inspetor, deves pensar que eu sou igual a eles, não? "Os lobos apreciavam a arte, como tu", não é isso que encerras em teu juízo? Bem, nesse caso, estás enganado. Na natureza, há cordeiros e lobos, mas há também tigres, como deves saber. Os tigres são bem diferentes dos lobos. Eles não gostam de cordeiros. Eles gostam dos devoradores dos cordeiros. Abra qualquer livro de zoologia e compreenderás tal verdade. Eu, em minha educação e em minha elegância, estou mais próximo dos tigres. Eu não caço em bandos, não gosto do soffrimento das minhas vítimas, não as assusto, como os lobos fazem com suas presas. Há algumas horas, chamastes meus oito conhecidos de "vítimas". Nada mais equivocado do que isso. Pesquise a vida deles. Como esta narrativa não deve ter nenhum teor moralista, não enumerarei os gostos secretos e noturnos desses vis seres humanos. Penso que tudo o que descobristes em tuas investigações, somado à narrativa de Beatriz, tenha ilustrado perfeitamente quem eram as vítimas nesse caso. Vítimas são cordeiros guiados ao abate, como as famílias inteiras que encontraram seu fim no calabouço de Henriques Pontes. Pontes, assim como seus amigos, eram lobos famintos e desesperados por sangue. Voltando ao ponto no qual estavas prestes a me interromper, apenas para ficar claro, quando falo dos lobos assassinos, não te enganes, eles não têm nada a ver comigo. Eles gostavam de arte? Será que realmente gostavam? Ou eles apreciavam o falso senso de superioridade que o requinte intelectual propicia aos menos delicados? Será que eles gostavam de fato do que liam ou escutavam? Ou apenas apreciavam o fato de poderem, em suas festas particulares, romantizarem os seus verdadeiros desejos? Deixo a resposta contigo. Mas o fato é que, para voltar ao meu ponto argumentativo, quando adentrastes os mistérios desses crimes e na sordidez do que esses lobos fizeram e quando te destes conta de que eles conheciam música erudita, pintura neoclássica e o que havia de mais soffisticado no romance e na poesia dos séculos XVIII e XIX, o que obrigatoriamente deverias ter percebido? O que tu, inspetor, deverias ter aprendido é que Platão estava errado, que ele sempre esteve errado, e que assim como uma tempestade ou como um tigre, nem sempre o belo é inerentemente bom. No caos da natureza, meu caro, existe algo mais atroz, feroz e mortal do que uma tempestade? Do que uma tormenta que faz despencar uma casa que protege um pai, uma mãe e seus três pequenos filhos, além dos gatinhos de estimação? Blake escreveu sobre a assombrosa simetria presente no brilho em chamas do olho do tigre, o mesmo tigre que assassina lobos e homens. Se este é um mundo de Deus, meu caro amigo, no mínimo Ele está bem, bem longe. Ou então, Ele não se importa. Mas permita-me, por favor, terminar o meu ponto. O que quero deixar claro é que não há relação direta entre justiça e moralidade. E nisso está a validade da arte. Nela, pode-se desprezar as convenções sociais, as crendices religiosas, os panfletos políticos e partidários, o tipo de ideia perniciosa que nos faz crer que há uma evolução no homem, tanto física quanto cultural. Nenhum desses tópicos interessa à arte. Se há algo do qual ela trata, é daquilo que somos em toda a nossa animalidade. Numa Bíblia, eu deveria estar onde tu estás e tu terias um céu de portões prateados à espera de tua chegada e anjos cantando em revoada sobre a entrada de um justo nos reinos celestes.

Mas não é isso o que vai acontecer.

Não há céus nos esperando, nem infernos.

Há apenas o brilho dos olhos do tigre abaixo do firmamento.

[A MÚSICA PARA]

[PASSOS]

Agora, Cândido, chegou o momento da tua decisão.

Beatriz, podes fazer-me um favor? Pegue a luneta mágica repousada naquela mesa de canto. Quero que coloques o objeto sobre o olho do inspetor.

[SOM DE PASSOS]

Isso mesmo. Estás me vendo, Cândido? Lembro-me de teres olhado pela luneta quando estavas diante de Simão e lembro de tua expressão quando vistes a verdadeira face daquele monstro.

Agora veja a minha. Esta luneta especial, construída por Benignus, permite isso: ver as coisas como elas são.

O que vês, inspetor?

Seja sincero contigo, não comigo.

[SILÊNCIO]

Muito obrigado, Beatriz. Agora, minha querida, preciso de outro favor.

Fique perto da porta e, no advento de qualquer conflito, deixe esta casa e procure pelo Parthenon. Eles têm instruções precisas sobre o teu destino.

Confie em mim, meu amor, e nunca, nunca duvide do quanto a amo e do quanto iria ao Inferno e ao Purgatório por ti.

Não chore, por favor. Tudo estará acabado em breve.

Isso, isso mesmo, bem aí.

Perto da porta.

E enxugue essas lágrimas, minha querida.

O sol está quase nascendo e terás um belo dia pela frente. Nunca esqueças, sempre haverá um belo dia seguinte nos esperando.

Agora, inspetor, chegou o momento da verdade.

Depois do que te disse e depois do que vistes, o que farás?

Estou indo em tua direção e levo comigo esta lâmina.

Fique tranquilo, não vou te machucar de modo algum.

Minha intenção nunca foi findar com tua vida ou te fazer mal. Não deves ter nenhuma dúvida do quanto eu a aprecio.

[SOM DE PASSOS]

Neste momento, Pedro, o efeito do anestésico já passou e tu apenas estás sentado e imóvel em virtude dessas cordas. Eu vou cortá-las dentro de instantes e então darei três passos para trás, para longe de ti.

Terás todo o tempo necessário para te livrares completamente das cordas.

[SOM DE CORDAS SENDO CORTADAS]

[SOM DE OBJETO METÁLICO CAINDO NO CHÃO]

[SOM DE PASSOS]

Isso mesmo. Estás vendo? Eu não minto, meu caro amigo. Não para as pessoas de quem gosto.

Isso mesmo, esfregue seus pulsos, exatamente no local em que as cordas estavam. Seus tornozelos também.

O fluxo sanguíneo rapidamente voltará ao normal.

Agora é o momento da resolução deste drama, quando nós três chegaremos ao seu grande clímax.

E este é o momento que definirá toda a tua existência futura, meu caro Pedro.

Trata-se de uma encruzilhada moral e estou muito interessado em qual dos caminhos irás tomar.

Deixarei a decisão contigo.

Dentro de instantes, dar-te-ei as costas e vou partir com Beatriz.

Eu nunca mais tirarei uma vida, uma vez que minha vingança e a retribuição que havia prometido à minha amada já estão terminadas.

Tens minha palavra e sabes que ela vale bastante.

Somos também muito parecidos nesse aspecto.

Depois disso, terás a tua vida e a certeza de que fizestes não o correto de acordo com a lei e com tua profissão, mas de que fizestes o que era justo.

Rita Baiana concordaria com isso. Não te esqueças de que eu a conheço bem. Pense em Rita, meu caro. Tenho certeza de que ela te ajudará nessa decisão.

Por outro lado, a faca está ao teu lado, a dois metros de distância, e, com ela, poderás me atacar e me impedir.

Mil possibilidades estão dispostas diante da nossa retina.

Beatriz fugirá. Ou poderás tentar impedi-la.

Mas neste caso, serei obrigado a intervir.

Lutaremos e tu poderás me matar, ou então eu poderei matar-te, no fervor da batalha, no desespero do confronto.

Ou ainda, como Etéocles e Polinices, poderemos nos matar um ao outro, como irmãos empenhados num trágico derramamento de sangue.

Isso, respire fundo.

É uma decisão muito importante, e eu sei disso.

Beatriz, minha querida, este é o momento da nossa partida, ou então o instante da nossa despedida.

Não chores, por favor.

E nunca, nunca esqueças.

Até o Inferno eu iria e retornaria, por você.

Inspetor, qual a decisão que tomarás?

Optarás pelo correto ou pelo justo?

Tua é a decisão, e tudo o que eu fiz até aqui foi colocá-la em tuas mãos.

Nunca te esqueças disso, meu caro e inesperado amigo.

A decisão está em tuas mãos.

Diante dos teus olhos.

Até o fim de tua vida.

Qual é a tua resposta?

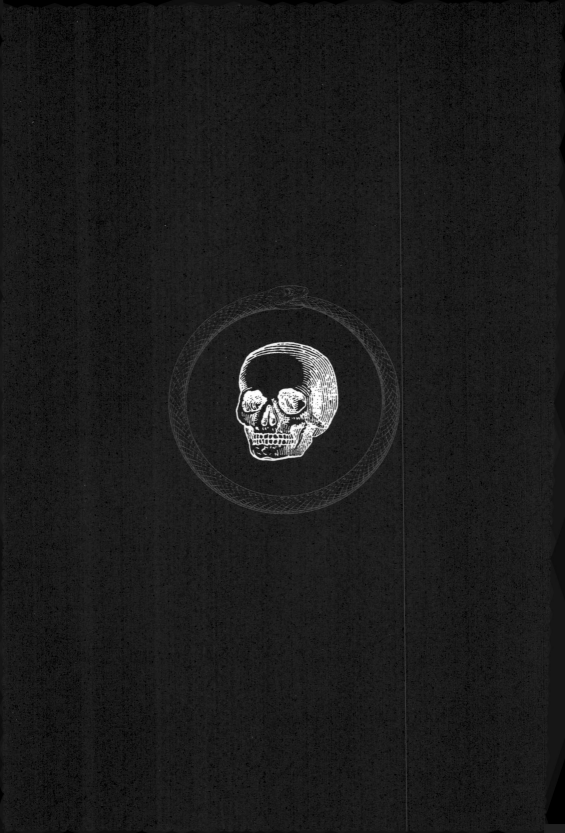

CONCLUSÃO
LIÇÃO DE ANATOMIA

Finalizações & Ponderações

Na qual um popular narrador volta à cena da intrépida ventura, para homenagear heróis e arrematar o enredo e sua tessitura, além de despertar nossa curiosidade nem um pouco tépida para futuros volumes desta historieta épica.

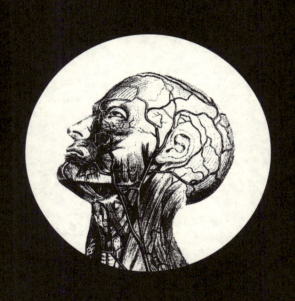

DE PORTO ALEGRE DOS AMANTES EM DIREÇÃO À GOELA DO DIABO,
11 DE SETEMBRO DE 1911.

Carta de Isaías Caminha a Loberant

Prezado Loberant,

A estrada de ferro é uma serpente que avança selva adentro, por entre árvores e grandes ramagens, flores exóticas e galhos retorcidos. Entre eles, o sol escoa com dificuldade, estourando seus raios na lateral dos vagões, ofuscando a transparência dos vidros, distribuindo sobre o verde da terra intocada sua luz esmaecida e desigual. Pelo declive abissal da encosta íngreme, o tapete escuro do mato se despeja em cascata, com galhos pesados de flores verdes, azuis e violetas, delicados respingos de tinta numa obscura e caótica paisagem.

Nesse momento, ignoro o sacolejo do grande vagão de passageiros e tento escrever para você a conclusão desta saga que, se desigual, ao menos tem as marcas da paixão e da fúria que tocaram todos os seus personagens. Pode criticar a organização e a clareza desta narrativa, mas não sua veracidade emotiva.

Escrevo na expectativa de que esteja bem e de que o seu retorno ao clima carioca, com todos os seus deleites, tenha curado sua decepção ao não me encontrar. Eu lamento, mas não tive escolha senão testemunhar sua busca e rezar para que desistisse dela. Como você mesmo empreendeu noutros tempos, vim à capital sulina para desanuviar sombras, correndo todavia o risco de, como sabe e saberá ainda mais, adensá-las, aprofundando no espírito aflições terríveis.

As páginas que seguem são a reunião de vários documentos que lançarão luzes sobre o que se passou. São noitários, cartas, relatórios, transcrições e outros construtos textuais de variada autoria que compõem o que nomeei de "Dossiê Louison". Caso eu tivesse a disposição de revisitar essa anatomia narrativa, recortada e disposta em múltiplas partes, ela formaria a base de uma reportagem um tanto mais elaborada e objetiva do que a sua forma atual, prolixa e disforme.

Como não tenho, componho uma escrita ao menos mais neutra e coerente do que os textos publicados nos atuais pasquins brasileiros.

Caberá a você, meu amigo, transformar a imperfeição e a verborragia desses esparsos documentos numa narrativa legível. Desculpe-me se por vezes perder-me nesta meta conclusiva, enredado como estou nos meandros da confabulação subjetiva, mas é dever também de um escritor contar não somente o que lhe aconteceu, como igualmente o que sua percepção do acontecido desvela.

Como confio em sua perspicácia de leitor e em sua minúcia de editor, entrego a você o resultado de minha pesquisa para ser alterado e corrigido como achar mais apropriado, para retirar de sua estrutura carnosa, o sumo das informações que circundam essa terrível investigação. Trate dessas páginas, meu caro Ricardo, como trataria o meu empobrecido espírito, pois é isso que deposito em cada uma de suas linhas, compostas na febre apaixonada das madrugadas.

Apenas suplico que não empreenda na versão final do texto os exageros tão comuns aos jornais cariocas e suas irmanadas panfletagens. Como sabe, este escrivão nutre maior interesse pela veracidade dos fatos, ignorando com isso a vendagem dos papéis, tópico tão premente nas redações da nossa capital.

A razão de minha permanência nesta selva pantanosa e urbana, penso, será esclarecida no transcurso do que segue. Apenas adianto que minha vida até aqui foi uma coletânea de convites negados, desejos ignorados, tensões internas silenciadas. Peço que se lembre de minha anterior tolice com a italiana. Aquele ignóbil e tolo episódio exemplifica com perfeição minha bruteza emotiva e minha falta de experimento nos meandros incertos da vida e das paixões.

Encontro-me numa encruzilhada, entre um ontem pobre de afetos e um admirável mundo novo de amores, horrores e maravilhas mechanizadas. Neste momento, quando parto da cidade que a custo compreendo, em sua exuberância úmida, em seu fastio antigo, em sua pujança heroica, para reencontrar Vitória, vejo-me no limiar de uma vivência transpassada pelos covardes erros de outrora.

A conclusão do assunto é o seguinte: tendo o conflito findado, a despeito de alguns funestos encerramentos, encontrei-me furioso e dedicado à ordenação destas páginas. Diante delas, não percebi que havia perdido Vitória, que partira repleta de angústias e tristezas, deixando-me apenas o seu noitário, para que eu tirasse dele e de sua correspondência pessoal os documentos que seguem, como também para que eu soubesse a disposição de sua sina e de seu soffrimento.

Seguindo meu coração, que agora se tornava mais e mais aventuroso e impetuoso, parti para obter da noite respostas que não teria na mansão pantanosa. Eu poderia ter esperado minha vida inteira ali, escutando as estórias daquelas paredes amaldiçoadas, daqueles cômodos mágicos, de todos os seus quadros e de todos os seus cadernos. Todavia, eu sentia um desejo a ser aplacado, e era um desejo não apenas por Vitória, mas também pela cidade de Porto Alegre, que mais e mais tornava-se aos meus olhos um assombro de todas as cidades.

Tomei a barca em direção às torres de aço rebitado, com o horizonte sangrando os derradeiros raios de sol. Quando nelas cheguei, as máquinas e os homens conviviam como se há semanas nada tivesse acontecido, como se um perigoso criminoso não houvesse fugido e suas buscas devassado cada canto, cada casa, cada esquina. Hoje, todos tinham aceitado o fato: o monstro que iria tornar-se o pesadelo daqueles tempos e dos vindouros havia desaparecido.

Estranhando a calmaria, segui pelas ruas sem destino, recebendo a chuva que começava a cair lenta e bela, limpando os homens, limpando a terra. Se toda a cidade é um mapa, e todo o mapa, a leitura subjetiva de seus moradores e hóspedes, eu estava naquela noite fazendo o estudo da sua encantada cartografia.

Todavia, tal disposição urbana, apesar dos meus ziguezagues existenciais e geográficos, levou-me ao Palacete dos Prazeres. Uma das últimas entradas do noitário de Vitória indicava aquele lugar.

Pedi uma mesa e fiquei lá, bebendo e observando a energia do saguão animado, com sua música, danças, diálogos de negociata comercial e enlaces sensuais. O ambiente era o mesmo, mas estava mudado. Rita Baiana havia deixado a casa, o que a tornava menos interessante.

Transmutara-se em lenda, tendo sua inesquecível imagem registrada num belo retrato encomendado pelas outras donas a um importante pintor daqueles dias, um tal de Basílio de Andrade Neto. Logo na entrada, via-se a baiana pintada em cores fortes e avermelhadas, no fulgor da roda de samba, deliciando a todos e deliciando-se no compassado movimento das peles suadas e dos pandeiros. Rainha de um pequeno império circular, reinaria ali pelas décadas à frente.

Diziam que ela havia fugido com Pedro Britto Cândido para Rio Grande, para iniciarem uma nova vida. O responsável pela investigação do caso Louison havia abandonado a Força Policial logo depois da incrível escapada do criminoso. Se desiludira com as leis, com os tribunais e com o distintivo, diziam. Aceitou um emprego como investigador particular na cidade portuária e levou Baiana com ele.

A novidade da casa era agora uma dama do Rio de Janeiro que acabava de chegar. Senhorinha, uma jovem refinadíssima de vinte e poucos anos que abandonara marido e filhos na capital da República, tornara-se o novo fenômeno nas artes do sexo, da conversa e do canto. O que havia naquelas paredes para atrair a tantos e tantas? Ora, aquele era um palácio de desejos realizados, e estávamos, como sempre estamos, dispostos a tudo para ter nossas ânsias satisfeitas.

Mas eu, acima de tudo, desejava Vitória.

Sem ter resposta alguma de seu paradeiro, paguei pela bebida consumida e deixei o casarão, após despedir-me de Léonie e Pombinha, as duas amantes que também entrevistara sobre os ocorridos. Encontrarás missivas e textos de ambas no calhamaço que segue. Tome cuidado, todavia, meu caro, pois seus textos, assim como suas autoras, não economizam encantos.

A chuva havia findado e a noite estava iluminada e fresca. Sabia aonde eu deveria ir e não detive meu passo até lá chegar. Na escura Praça da Matriz, com seus assustadores monumentos míticos e místicos, sentei-me ao lado de um demoníaco filhote de dragão que acuava aos céus. Desejava apenas a quietude, na solidão daquela noite e daquela praça, de onde se podia contemplar o rio e seu pântano, salpicados do luar noturno em diferentes pontos.

Ao contemplar a escuridão das águas, entrecortadas pela cidade que separava a geografia alta da sua origem portuária, tive ímpetos de correr, mas a simples tolice do ato me sepultava, acorrentando-me ao tédio da indecisão.

Como um jornalista, sempre busquei os fatos. Todavia, tal palavra nunca me pareceu mais turva. Para um homem como eu, o que significavam os fatos? O que significavam as provas numa cidade como aquela? O que eram as evidências diante do verde selvagem das copas das árvores úmidas que deitavam sobre as nossas cabeças cachos férteis, pesados, prodigiosos? As árvores, as imorredouras árvores de Porto Alegre. E nos anos à frente, supunha, a imagem mental que teria daquela cidade seria essa, um espaço urbano de árvores selvagens e majestosas.

Ao retornar do universo das divagações, escutei passos delicados e sutis. Passos que faziam questão de anunciar uma chegada, muito antes da imagem atingir a retina. Da ladeira, veio flanando um jovem pálido, tragando um cigarro perfumado, com uma garrafa de vinho a tiracolo. Sua calma lembrava-me a figura de um dândi parisiense, daqueles que o Rio importou às pencas no início do século. Reconheci-o de pronto e senti alegria por sua chegada.

Ele aproximou-se e perguntou se eu tinha fogo. Ri do absurdo da situação, não a achando mais estranha ou singular do que tudo o que vivenciara até então.

"Você me pede fogo... mas já está fumando", eu disse, impaciente.

"O fogo não é para o fumo, mas para o mundo", disse o sujeito, sentando-se no mesmo degrau onde eu estava, porém do outro lado do pequeno dragão.

"Como você tem passado?", perguntei.

"Indo e vindo, pelo meio da noite. E tu? Terminastes teu relato e a organização de tuas anotações?" Solfieri ofereceu-me um fumo dos seus, que aceitei aproveitando a oportunidade de observá-lo.

Era muito magro e pálido, com olhos nublados, lacrimosos, partidos por um nariz fino que criava um arranjo harmonioso com os lábios delicados e vermelhos. Era atraente, apesar de esquisito, vestindo aquela costumeira roupa defasada com um colete fechado muito alto sobre o casado de linho e uma gravata viçosa, como usavam no século passado. Todavia, ainda elegante. Ele acendeu meu cigarro e esperou a resposta.

"Ainda não. Mas o terminarei em breve", devolvi a ele.

O jovem imortal riu, e eu ri também, por estar finalmente, assim como os outros do Parthenon Místico, acreditando em seu delírio.

"Estás em busca da tua sibila, da tua medusa, da tua Circe, não? Estás à procura de Vitória, mesmo que Vitória signifique a tua morte." Toda a linguagem daquele adolescente parecia, assim como suas roupas, recortada do espaço e do tempo. Ouvi-lo era como ler um folhetim gótico. "Vitória está muito infeliz em virtude do fato de tê-lo deixado, e não somente isso. Está infeliz por ter percebido, como há muito não o fazia, que tem sentimentos por ti." Após segurar a fumaça, ele deixou-a escapar pelas narinas finas e arrematou: "Entretanto, ela tem medo."

Eu, esquecendo-me do meu próprio cigarro, pus-me de pé e lhe disse:

"Medo do quê? Tudo foi resolvido. Libertamos Louison e estamos prestes a revelar ao mundo tudo o que envolvia seus crimes. A justiça foi feita, mesmo que ele e Beatriz tenham soffrido. Eu sei, eles pagaram um preço severo. Mas eles sabiam dos riscos que corriam. Do que ela pode ter medo?"

Era difícil esconder meu desapontamento.

"Medo da vida, meu caro, como todos nós temos." Ficamos nos olhando, na presença do filhote demoníaco de bronze que encarava o céu pesado. "Eu tenho andado pelo mundo há quase um século e tudo mudou. Hoje temos máquinas e mensagens telegrafadas e tantos outros assombros de aço e silício. Todavia, continuamos os mesmos: temerosos do amor e apaixonados pela aflição. Nós, do Parthenon, sabemos muito do mundo e bem pouco de nós próprios. E como poderia ser diferente? As grandes viagens, meu querido, não são externas. As grandes jornadas são sempre internas, alma adentro."

"O que eu devo fazer?" E agora tratava-se de uma súplica. Eu sabia que Solfieri e Vitória se amaram no passado, e sabia que ele ainda a amava. E, confiando nisso, estava disposto a fazer tudo o que ele me aconselhasse.

"Isaías", disse o jovem pálido, sorrindo e bebendo um gole de vinho da própria garrafa, "desejas realmente saber a resposta a essa pergunta? Tu já a possui, dentro de ti". Assenti, um tanto irritado com a redundância da conversa, finalmente tragando o cigarro que ele me havia ofertado.

A nicotina amarga e acre adentrou minhas narinas queimando.

Ele aguardou alguns segundos e abraçou o pescoço da criatura de bronze ao seu lado, olhando fixamente para mim.

"Tu deves, meu jovem amigo, partir em busca dela, sem olhar para trás. E mais, deves ensinar Vitória a fazer o mesmo: a não olhar para trás. Em outras palavras, Isaías, vós deveis viver ignorando o ressentimento de um passado de desapontamentos e recusando a ansiedade de um futuro incerto. Abracem a vida, como vos abraçais um ao outro. E isso, meu amigo, é tudo o que posso te dizer."

E eis que ali, diante de mim, nos lábios daquele adolescente antiquado, a quem aprendi a amar como a todos os outros, estava a mais importante questão, aquela que vinha marcando minha consciência e meus sonhos até aquele instante.

"Desejas realmente isso? Desejas realmente ela?"

Ele ofereceu-me um gole do seu vinho, e eu, que nunca fora amante dos destilados e dos líquidos báquicos, entornei a garrafa, tentando com isso afastar minhas ansiedades e reunir coragem para responder-lhe. Não me aprazia o álcool, nem em minha casa nem na companhia de amigos ou a serviço.

Entretanto, naquela praça, na companhia daquele sujeito, senti vontade de embriagar-me, de sorver um líquido forte que silenciasse as dúvidas covardes, um narcótico que me afrouxasse os nervos tendidos pelas agitações dos dias.

"Eu desejo", respondi, com um ímpeto raro aos lábios indecisos. "Eu realmente desejo, mas tenho medo...", interrompi, surpreendido por minha sinceridade e temeroso do que aquelas palavras significavam, de tudo o que elas encerravam enquanto destino irredutível, como se aquele conjunto de palavras fosse o oráculo da minha sina, a profecia de toda a minha sorte.

"É claro que tens medo e este é o início de todo o caminho invulgar. Tens medo não tanto do que descobrirás a respeito de Vitória a partir deste momento, quando o assunto que os uniu está prestes a ser encerrado. Mas, acima de tudo, estás temeroso do que descobrirás a respeito de ti mesmo. Certa feita, estava eu em uma taverna escura e fedorenta, com as mulheres já empilhadas, embriagadas, seduzidas e reduzidas a nada. Meus amigos e eu começamos a contar histórias, e a minha revelava o medo da vida. Vazio, inquieto, desesperado, eu bebia o líquido da melancolia, desejando que o seu torpor silenciasse todo o ruído." Enquanto falava, não fumava ou bebia, apenas fitava-me como se não houvesse mais barreiras ou limites para o que poderíamos revelar um ao outro. "Tinha medo da vida e em razão de tal medo, caminhei em direção à sua gêmea maldita, que vestia véus transparentes e carnes de virgem a ser conspurcada."

Não conseguia mais fitá-lo, desviando-me do seu olhar como se desviasse das suas palavras. Não tive dúvidas de suas décadas de vida, havendo alguma coisa antiga e pérfida, maldita, em sua linguagem, como se o vocabulário e a estrutura frasal pertencessem há décadas antes.

Tragando, continuou: "Medo, Isaías, é aquilo que os homens sentem quando não estão vivendo. É isso que Vitória espera de ti? É isso que tu esperas de tua sorte?"

O pálido e magro garoto levantou-se, não sem antes apagar o toco do fumo nos olhos demoníacos do dragão de bronze. Do bolso do colete, tirou um pedaço de papel e me entregou. Após recolher a garrafa de vinho, seguiu pela noite, sumindo na névoa que agora começava a evaporar dos esgotos.

Fiquei por instantes parado no meio da praça vazia e nebulosa, estudando o pequeno papel e ponderando minha decisão. Num ímpeto, eu me resolvi.

Desci num passo apressado a Rua da Ladeira, pois queria chegar à lagoa, com ânsias de ver a água e talvez de jogar-me nela.

Estava possuído por uma lassidão, como se toda a minha energia se esvaísse.

Queria desligar o intelecto e viver, a partir dali, apenas como um corpo que tem na satisfação dos desejos a única meta. Ao margear o quadrilátero Mercado Público, debrucei-me na muralha pedregosa do cais e olhei a água turva e calma.

Acima de mim, um céu claro, pontilhado de luzes distantes, anunciava depois da chuvarada anterior um dia belo e quente.

Ignorando o movimento das carruagens e os passos dos soldados e das putas que faziam sua vigília noturna, fitava a noite, enamorado dela e do seu perfume, mirando a ilhota distante onde fora tão feliz naquelas breves semanas, onde descobrira tanto de mim e tanto da vida.

Vi-me transido pela vontade de descer a escada de madeira e de adentrar as águas escuras, refrescando o corpo da caminhada até ali, limpando meu espírito aturdido. Mas antes que fizesse isso, escutei atrás de mim passos femininos.

Antes de virar-me, senti-a no ritmo do seu passo e no perfume febril que anunciava a sua chegada.

Ela postou-se ao meu lado, com lábios ardentes, finos, dispostos, os imensos olhos escuros a me devorar.

Ela sorriu, pousando a mão enluvada em meu ombro. Depois de fitar meus olhos suplicantes, olhou a lua, refletindo no brilho de seus olhos o contato da esfera com a liquidez das águas. Não desviei meu olhar por um segundo.

Minha decisão estava tomada, minha sorte, traçada.

Depois de selar minha sina com um beijo, silenciosa como uma pétrea musa, a imagem de Vitória esvaneceu, unindo-se à névoa que cobria o Guayba.

Fui à Ilha do Desencanto e despedi-me de Sergio e Bento, que, deliciados um com o outro, organizavam, finalmente, as photographias que haviam trazido de uma viagem anterior. Disse a eles que partiria em busca de Vitória.

E agora, Loberant, estou aqui, nesse trem que ruma em meio à mata em direção a uma pequena cidade chamada Santa Maria da Bocarra do Monte, no coração do estado sulino. Trata-se de um caldeirão, pelo que contam os livros, ao redor do qual grandes morros, densos de árvores, formam uma barreira natural. No despenhadeiro de um deles, há um lugar mítico e prohibido, chamado Goela do Diabo. Nele, muitos findaram com suas vidas, entregando seus corpos à sua fundura abissal. Até que da Cidade dos Meninos, uma cidadela inteira composta somente de infantes fugitivos e rebelados, avistaram objetos voadores não identificados que abduziram um casal de suicidas.

Vitória está lá, investigando o caso e as estranhas visões.

Não conheço o lugar, mas tenho certeza de que irei adorá-lo, como apreciei tudo o que encontrei nesta terra maldita e bendita, no extremo limite do país imenso que conhecemos como Brasil.

O trem segue, e eu deixo minha imaginação vagar.

Neste momento, vejo Léonie e Pombinha abraçadas, no seio da alcova luxuosa e luxuriante. Léonie sussurra no seu ouvido segredos antigos, de quando era ainda uma pequena menina, de quando ainda acreditava no amor.

Pombinha lhe devolve outros mistérios, apesar de saber que sua querida conhece todos os seus segredos, mesmo os mais obscuros.

Devemos agora nos afastar, pois o que acontece a seguir não pertence à esfera do texto, apenas à beleza e à materialidade dos corpos.

Em Rio Grande, uma carruagem mechânica estaciona ao lado de uma estalagem. Dela, salta um homem alto e heroico, portando duas pistolas e grande coragem. Logo atrás dele, um assombro em forma de mulher. Ela, a quem chamam de Baiana, incendiará a vida desse homem e a vida de todos os outros ao redor dela.

Eles se olham e sabem tudo o que importa, na urgência da hora, no ardor de seus ímpetos, no fervor da fome que sentem um pelo outro.

No interior da Mansão dos Encantos, Bento coloca a mão no ombro de Sergio e o convida para a cama. Eles levam a garrafa de vinho com eles. A madrugada será eterna, como eterno é o desejo que têm um pelo outro.

Desde os dias de escola, o fogo que os queima não diminuiu.

Pelas ruas de Porto Alegre, um adolescente maldito vaga solitário, coletando histórias de taverna e velhas maldições. Contam que ele faz isso há décadas. Que é belo e charmoso e que não passa de um corrompedor de virgens. Dizem também que fez um pacto com o Diabo e que não envelhece.

Mas é claro que você não acredita em tudo o que dizem, acredita?

Olho para o céu e, na imensidão noturna de astros e estrelas, nascendo e morrendo, brilhando e desvanecendo, lembro-me de Louison e Beatriz.

Há semanas eles partiram, num incrível balão modernoso e fumacento, na companhia do seu curioso inventor. Era um homem velhíssimo e sábio, assombroso e um pouco risível. No bolso do casaco velho, doutor Benignus guardava seu precioso Paraty. Na fivela da cinta, uma faca enfeitiçada, me disse, forjada do metal que cortara a cabeça de Antônio Conselheiro.

Aos seus pés, espalhados no chão de madeira da gigantesca embarcação, pilhas e pilhas de novos projetos e incríveis portentos.

Foram em direção a Buenos Aires. Ao menos foi isso que nos disseram quando partiram, deixando a Ilha do Desencanto para trás.

Louison comprou um andar inteiro do recém-construído Palácio Barolo, prédio altíssimo da capital argentina, construído para homenagear a *Comédia* dantesca. Ele tem cem metros de largura e 22 andares, divididos em três grandes seções, que homenageiam o Inferno, o Purgatório e o Paraíso.

Seu farol, composto de nove mil velas de ignição photoeléctrica, alude aos nove coros angélicos do Paraíso.

Ou seria aos nove círculos do Inferno?

Na fachada, gárgulas terríveis protegem o lugar de maus espíritos, passantes grosseiros e curiosos inconvenientes.

Eu quase consigo visualizar os dois amantes no topo do prédio.

Ignorando a vista da bela cidade portenha, se perdem no olhar um do outro.

Dante reencontra Beatriz, e o velho poema recomeça.

O trem sacoleja, tirando-me do meu devaneio.

A estória está contada.

Agora, cabe a você decidir o que fará com ela.

Com carinho,
Isaías Caminha

Finis

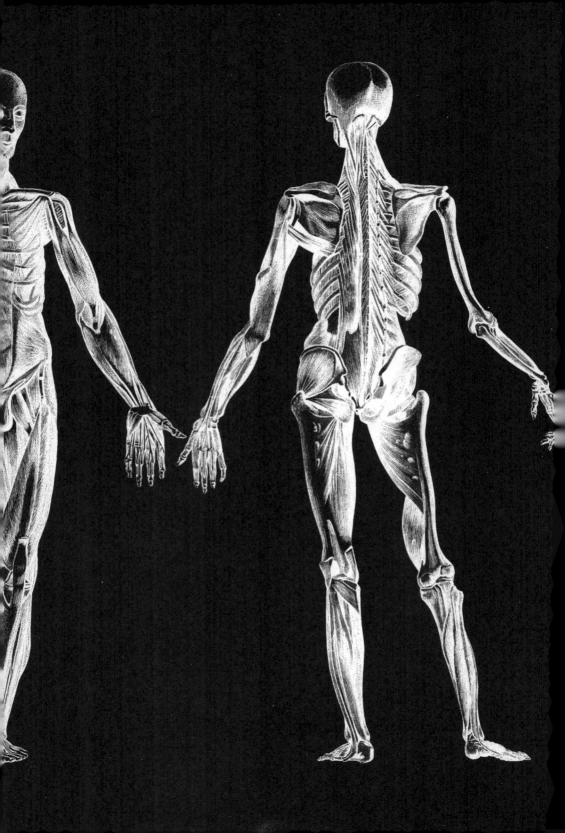

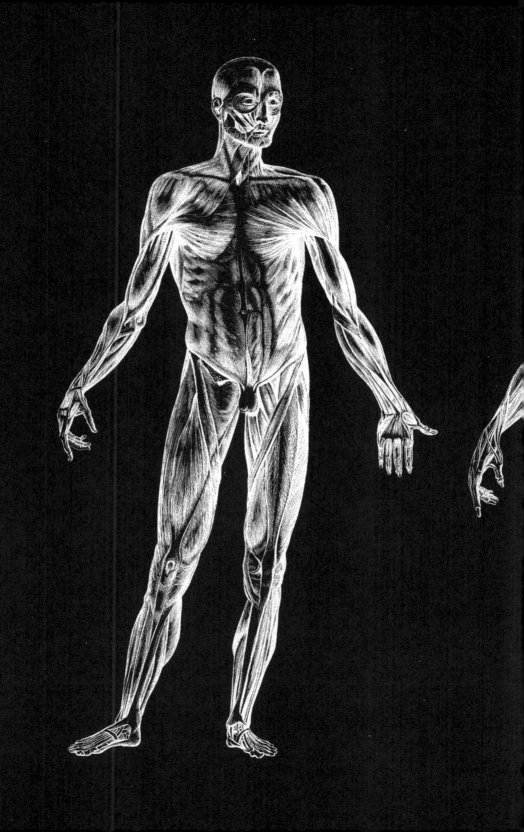

Posfácio

Eu adoro mulheres fortes. Por várias razões.

Primeiro, porque fui criado por uma. O fato de meu pai estar sempre na estrada devido ao seu trabalho, fez com que minha mãe assumisse as rédeas da casa em todos os aspectos concebíveis e imagináveis, o que incluía a educação de um filho único meio rebelde e um tanto mal comportado que era sempre muito cordial com os livros e insuportavelmente briguento com os amigos da vizinhança.

Segundo, porque cresci lendo quadrinhos e neles encontrei heroínas cheias de fôlego e vigor, que nunca esperavam — ao menos nos gibis que eu lia — que os homens resolvessem os problemas por elas. Lembro de uma surra que Selina Kyle dá em Bruce Wayne em alguma dessas histórias. O pobre vigilante que cresceu mas continuou se vestindo de morcego apenas ficou ainda mais apaixonado por ela.

Terceiro, porque aprendi que, em literatura, mulheres são um enigma. E enigmas são aquilo que nos mantém alertas, curiosos, vivos. Fossem Bovarys ou Ofélias, Minas ou Nadjas, Capitus ou Ritas, ou ainda Medusas ou Esfinges, as personagens femininas sempre foram, ao menos pra mim, mais interessantes que muitos heróis masculinos.

Enquanto eles, na maioria dos casos, precisavam lutar contra seus auto-centrados demônios internos, *elas* precisavam lutar contra o mundo. Precisavam conquistar um espaço, uma voz, "um quarto que fosse só seu".

Lição de Anatomia iniciou com três ideias: Uma Liga Extraordinária nacional. Um Hannibal Lecter sulista. Uma recriação do Brasil em Moldes Steampunks. Mas essas três premissas foram a partida, o primeiro conjunto de referências que foram se avolumando num livro profundamente referencial e um tanto caótico do ponto de vista de sua obsessão estrutural.

Quanto ao seu fechamento, porém, sua resolução, o elemento que resolvia todas as questões, que fechava todas as janelas, que decifrava os últimos enigmas, este ganhou um rosto e um nome: Beatriz de Almeida e Souza.

Como aquela personagem nasceu? De onde surgiu? Como ela me veio à mente? Como veio a se tornar, até hoje, minha heroína favorita e, talvez, aquela que mais compreende meus dilemas, anseios e sonhos?

Não tenho resposta a essas perguntas, o que muito me agrada. Quer dizer, posso falar sobre o nascimento de qualquer personagem de *Lição de Anatomia* a partir das mais variadas perspectivas, suas origens, reinvenções, histórias pregressas e futuras... Quanto a Beatriz, é bem mais complicado. Ela surgiu como uma personagem coadjuvante e foi gradativamente crescendo, até se tornar, a meu ver, uma das vozes mais pujantes que já tive o prazer de escrever.

Quando a história de *Lição de Anatomia* foi se desenvolvendo, queria afastar Louison de sua principal influência — Hannibal Lecter — e queria fazer isso dando ao monstro assassino um coração humano e um coração que ele poderia — literalmente — entregar a uma mulher que amasse. (Sim, meus amigos, no fundo o romântico em mim se revela num livro de horror e suspense que tem por pano de fundo uma trágica história de amor.)

Como Louison é um homem de gostos bem requintados, essa mulher não poderia ser qualquer mulher. Ela deveria ser gigantesca em seu espírito, vasta em sua coragem, inimaginável em seu percurso, admirável em cada traço de sua postura, enigmática em sua ousadia e em sua incapacidade de desistir.

Que mulher seria capaz disso tudo? Ora, ela precisaria ser uma mulher do mundo e uma mulher de literatura, uma "self-made woman" que não se subjugasse ao patriarcado, à sociedade, aos limites impostos a ela. Uma dama que pudesse ser a concretização viva de todos os seus sonhos, de todos os seus próprios desejos.

A quinta parte do romance, que tem Beatriz por narradora, foi escrita em dois dias, horas antes de enviar o manuscrito para o concurso que possibilitaria a publicação do primeiro volume da série. Era a última parte que faltava, a última peça do quebra-cabeça narrativo que se tornaria aquele livro, e ela precisaria responder as várias perguntas que envolviam Louison e seus crimes. Como eu faria isso? Seria capaz de em tão pouco tempo chegar à voz de Beatriz como eu chegara à voz de Caminha, Bacamarte, Rita, Cândido e Louison?

E então veio a frase, num átimo, segundos depois de encarar a tela em branco daquela seção: "Meu nome é Beatriz de Almeida & Souza e sou filha de escravos." O resto veio por si só. Menos por qualquer talento meu e mais porque naquela frase simples eu escutei a voz corajosa, os sentimentos grandiosos, a alma sublime, afrontosa e heroica de Beatriz.

Lição de Anatomia é uma homenagem às vozes femininas que tanto me ensinaram & me ensinam, às vozes das mulheres que amo, admiro e aplaudo. Espero que meu esforço em criar Beatriz e as demais heroínas de Brasiliana Steampunk faça jus ao encanto que nutro pelas figuras femininas que estão ao meu redor.

Enéias Tavares
Santa Maria da Bocarra do Monte,
15 de junho de 2021.

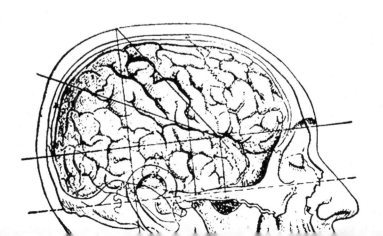

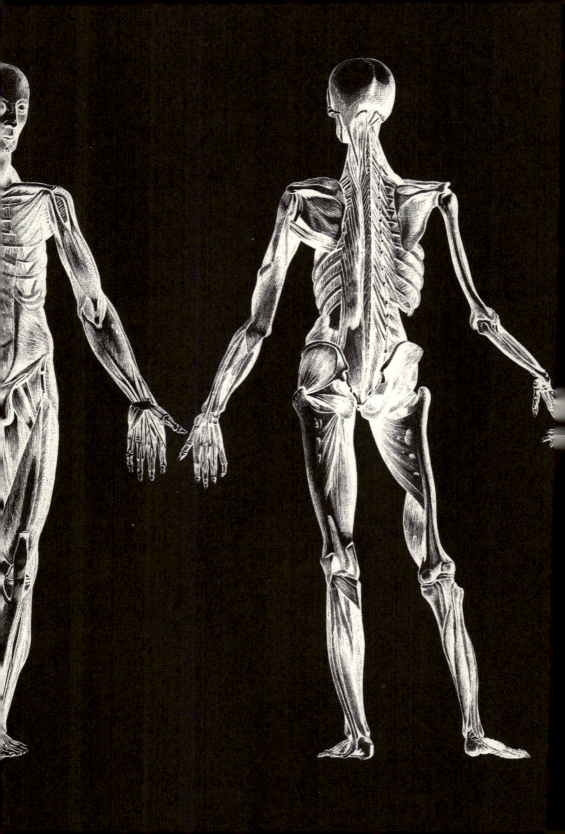

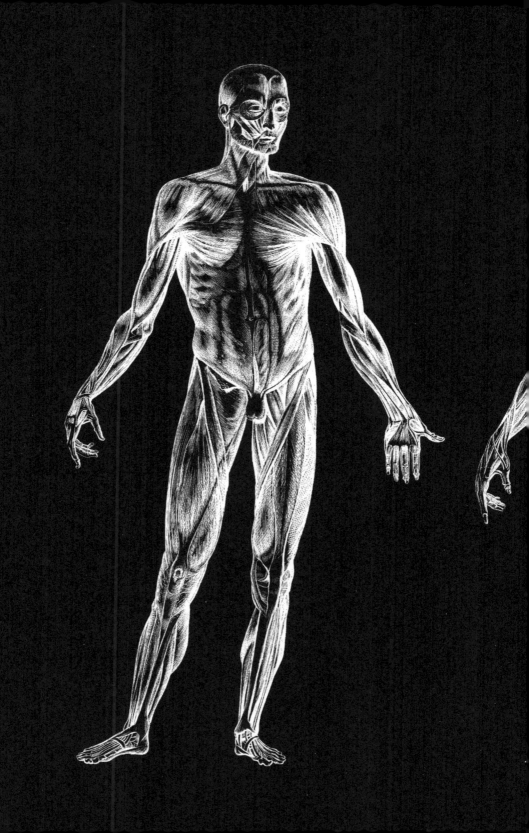

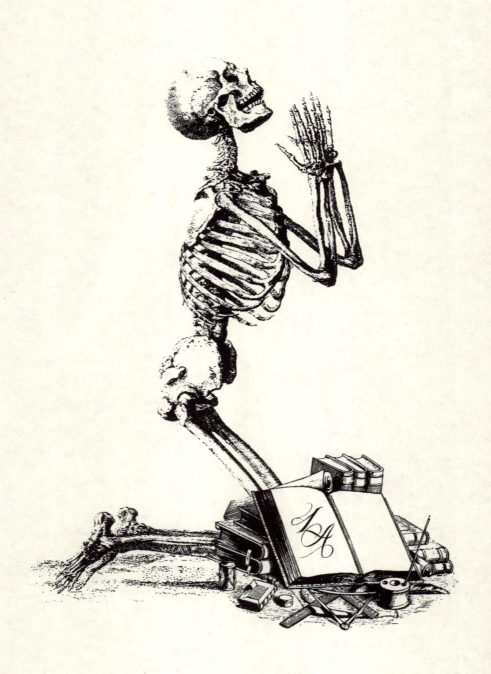

CRÉDITOS LITERÁRIOS

Solfieri *criado por*
ÁLVARES DE AZEVEDO
(*Noite na Taverna*, 1855);

Simplício e o misterioso
armênio *criados por*
**JOAQUIM MANUEL
DE MACEDO**
(*A Luneta Mágica*, 1869);

Família Magalhães
e a Ilha do Desencanto
criados por
**APELES PORTO
ALEGRE**
(*Georgina*, 1873-1874);

Doutor Benignus
criado por
**AUGUSTO EMÍLIO
ZALUAR**
(*Doutor Benignus*, 1875);

Simão e Evarista
Bacamarte *criados por*
MACHADO DE ASSIS
(*O Alienista*, 1882);

Sergio e Bento *criados por*
RAUL POMPÉIA
(*O Ateneu*, 1888);

Rita Baiana, Pombinha
e Léonie *criadas por*
ALUÍZIO DE AZEVEDO
(*O Cortiço*, 1890);

Vitória Acauã *criada por*
INGLÊS DE SOUZA
(*Contos Amazônicos*, 1893);

Isaías Caminha, Floc e
Loberant *criados por*
LIMA BARRETO
(*Recordações do Escrivão
Isaías Caminha*, 1909);

Antoine Frederico Louison, Beatriz de Almeida
& Souza, Pedro Britto Cândido e Madame de Quental,
entre outros seres estranhos *são de responsabilidade do autor,*
ENÉIAS TAVARES
que pede ao leitor que ignore qualquer fealdade, que não confunda
os imortais da nossa literatura com este atentado ao bom gosto
e à cultura. Se esses bastiões da civilidade estão felizes, ou
amaldiçoando o escritor por este deslize, por conceber tal impensável
ousadia, devemos apenas rezar pelo perdão de sua ironia.

CONTEÚDO TRANSMÍDIA

Para acessar mapas de lugares, fichas de personagens, vídeos sonoros, pinturas alquímicas, capítulos censurados, quadrinhos tecnomísiticos e outros conteúdos que intensificarão sua visita a Porto Alegre dos Amantes, acesse a seção "Transmídia" do site oficial de Brasiliana Steampunk ou então posicione o visor de seu robótico móvel no QR Code acima.

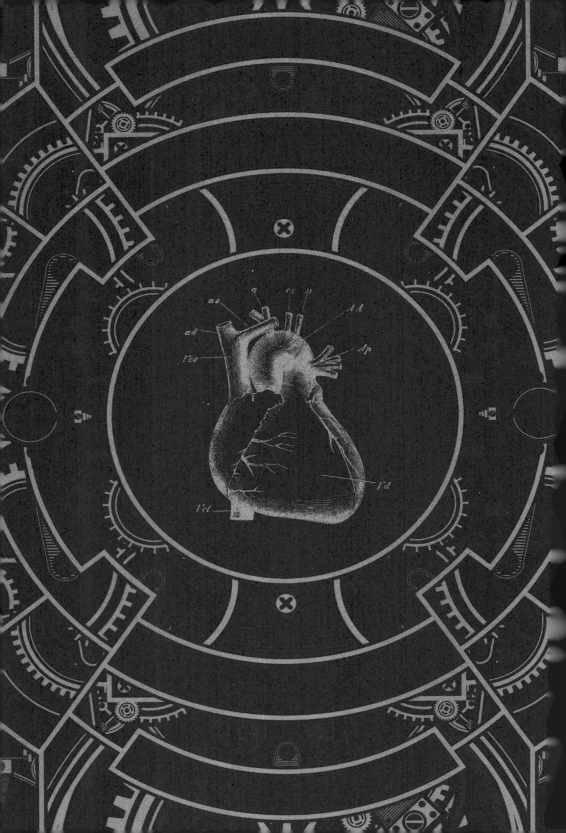

AGRADECIMENTOS

A quem devemos a escrita de um livro? Às pessoas que nos incentivaram a escrevê-lo? Aos queridos que aceitaram nossas ausências enquanto o escrevíamos? Ou aos desconhecidos conhecidos que o leram pela primeira vez e acreditaram nele como algo que mereceria ser avaliado e publicado?

Ou, ainda, deveríamos dedicar os livros que escrevemos aos tomos que lemos e aos autores que os criaram? Suponho que os escritores que nos tornamos respondam diretamente aos criadores que vieram antes de nós. Ou deveríamos honras musas – imaginárias e reais – que incendiaram a história no território de nossa mente?

Como prefiro mais perguntas a respostas, deixo-as assim, em aberto, como as sinas de Louison e Beatriz, Vitória e Isaías, Sergio e Bento, Rita e Cândido, e tantos outros atores dispostos neste drama, para que você, leitor ou leitora, as responda.

E sendo incapaz de qualquer outra coisa nesse momento, igualmente luzidio em termos criativos e sombrio em termos políticos – essas palavras são escritas no início do segundo turno das eleições presidenciais de 2022 –, o que apresento a seguir é o reconhecimento a alguns grupos de pessoas a quem eu agradeço pelas duas edições deste livro e pela ampliação do universo de Brasiliana Steampunk.

Em primeiro lugar, sou grato aos amigos da Casa da Palavra e da LeYa Brasil, pelo concurso literário que propiciou a publicação original deste romance e pela delicadeza com a qual trataram os pedidos e correções "daquele" autor iniciante, ainda em 2014, ano da primeira edição de *A Lição de Anatomia do Temível Dr. Louison*.

O tempo passou e outros livros e projetos vieram, com Brasiliana Steampunk se tornando um mundo habitado por muitos heróis, vilões e artistas. Estes, me ajudaram a dar mais cor, forma, cheiro e intensidade ao universo retrofuturista da série, um universo que busca no passado sementes místicas para projetar um futuro ideal. A esse grupo de artistas, adiciono os amigos do Conselho Steampunk do Brasil e a tantos leitores e leitoras que me motivaram e emocionaram desde então.

O que nos traz à DarkSide Books e a esta nova edição, agora emparelhada com meu *Parthenon Místico* (2020), meu primeiro livro na "Casa da Caveira". Neste trajeto, quero agradecer a toda equipe de editores, revisores, preparadores e designers que acolheram o projeto com sua costumeira paixão e inventividade. Desde o início, penso Brasiliana Steampunk e seus livros, quadrinhos e ações transmídia como uma experiência de imersão narrativa, ambientação literária e exploração tecnológica. Nesse sentido, não há casa mais adequada do que a DarkSide, que agora oferta ao público um volume tão suntuoso e surreal quanto o de *Parthenon Místico*.

Esta nova edição revisada e ampliada – com conteúdos visuais, sonoros e textuais exclusivos – é o livro com o qual por tanto tempo sonhei. Trata-se de uma anatomia do próprio livro, com chaves e cadeados, músculos e cérebros, letras e palavras, textos e imagens, que vão se desdobrando e se revelando como um corpo vivo, mutável e assustador, como o seu protagonista faz com estudos anatômicos que confrontam nossos maiores medos.

Nessa empreitada, agradeço muito a Roberto Causo, um grande nome da nossa ficção científica nacional, que muito me honra pelo delicado e elogioso prefácio. Ademais, a Ana Luiza Koehler por novamente dar face e corpo aos heróis de Brasiliana e a Karl Felippe por mais uma vez criar a cartografia deste mundo. Ambos me fazem vibrar com a geografia e os moradores dessa Porto Alegre dos Amantes.

Adiciono aqui um agradecimento a Fred Rubim, Paulo Carvalho, Joy Japy, Bruno Accioly, Felipe Reis, Jessica Lang, KillerJabuti, Diego Cunha, Marcus Lorenzet e Poliane Gicele, artistas que me ajudaram a ampliar esse mundo com seus conteúdos fantásticos e suas personalidades inventivas.

Por fim, gostaria de agradecer profundamente a Marcia Heloisa, que assina a edição do presente livro. Sua leitura, suas ideias e sua visão me fizeram voltar à minha ficção com outros olhos, num reaprendizado diário.

Sua visita a Porto Alegre dos Amantes acabou por se estender e eu, a conhecer melhor a grande heroína deste livro, Beatriz de Almeida e Souza, uma heroína inspirada em Heloisa, mesmo tendo sido escrita anos antes de conhecê-la. Este livro, assim como tantos outros que ainda escreverei, é dedicado a ela, com profundo amor & crescente admiração.

Depois de anos de sonho, anseio e busca, reconheço que essa nova edição *de Lição de Anatomia* me dá forças para seguir ousando e criando. Agora que o vejo materializado em realidade, o reconheço como um dos muitos artefatos tecnomísticos que os heróis de Brasiliana usam para saírem dos bosques sombrios, para vencerem antagonistas perversos, para se localizarem no reino dos pesadelos e dos sonhos. Penso nesses artefatos como ferramentas de imaginação, bússolas de devaneio e fantasia, adagas simbólicas e cabalísticas que nos permitem acesso a outras esferas de sonho e ilusão.

Em um momento da história do nosso país em que contemplamos o abismo de mais quatro anos de autoritarismo, ignorância e violência real e simbólica, precisamos ainda mais do que nunca de amuletos que nos mostrem o nosso potencial como nação. Brasiliana Steampunk, desde o início, foi uma série pensada como espelho dessas duas dimensões: "tudo o que o Brasil foi" e "tudo aquilo que o Brasil poderia ser".

Neste momento, persisto em construir minhas barricadas de cultura e educação, com meus livros e sonhos bem protegidos, certo de que nossa luta diária não finda, certo de que trabalhar e viver pela cultura e pela arte é tudo aquilo que podemos fazer.

Por fim, como fiz no passado e faço no presente, agradeço a você, leitor ou leitora, que se interessou por este livro e que dedicou horas à sua leitura.

Desde o início, imaginei esta história como uma carta para você.

Com carinho,

ENÉIAS TAVARES é formado em Letras pela Universidade Federal de Santa Maria, tendo atuado como professor, pesquisador, tradutor e escritor, sendo atualmente o Diretor da Editora da UFSM e docente do Departamento de Letras Clássicas e Linguística da mesma instituição. Seus livros já foram publicadas por editoras como LeYa, Avec, Jambô e DarkSide, entre eles *Parthenon Místico*, finalista do Prêmio Jabuti e vencedor do prêmio Odisseia em 2021. Para a DarkSide organizou *O Retrato de Dorian Gray*, de Oscar Wilde, e *A Máquina do Tempo*, de H.G. Wells, além de traduzir e prefaciar *Carmilla*, de Sheridan LeFanu, e *Palavras, Magias & Serpentes*, de Alan Moore e Eddie Cambpell. Em parceria com Bruno Anselmi Matangrado, lançou o projeto educacional multimídia "Fantástico Brasileiro", livro, exposição e site que revisam a história da literatura brasileira a partir de um viés fantástico. Ao lado de Fred Rubim, é o roteirista de *O Matrimônio de Céu & Inferno*, quadrinho publicado no Brasil em 2019 (AVEC) e nos EUA em 2021 (Behemoth Comics). Em parceria com Felipe Reis, lançou em 2020 a série audiovisual *A Todo Vapor!* (O2 Play e Amazon Prime Video), série vencedora de um HQMIX em 2021 na categoria Produção para Outras Mídia, e em 2022 roteirizou a série audiovisual *Golpistas*, com três temporadas feitas para a rede social KWAI. Desde criança, ele sonha em viajar no tempo. Até hoje, tem se dedicado à construção de uma máquina que o permita. Mais de sua produção em eneiastavares.com.br.

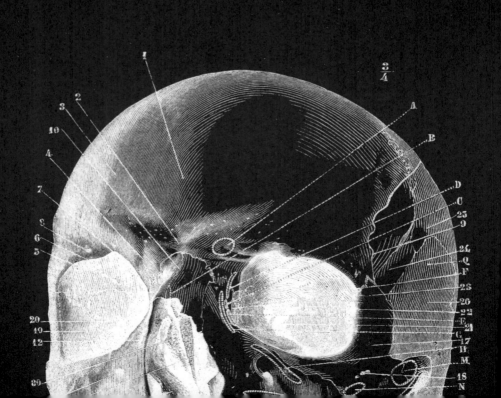

ANA LUIZA KOEHLER é formada em Arquitetura e Urbanismo pela UFRGS e cursa doutorado em História, Teoria e Crítica da Arte no Instituto de Artes da UFRGS. Trabalha há mais de vinte anos como ilustradora para o mercado editorial impresso e digital. Atualmente dedica-se à produção de histórias em quadrinhos, ao ensino de desenho e pintura e também à ilustração científica no campo da arqueologia. Em 2020, ilustrou *Parthenon Místico*, de Enéias Tavares, para a DarkSide Books. É autora de *Beco do Rosário*, história em quadrinhos sobre a modernização de Porto Alegre nos anos 1920, pela qual recebeu quatro troféus HQMIX em categorias de destaque.

KARL FELIPPE é ilustrador e artista plástico, e se comunica quase que exclusivamente via compartilhamento de informações brutas e notas de referência. Ilustrou os livros *Fantástico Brasileiro* (Arte & Letra, 2018), *A Maldição do Czar* (AVEC, 2021), e *Os Ebálidas* (2022, Arte & Letra). Edições das revistas Trasgo, Mafagafo, e Dragão Brasil também já contaram com suas ilustrações. Foi um dos fundadores do "Conselho Steampunk", junto com Raul Cândido e Bruno Accioly, grupo criado para divulgar e incentivar obras retrofuturistas no Brasil, bem como ajudou na organização da SteamCon de Paranapiacaba. Em 2015, começou sua parceria com Enéias Tavares, com ilustrações para o universo de Brasiliana Steampunk, incluindo as do suplemento escolar da obra, concepts para a série audiovisual "A Todo Vapor!" (O2 Play e Amazon Prime Video), assim como os mapas e conteúdo transmídia do livro *Parthenon Místico* (DarkSide Books, 2020). Especula-se que um dia ele vá desaparecer em uma floresta sob circunstâncias misteriosas.

ROBERTO CAUSO é doutor em Estudos Linguísticos e Literários pela Faculdade de Letras da USP. Como escritor, é autor das antologias *A Dança das Sombras* (1999), *A Sombra dos Homens* (2004), *Shiroma, Matadora Ciborgue* (2015) e *Brasa 2000 e Mais Ficção Científica* (2020), e dos romances *A Corrida do Rinoceronte* (2006), *Anjo de Dor* (2009), *Glória Sombria: A Primeira Missão do Matador* (2013), *Mistério de Deus* (2017) e *Mestre das Marés* (2018). Seus contos foram publicados em revistas e livros de treze países, e em duas antologias de ficção científica latino-americana. Vencedor do Projeto Nascente 11 em 2001 com *O Par: Uma Novela Amazônica*, é também o autor de *Ficção Científica, Fantasia e Horror no Brasil* (2003), um dos primeiros estudos sobre literatura fantástica brasileira em nosso país.

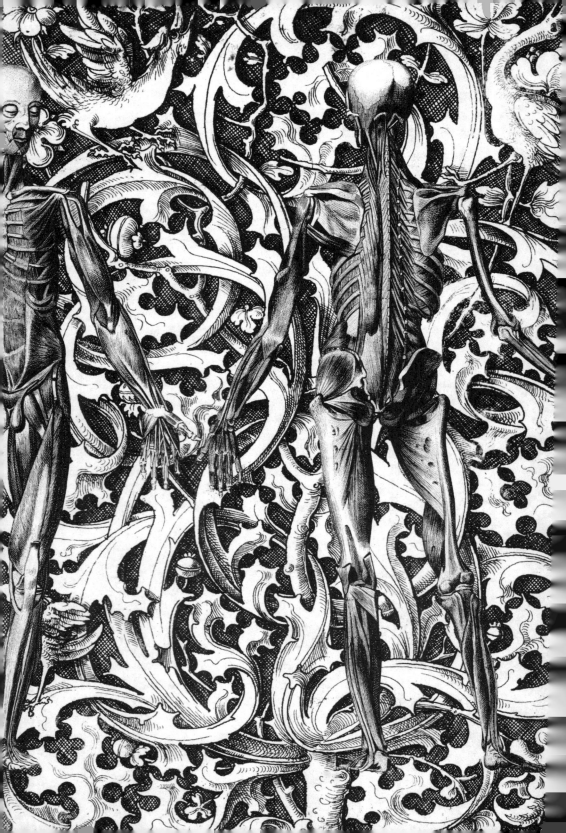

"Let the flesh instruct the mind."
— ANNE RICE, *INTERVIEW WITH THE VAMPIRE* —

DARKSIDEBOOKS.COM

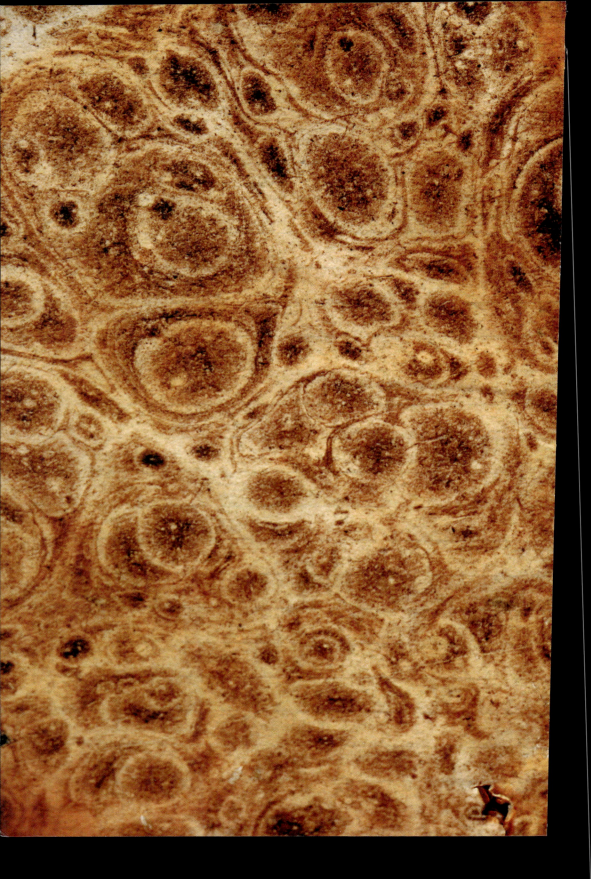